本书由大连市人民政府资助出版
本书获辽宁省优秀人才支持计划项目资助（WR2012009）
本书为辽宁省高等学校创新团队阶段性成果（WT2013009）

"真实""真情""今时"的文学

——李钰文学思想与文学创作研究

任晓丽 著

图书在版编目(CIP)数据

"真实""真情""今时"的文学:李钰文学思想与文学创作研究/任晓丽著. —北京:北京大学出版社,2014.10
(文学论丛)
ISBN 978-7-301-24946-8

Ⅰ.①真… Ⅱ.①任… Ⅲ.①李钰(1760~1812)-文学思想-研究②李钰(1760~1812)-文学创作研究 Ⅳ.①I312.006.4

中国版本图书馆 CIP 数据核字(2014)第 232021 号

书　　　名:	"真实""真情""今时"的文学——李钰文学思想与文学创作研究
著作责任者:	任晓丽　著
责 任 编 辑:	刘　虹
标 准 书 号:	ISBN 978-7-301-24946-8/I·2820
出 版 发 行:	北京大学出版社
地　　　址:	北京市海淀区成府路 205 号　100871
网　　　址:	http://www.pup.cn　新浪官方微博:@北京大学出版社
电 子 信 箱:	zpup@pup.cn
电　　　话:	邮购部 62752015　发行部 62750672　编辑部 62754382
	出版部 62754962
印 刷 者:	三河市北燕印装有限公司
经 销 者:	新华书店
	650 毫米×980 毫米　16 开本　13 印张　200 千字
	2014 年 10 月第 1 版　2014 年 10 月第 1 次印刷
定　　　价:	39.00 元

未经许可,不得以任何方式复制或抄袭本书之部分或全部内容。
版权所有,侵权必究
举报电话:010-62752024　电子信箱:fd@pup.pku.edu.cn

前　言

　　李钰(1760—1812)是朝鲜朝后期的文人,他生活的时代正是朝鲜社会、政治、文化转型的时期。这一时期,封建社会逐渐没落,呈解体趋势。同时,在相对稳定的政治环境中,农业生产得到发展,商业和手工业也呈现出一派生机;在学术思想领域,实学思想兴起并日渐兴盛,反对过分强调教化,重视道德的传统的理学。但以正祖为首的统治阶层支持"文必秦汉,诗必盛唐"的拟古派,倡导"纯正的文风"。而李钰坚持主体意识之下的民族文学论,认为文学应随时代、地域的变化而变化,强调写实的文学表现手法,反对法古;在语言使用上,主张使用言文一致的民族语言。

　　李钰的文风犀利,文字细腻、优美。从其作品中,既可以看出对社会的批判意识、改良意识,又不乏对人间真情的刻画描写。其诗论"俚谚引论"及诗作"俚谚"超越了传统汉文学的范畴,将笔触伸向市井百姓的生活,其大部分诗作真实地反映了女性的情感生活,小品文则更多地反映了18世纪末至19世纪初朝鲜社会转换期的诸般社会现象及人情世态。与注重作品的结构及文体的朴趾源不同,李钰更注重素材的奇特和细腻感,真实地反映了当时的世态风俗,使朝鲜朝的小品文学达到了一个高峰。

　　本书以《薄庭丛书》所载的李钰的赋、书、序、跋、记、论、说、解、辩、策、文馀、传、俚谚、戏曲等为研究对象,并通过考察作品中所使用的俚语及谚语、作品中所反映的女性生活世态等,发掘李钰的文学观、文学创作及其作品的美学特征,以阐明李钰文学的价值及其在朝鲜朝后期文学史上的地位。

　　本书首先考察了李钰文学创作的社会文化背景,主要论述了李钰的生平、修学过程及对其文学观的形成有着莫大影响的交友关系,尤其是把以金鑢(1766—1821)为首,被学界忽视的姜彝天(1769—1801)、沈鲁崇(1762—1837)等作为重点,考察李钰的交友关系。关于李钰的生平,没有详细的记载,作品也没被完好地保留下来。李钰的作品大体上可以分为赋、书、序、跋、记、论、说、解、辩、策、文馀、传、俚

1

谚、戏曲等。从数量上看,赋最多,文馀次之,再其次是传和记。李钰的作品没有被收录成专门的文集,而是由其挚友金鑢收录在自己的文集《藫庭丛书》中。其中,有66首俚谚收录在《鸡林杂佩》中,13首辞赋收录在《絧锦小赋》中,杂文类有北汉山纪行录《重兴游记》和去南部地区充军路上所写的《南程十篇》及记录三嘉县民俗风情的《凤城文馀》,23篇传收录在《梅花外史》《桃花流水馆小稿》《文无子文钞》《花石子文钞》中。此外,还有《俚谚集》和戏曲《东厢记》。如此,李钰的文集被单列出来,汉城文人的诗文集中也全然没有提及李钰的名字。这是因为,李钰虽贵为全州李氏,但因家道中落,沦落为寒微的出身,也鲜有人提携他,将其领入仕途,加之李钰使用有悖于正祖"文体反正政策"的"稗史小品体",这成为其通过科举步入仕途的障碍,其个性也是即使是君王的政策也依然不屈服。所以,他屡试不第,多次受到正祖的训斥,并受到对于当时的士族来说最为悲惨的处罚——充军。但是,即便如此,李钰并没有像其他实学派文人那样,遵从正祖的文体反正政策而改变自己的文学主张,坚持利用为正统的汉文学所不容的稗史小品体进行独特的文学创作。

  其次,李钰的文学观。主要从李钰的文学本质论及作家论两个方面论述李钰独特的"真实"的文学、"真情"的文学、"今时"的文学,结合李钰对老子、屈原、欧阳修、袁宏道等先贤作家的品评,考察了李钰的文学观及其文学与中国文学之关联。从文化的"接受"这个层面来看,一个时代的文学总是对先前文学进行肯定的吸收并加以发展,从而创造出新的文学。基于此观点,李钰所吸收的中国文化,比之于乾隆(1736—1795)、嘉庆(1796—1820)时代的考证学,更多地借鉴了康熙时代的思想家以及明末清初的文学家的观点。在此基础之上,李钰形成了自己独特的文学观。

  再次,李钰文学的创作及其美学特征。李钰的文学作品具有较强的、解体中世美学的要素,他的传、俚谚、赋等体裁的作品均呈现出藉琐屑的物和事来表达细腻情感等美学特征。不能自由表达的女性情感至朝鲜朝后期表现出了一种与之前时代的不同,受到的限定与束缚逐渐消亡,女性情感得到释放。女性情感的这种释放可以看作是从中世的情感到近代化的情感转变的转折点。与作家受到的特定的题材与特定情感的限制相比,更多的是同时抒发多样的情感与描写多样的题材,李钰的传、俚谚、赋中表达女性情感的作品占相当大的比重,借物明志,抒发郁郁不得志的情怀、批判社会现实的作品也有很多。李钰的传，通过塑造美的形象和形象的美，揭露批判了当时社会身份制度、科举制度及经济制度的弊端；李钰的俚谚诗表现出典雅的情感及其内在美，浓艳的情感及其华丽美，风尘女子的悔恨与感性美，日常生活中的哀欢与情恨美；李钰的赋也表现出一定的意境美、辞采美和较强的现实批判性。

李钰的文学不同于正统的文学，是一种新的文学志向，较之同时期的文人取得的成果也颇多。在朝鲜朝后期的文学史上，李钰是占据着重要地位的文人。李钰反对传统的、基于理学教义的纯文学，坚持自主的民族文学创作，起到了构建朝鲜近代文学精神的桥梁作用。这也正是李钰文学在文学史上的价值和地位之所在。

作者

2014 金秋十月于大连

目 录

第一章　概述 …………………………………………（1）
第二章　李钰文学观产生的社会文化背景 ……………（14）
　2.1　李钰的生平及交友关系 ……………………（14）
　2.2　朝鲜朝后期社会文化的变革 ………………（28）
　2.3　明末清初文学的影响 ………………………（42）
第三章　李钰的文学观 …………………………………（53）
　3.1　文学的本体论 ………………………………（54）
　3.2　对中国作家的批评 …………………………（79）
第四章　李钰的文学创作及其美学特征 ………………（91）
　4.1　"传"的创作及其美学特征 …………………（94）
　4.2　"俚谚"的创作及其美学特征 ………………（104）
　4.3　"赋"的创作及其美学特征 …………………（136）
第五章　李钰文学的史学价值 …………………………（149）
　5.1　对传统文学观的继承与革新 ………………（149）
　5.2　市井文学创作的提升 ………………………（154）
　5.3　对民谣及民族文学的贡献 …………………（170）
　5.4　对传统的文学素材及人物形象的拓展 ……（175）
　5.5　对传统文学体裁"传"的革新 ………………（181）
第六章　李钰文学的文学史价值 ………………………（185）
参考文献 …………………………………………………（195）

第一章　概述

在朝鲜朝后期,朋党之争最为激烈的时期当数肃宗(1674—1720)时代。其后,朝鲜朝的两班官僚统治体制被部分两班势力独占,打破了原有势力范围的均衡,使得受到排挤的一大部分两班阶层丧失了经济基础。两班官僚之间的矛盾导致衰败的两班贵族层出不穷,同时,朝鲜朝后期工商业的发展成为两班与平民间身份转换的契机。不仅如此,这一时期,西方的文化产物、学术思想及包括天主教在内的宽泛意义上的西学经由中国传入朝鲜,使得传统的文化观及身份上的价值体制受到冲击而产生动摇。

英祖(1724—1776)和正祖(1776—1800)为了应对西学的冲击,先后实施了一些文化复兴政策,可以说是意欲恢复传统的价值观而采取的自救政策。英祖完成了《大典通编》《文献备考》等重要典籍,实施了"荡平策"和"庶孽许通",以谋求振兴文风。英祖的孙子正祖为了实现英祖的文化及政治理想,设立了《奎章阁》,于正祖5年(1780年),命人编撰了当时共3万多卷的朝鲜朝及中国书籍的总目录——《奎章总目》。正祖还致力于铸造活字,还在太子东宫时,他已铸造了甲寅字,接着又制造了壬辰字、丁酉字、木活字、整理字①,并利用这些活字,刊行了儒学书籍及纯正的诗文选,多达30多种。后来,正祖从即位那年起,致力于从燕京输入代表中国传统文化的《古今图书集成》,该套书籍共有5000多卷。正祖奉朱子为孔子道的基准,倡导"纯正的文风",严禁西学,下令禁止明末清初文集,尤其是稗史小品体的输入。

另一方面,在当时的学术思想领域,实学思想开始兴起。实学

---

① 1796年3月17日奎章阁铸造的金属活字。

派知识分子反对从朝鲜朝初期以来一直重视经学之道、过分强调教化、重视道德的传统的理学，直面社会矛盾，主张以土地制度问题为中心进行改革，引进清朝的先进技术，促进商业流通与工业的振兴。实学这种新的学风也赋予文学以新的价值和意义，为摆脱传统的朱子学的文学观——道本文末的载道观提供了契机，从事文学创作的士大夫阶层也因此而扩大了。其中的经世致用学派高擎回归先秦时代的原始儒学——洙泗学、恢复六经古文的精神的旗帜，被称作利用厚生学派的北学派学者，除了三十来岁依然在金元行(1702—1772)门下修学的洪大容(1731—1783，著有《经书问疑》)外，鲜有对理学进行著述的。以南人系学者为中心的经世致用学派将六经古文作为典范，与之相比，北学派似乎有轻视经学的倾向。当时的社会风气是，作为朝鲜朝后期的学者，若没有关于理气论的论述，则很难被认定是传统的学者。实学派学者既没被陆九渊、王守仁的心学所倾倒，又反对理学，热衷于受到非难的稗史小品的创作，这也是后来因正祖的文体反正而陷入困惑的原因。

继朴趾源之后，以诗作而闻名的李德懋、柳得恭、朴齐家、李瑞九被称作"后四家"。他们根据实学的批判意识，一改汉诗的风格，将中世文学注入了近代倾向。但是，他们不像洪大容或朴趾源那样积极实施革新，只是在体制内部占据位置，以整理了汉诗的表现方法而自豪，这反而削弱了洪大容和朴趾源的主张。当"后四家"表现出局限性的时候，更具有革新气质的文人出现了，这就是南人系文人。关于以朴趾源、洪大容为代表的老论派实学，南人学派已历经了几次磨难，加之正祖去世后，纯祖即位，同时期的学派几乎一起退出历史舞台。在这样的历史条件下，即便是妥协或折中也没用，于是，以自身艰难的经历为基础，向统治体制进行强烈抵制的文人的出现也就成了必然。这些南人系文人继承了李翼以来革新的风格，南人派实学又重新兴起。他们力求摆脱传统的文风，主张民族自主的文学论，形成了以朝鲜风、朝鲜诗为表征的新的文风。站在这种文学潮流的前列，积极从事文学创作的人物就是李钰。

李钰(1760—1813)是朝鲜朝后期具有独特文学观的文人之一。他以成均馆儒生的身份参加了科举考试,但因拒绝使用当时社会所要求的纯正的文体,坚持利用被称作"稗史小品体"的文体写应制文,而被正祖认为是大不敬、怪异的文体,令其改正。结果,李钰的仕途之路被阻断,被充军发配至边关,而且解配之后再也不能参加科举考试。尽管如此,李钰依然没有改变文体,一如既往地坚持"俚谚""小品文"的创作。虽然才华横溢,但因"不纯正的文体",李钰在边防度过了他一生中大部分时间,最后蛰居在南阳从事文学创作,度过了余生。

关于李钰的生平,没有详细的记载,作品也没被完好地保留下来。李钰的作品大体上可以分为赋、书、序、跋、记、论、说、解、辩、策、文馀①、传、俚谚、戏曲等。从数量上看,赋最多,文馀次之,再其次是传和记。李钰的作品没有被收录成专门的文集,而是由其挚友金鑢收录在自己的文集《薄庭丛书》中。其中,有66首俚谚收录在《鸡林杂佩》中,13首辞赋收录在《絧锦小赋》中,杂文类有北汉山纪行录《重兴游记》和去南部地区充军路上所写的《南程十篇》及记录三嘉县民俗风情的《凤城文馀》,23篇传收录在《梅花外史》《桃花流水馆小稿》《文无子文钞》《花石子文钞》中。此外,还有《俚谚集》和戏曲《东厢记》。如此,李钰的文集被单列出来,汉城文人的诗文集中也全然没有提及李钰的名字。这是因为,李钰虽贵为全州李氏,但因家道中落,沦落为寒微的出身,也鲜有人提携他,将其领入仕途;加之李钰使用有悖于正祖文体反正政策的"稗史小品体",成为其通过科举步入仕途的障碍,其生性耿直,即使是君王的政策也依然不屈服。所以,他屡试不第,多次受到正祖的训斥,并受到对于当时的士族来说最为悲惨的处罚——充军。但是,即便如此,李钰并没有像其他实学派文人那样,遵从正祖的文体反正政策而改

---

① 文馀是金鑢创造的文体名词。他解释道,古时的人们通常把词称作诗馀,参照此,这些文章不是文章的正体,故称之为文馀。

变自己的文学主张,坚持利用为正统的汉文学所不容的稗史小品体进行独特的文学创作。

李钰的文笔细腻,语言优美。从其作品中,既可以看出对社会的批判意识、改良意识,又不乏对人间真情的刻画描写。其诗论"俚谚引论"及诗作"俚谚"超越了传统汉文学的范畴,将笔触伸向市井百姓的生活,其大部分诗作真实地反映了女性的情感生活,小品文则主要反映了18世纪末至19世纪初社会转换期的诸般社会现象及人情世态。与注重作品的结构或文体的朴趾源不同,李钰注重素材的奇异,真实地反映了当时的世态风俗,使朝鲜朝的散文达到了一个高峰。李钰反对传统的、基于理学教义的纯文学,坚持自主的民族文学创作,起到了构建朝鲜近代文学精神的桥梁作用。这也正是李钰文学在朝鲜近代文学史上的地位。

以《藫庭丛书》所载的李钰的赋、书、序、跋、记、论、说、解、辩、策、文馀、传、俚谚、戏曲等作品为研究对象,通过考察其作品中所使用的俚言及作品所反映的女性生活世态等,可以发掘李钰的文学观、作品的文体特征及美学特征,从而阐明李钰文学的价值及其在朝鲜朝后期文学史上的地位。

李钰以新的文体和进步的文学观创作的大量作品,是对所谓正统古文的挑战,也是朝鲜近代文学的发端,为中世文学过渡到近代文学起了桥梁作用,在朝鲜朝后期的文学史上具有重要的意义。但李钰在生前,仕途之路被阻断,甚至其作品几乎不为世人所知,只是近年来才逐渐受到关注,对其文学作品、文学理论的研究渐渐开展起来。

李钰的作品没有专门的文集,李钰过世后,其挚友金鑢将自己收藏的,以及李钰的儿子珍藏的作品,收录在《藫庭丛书》中,李钰的作品才得以保存下来。《藫庭丛书》所载的李钰的作品有《文无子文钞》《梅花外史》《花石子文钞》《重兴游记》《桃花流水馆小稿》《絅锦小赋》《絅锦赋草》《梅史添言》《墨士香草本》《石湖别稿》《凤城文馀》等11卷文集。此外,还有《鸡林杂佩》。

《鸡林杂佩》收录了可以称之为李钰的"诗创作论"的《俚谚引》及66首俚谚诗;辞赋也被冠以《絅锦小赋》《絅锦赋草》的名称收录在一起,共13首;其唯一的词作品《哀蝴蝶》也被收录其中;书类作品传下来的只有《与病花子崔九瑞状》一篇;序跋类共有6篇;题后有2篇,从中可以窥视其读书倾向;读后记共有3篇,有短形叙事体和野谈两种形式;游记类有4篇,颇富抒情性,作品捕捉景物细微的差异,并加以描写,论说类有13篇,其中说最多,有6篇,论有5篇,辩和解各1篇;文馀被冠以《凤城文馀》的名字,共有67篇。

20世纪60—70年代,李家源、李佑成等翻译了李钰的传,李钰始为学界所知。其间陆续有学者将李钰的作品整理、发掘出来,并对之展开了多种形式的研究。根据现有的研究成果,可将其分为以下四个方面。

第一,对李钰传文学的研究;第二,对李钰汉诗、辞赋、散文等的研究;第三,对李钰明清散文读后感的研究;第四,对李钰文学观与作家论的研究。

其中,对李钰的研究多始于对其传文学的介绍,而且,比之于其他体裁的作品,对其传文学的研究最为活跃,成果也最丰硕。

李家源在《朝鲜朝汉文小说选》①中翻译、介绍了李钰23篇传中的15篇,在《韩国汉文学史》②中,第一次论及李钰,评价李钰的传在艺术性上堪比朴趾源的9篇传③,从李钰在传文学作品中使用的俚言,可以窥视其文学论的革新性及接近民谣与汉诗的倾向。自此,李家源开始坚持不懈地研究李钰的文学作

---

① 李家源:《李朝汉文小说选》,首尔:正音社,1960。
② 李家源译:《韩国汉文学史》,全州:民众书馆,1961。
③ 朴趾源的小说收录在《燕岩集·放璃阁外传》中的有《金神仙传》《虞裳传》《易学大盗传》《凤山学者传》《马驲传》《秽德先生传》《闵翁传》《广文者传》《两班传》;另外还有《热河日记》中的《虎叱》及《玉匣夜话》中的《许生传》。但《易学大盗传》和《凤山学者传》今已失传。

品①,李钰始为学界所知。其后,金钧泰的《李钰研究》②第一次将"俚谚"开掘出来,从此,陆续有研究李钰的论文出现。李佑成、林荧泽在《朝鲜朝汉文短篇集》③中,将李钰的传看作汉文短篇并加以研究,从而使李钰文学得到学界的广泛关注。

金钧泰把传作为一种体裁进行研究,并将李钰的传联系起来加以分析④。后又撰写《李钰的文学理论和作品世界的研究》⑤一文,较为全面地研究了李钰的杂文类和散文、诗文学论、辞赋文学论等,并将李钰的传加以分类,分析研究传作品所反映的批判现实的作家意识。金钧泰的研究阐明了李钰作为传文学作家的地位。

继金钧泰之后,对李钰传文学的研究更加活跃地开展起来。任侑炅⑥认为,李钰的传是将现实生活中多种多样的问题,以近乎小说的形式表达出来;金忠福⑦认为传是小说的形式之一,分析李钰传的意义和结构,可以说李钰的传是初期小说的延伸,进一步说,李钰的传接近近代文学的性质,应该将李钰与朴趾源看做同一序列的人物;朴成勋⑧从讽刺意义的角度分析李钰的传,认为李钰的传以现实生活为素材和背景,设定了非常生动的下层百姓的人物形象,具有近代文学的性质和作为写实主义文学的价值;金相烈⑨分析了李钰的传的叙事结构和内容特

---

① 李家源译:《燕岩、文无子小说精选》,台北:博英社,1973。
② (韩)金均泰:《李钰研究》,首尔大学硕士学位论文,首尔大学,1977。
③ 李佑成、林荧泽:《李朝汉文短篇集》(上·中·下),首尔:一潮阁,1978。
④ (韩)金均泰:《传的体裁的考察》,《雨田辛镐热先生古稀纪念论丛》,首尔:创作与批评社,1983。
⑤ (韩)金均泰:《李钰的文学理论和作品世界的研究》,首尔大学博士学位论文,首尔大学,1985。
⑥ (韩)任侑炅:《李钰的传文学研究》,梨花女子大学硕士学位论文,梨花女子大学,1980。
⑦ (韩)金忠福:《李钰小说研究》,庆北大学教育研究生院论文,庆北大学,1982。
⑧ (韩)朴成勋:《李钰的传的讽刺意蕴研究》,汉文学论集2,首尔:檀国大学汉文学会,1984。
⑨ (韩)金相烈:《李钰的传文学研究》,成均馆大学硕士学位论文,成均馆大学,1986。

征,认为李钰的传接近小说的展开原理,深刻地反映社会矛盾,辛辣地讽刺时弊及对人性的肯定是其内容上的特征;李相德①认为,李钰传的形式是前代传的改写;苏仁浩②结合正祖的文体反正分析了李钰的传的特点及作家意识,从"礼失求野"③的角度考察了李钰立传的动机,认为从这个角度来看,具有近代意识的作家的觉醒与局限并存;洪龙姬④论述了李钰传类型的多样性;金钧泰⑤考察了李钰的传与野谈的关联性;安载寿⑥将李钰的传看做汉文小说,并加以研究;李信馥⑦从社会现实的反映这个层面考察了《李泓传》,认为该作品不仅仅停留在揭露主人公虚伪的人性及日常表象,而是更深层次地指出从官吏到君王,地位越高,蒙骗的范围越广,欺骗的对象越多,从而全面展示出当时的整个社会都被欺骗支配着;李弘雨⑧认为,李钰的传文学遵循着一定的法则吸收了小说的元素,朴静景⑨也研究了李钰的传;任侑炅⑩分析了李钰的《烈女传》,认为李钰在典型的传的形式中,带着一定的结构意识完成了该作品,在作品中突出地运用了文体和背景;任侑炅⑪还从结构和文体方面分析了《车崔二义士传》,认为该作品名为描写了车礼亮

---

① (韩)李相德:《李钰的"传"的形式改变小考》,高丽大学硕士学位论文,高丽大学,1987。
② (韩)苏仁浩:《李钰传的特点及作家意识的体现形式》,首尔:崇实语文,第16辑。
③ 源自孔子所说的"礼失求诸野",意为丧失了的礼乐可从民间寻找,民间有着丰厚的道德积淀。
④ (韩)洪龙姬:《李钰的传及沈生传考》,圣心女子大学硕士学位论文,圣心女子大学,1988。
⑤ (韩)金均泰:《朝鲜后期人物传的野谈趣向性考察》,韩国汉文学研究第12辑,首尔:韩国汉文学研究会,1989。
⑥ (韩)安载寿:《李钰的汉文小说研究》,江原大学硕士学位论文,江原大学,1990。
⑦ (韩)李信馥:《传对社会现象的反映》,汉文学论集 第10辑,首尔:檀国汉文学会,1992。
⑧ (韩)李弘雨:《李钰的传文学研究》,启明大学硕士学位论文,启明大学,1992。
⑨ (韩)朴静景:《关于李钰传的研究》,全南大学校硕士学位论文,1993。
⑩ (韩)任侑炅:《李钰的烈女传的叙述形式及观念语文学》,第56辑,首尔:语文学会,1995。
⑪ (韩)任侑炅:《李钰的〈车崔二义士传〉的构成及文体上特征》,首尔:韩国传统文化研究第12辑,1997。

和崔孝一的起义,其实是以丙子胡乱①为背景,也就是把故事的背景设定了复线加以描写。同时,把作品中一半的人物安插在各个地方,并试图引入作者自身的感情。郑善熙②分析了李钰传的形式的特点,认为李钰的传尽管稍有不同于前代的传,但是依然保持了立传的效用论的特点,把人的活生生的现实生活作为文学素材,形象化地描述出来;权纯肯③分析了李钰的传所表现出的讽刺意义和对世态风俗的描写,认为李钰刻画世态风俗的感觉优于当时任何一位作家,而且表现出了一定的近代意识。

如上所述,通过对已有的研究成果的类比分析可以看出,对李钰的传的研究坚持不懈地进行了下来,而且业已取得了丰硕的成果。其中,根据传的人物类型对传的形式及题材的研究是重点研究的对象,即,先行研究主要侧重于传的内容和形式。进一步说,先行研究在内容方面多从李钰的传对说话小说的借鉴吸收、人物的类型分类、传的主题意识及李钰的作家意识等方面进行研究,在形式方面主要围绕李钰传的体裁的归属问题,研究了李钰的传与前代传的关联性、与小说的关系。不难看出,对李钰的传的先行研究仅仅停留在内容分类上,而且仅仅以23篇传中被翻译好的15篇为研究对象,在把握李钰全部传的特点上,也不无局限性。只有从内容上、形式上对李钰所有的传文学作品进行研究,才能真正探明李钰的传文学的特点。

目前关于李钰文学作品的研究,学界所取得的成果中,与传相关的居多,而研究李钰的汉诗、辞赋、散文的则相对较少。关于李钰的诗歌的研究,金钧泰④探讨了李钰的诗论,分析了李钰的诗作,认为李钰具有尊崇国语的思想,把日常生活中使用的生活语言用

---

① 指1636年清兵进犯朝鲜。
② (韩)郑善熙:《李钰传的形式特点及叙事性研究》,蔚山大学教育研究生院,蔚山大学,2001。
③ (韩)权纯肯:《李钰传的市井世态和讽刺》,首尔:汉文教育研究,第23辑。
④ (韩)金均泰:《李钰的文学理论及作品世界的研究》,首尔大学博士学位论文,首尔大学,1985。

来创作诗歌,并且其诗作通过率真地表达男女之情,以"教民成善",可以将此看作功能、教化的文学观的再确立;李东欢①认为李钰的俚谚诗是具有民谣倾向的汉诗,是之前已有汉诗的变化形式,其作诗态度与民谣中所表现出来的形式不无关系;金兴奎②将李钰的诗与委巷诗歌论③的诗联系起来进行考察,认为李钰的汉诗没有教化论的色彩,重视刻画市井生活的真实性;李恩爱④认为应把评价李钰文学作品优劣的标准放在"真情"上;金殷喜⑤也考察了"俚谚"所载的诗作;柳载逸⑥将"俚谚"所收录的诗加以分类,把诗中人物个人的形象与当时的社会背景结合起来,研究李钰作品的主题,认为李钰摒弃了出身于贵族的、观念性的创作态度,发掘市井百姓人情世态美的价值;郑恩善⑦认为,李钰的诗论《俚谚引》及其"俚谚诗"真实地反映了朝鲜朝后期颇富个性的诗文学,准确地刻画了市井百姓的生活世态,李钰对诗的认识态度是自主的、客观的,其诗论以对女性及市民意识的自觉为主,其大部分诗作均含有民谣的素材,与民谣所抒发的思想情感一致;李正善⑧认为,李钰文学作品所表达的"真"的概念,与前时期的许筠所说的"天禀之本性"是一致的,它摆脱了朝鲜朝前期载道论的文学观,开启了文学应为文学本身的新的视野,具有重要的意义,而且李钰所说的男女之情的世界与天机这一概念相同,是没有假饰和邪恶的真实的世界,把士大夫、中人、下层百姓的生活用方言、隐语等俚语表达出来,只有对民族语言有着强烈的自豪感才能做到这一

---

① (韩)李东欢:《朝鲜后期汉诗民谣趣向的抬头》,韩国汉文学研究,第3—4辑,1989。
② (韩)金兴奎:《朝鲜后期诗经论和诗意识》,高丽大民族文化研究所,1982。
③ 以洪世泰、千寿庆、赵秀山等中人层为主的委巷诗人的诗歌论。
④ (韩)李恩爱:《李钰的俚谚研究》,成均馆大学教育研究生院,成均馆大学,1990。
⑤ (韩)金殷喜:《李钰的俚谚所载诗研究》,成均馆大学教育研究生院,成均馆大学,1990。
⑥ (韩)刘载逸:《李钰诗的研究》(Ⅰ),《人文科学论集》第13辑,清州:清州大学人文科学研究所,1994。
⑦ (韩)郑恩善:《李钰的诗文学研究》,檀国大学研究生院,檀国大学。
⑧ (韩)李正善:《李钰的诗世界和朝鲜风》,《汉阳语文》第16辑,首尔:汉阳语文学会。

点;朴无影①认为,俚谚素材汉诗采用女性话者的形式,这样反而从相反的方面,更好地描写了男性的世界。

对李钰赋的研究晚于对其诗的研究,而且也不是专门对其赋进行研究,只是在对其文学作品进行全面研究的同时,简单地提及李钰的赋,关于赋的研究成果比较少。郑勋②认为:李钰的赋,无论在质上还是量上,都值得关注;李钰撷取周围生活中的琐事,以丰富的想象力和奇妙的比喻表现出来;在表现手法上,比之于科赋体的六言,更喜欢用四言、长短句等;在一首赋中,采用了多种句法,充分展现了作者的文学才华,恰如其分地运用叙述体和问答体表达作者的意图,采用列举、反复、对仗等华丽、多样的表现技巧。

如果说早期对李钰文学的研究多以传为中心的话,那么随后对明清文学与李钰文学的关联性的研究也比较活跃地开展起来。金成镇③认为,朝鲜朝后期艺术价值不亚于汉诗或汉文小说的随笔散文有了较大的发展,即使与近代文学论相比也毫不逊色,这为古典随笔与现代随笔接轨奠定了基石。他还认为,李钰的小品散文以中世普遍的观念为主要内容,其表达方法除却浓厚的追随典范的倾向,逐渐转向糅进戏谑、有趣、通俗的内容,表现出鲜明的个性。金成镇④还对李钰所阅读过的明清小品《板桥杂记》《情史》《汉魏丛书》等进行了研究,认为李钰较之同时期其他文人更多地接触了明清小品,而且在作品中都有所表现;李铉祐⑤从主题特征及表现形式的特征两方面考察了李钰小品所具有的文艺价值及对纯文艺的追求;山东大学的韩梅⑥以传统文学批评的视角,强调文学的

---

① (韩)朴无影:《女性话者汉诗逆向反映的男性像》,《梨花语文论集》第17辑,首尔:梨花语文学会,1999。
② (韩)郑勋:《李钰的赋研究》,《国语文研究》第22辑,首尔:国语学会,2004。
③ (韩)金成镇:《朝鲜后期小品体散文研究》,釜山大学博士学位论文,釜山大学,1991。
④ (韩)金成镇:《李钰研究》(Ⅰ),汉文教育研究第18辑,首尔:韩国汉文教育学会,2002;《李钰文学与明清小品,古典文学研究》第32辑,首尔:韩国古典文学研究会,2003。
⑤ (韩)李铉祐:《李钰小品研究》,成均馆大学博士学位论文,成均馆大学,2002。
⑥ 韩梅:《朝鲜后期实学派对金圣叹的受容》,首尔:《韩中人文学研究》第10辑,2003,6;《李钰的金圣叹受容》,首尔:《韩中人文学研究》第11辑,2003,11。

艺术性，主张小说、戏曲等大众文学的创作和批评是文人自我实现的手段，对金圣叹的吸收、借鉴提升了这种自我实现，进而对李钰文学与金圣叹的文学批评进行了比较研究，阐明金圣叹的影响是李钰独特的文体及颇富个性的创作的基础。韩梅还认为，李钰的《七切》具有随笔的性质，采用了在序、跋中常用的对话体的传统形式，设定了"客"和"石花子"两个人物，让他们讨论7件事情。在《七切》中，李钰曾提及《西厢记》，韩梅以此为例，将李钰所写的《东厢记》的题词与金圣叹的文学批评进行比较分析，认为李钰《东厢记》的题词源于金圣叹的"不亦快哉"。此外，也有不少论著以李钰的文馀为研究对象，其中《凤城文馀》被认为是李钰在被流放至三嘉县时，记录当地风土人情之作。金均泰[①]认为《凤城文馀》是研究18世纪末岭南三嘉地区风俗的绝好的史料，尤其是"岁时风俗"中的"鬼魅戏"和"乞供"是有关当时风俗的历史记录，详细记述了一般风俗当中所介绍的祠堂的形态和巫俗及巫堂的巫仪，具有重要的史料价值；朴敬伸[②]也就这方面论述了《凤城文馀》的史料价值和意义。

  关于李钰的文学观及文学思想的研究也逐渐开展起来。金钧泰把可以称之为李钰文学思想的作家意识与其多舛的命运联系起来，考察了李钰世界观的二元性[③]。尽管当时社会身份等级制度森严，但李钰依然立足于平等思想，对下层百姓持肯定态度，表现出了道德的两面性，同时，通过自由运用俚语及宣称要写朝鲜诗，表现出了对固有文化的主体意识；尹基鸿[④]认为，李钰对万物的描写与其说是他对万物观念性的、表象的接近，不如说他欲通过个别的、独自的情形来表达，并展开对"万物借人赋诗"的性灵论的论

---

① （韩）金均泰：《李钰的文学理论及作品世界研究》，首尔：创学社，1991，2。
② （韩）朴敬伸：《凤城文馀所载的巫俗关系之数据与意义》，《口碑文学研究》第2辑，首尔：口碑文学会，1995。
③ （韩）金均泰：《李钰的文学理论及作品世界的研究》，首尔大学博士学位论文，首尔大学，1985。
④ （韩）尹基鸿：《李钰的文学论及文体研究》，首尔：《韩国汉文学论集》第13辑，1990。

述,这要归结于他欲用朝鲜的俚言写文章的逻辑,而且进一步说,他的这种思想使他深入到女性的情感世界,使得作品具有杂记类的特点,运用朴素的文体,真心进行创作;金英珠[①]认为,出身于士大夫的李钰出仕的理想、儒家系列的读书倾向、对明末清初小说的阅读是其现实批判意识的基础,尤其是对《楚辞》的阅读是其感叹被现实社会排挤怀才不遇的作家意识形成的基础;李铉祐[②]认为,李钰的文学依照缜密的创作原则,将情感加以形象化,描写了市井百姓的各种爱欲及沉溺于此的人间群像,李钰的文学意识具有近代倾向,比许筠和朴趾源的文学呈现出进一步发展的特点;金镇均认为,李钰的文章摆脱了中世的秩序,古文的权威,自由地创造出了自己新的文体;李知洋[③]认为,李钰使自己的文学所具有的个性特点和价值有别于基于伦理意识的一般文人的文学,通过强调"情",把自己的文学客观化,即具体的描写、绝妙的比喻、中立的价值判断等,使作品形象化。

综上所述,目前学界对李钰文学的研究表现出逐渐关注的势头,并业已取得了一些成果,为今后更加全面、深入地研究李钰文学奠定了基础。但笔者认为,学界似乎偏重于对李钰文学的形式、结构的研究,而忽视了对其主体文学观之研究。鉴于李钰所处的特殊时代性,他不可能不受实学思想的影响。此外,作为进行汉文学创作的文人,李钰受中国文学的影响也是非常深重的,而韩国学界鲜有这方面的论述,有的也只是简单提及。更为重要的是,李钰虽因文体受正祖的文体反正牵连,但其文风颇受后世推崇,而对其文学的美学特征和文学价值的研究显得尤为不足。鉴于此,本论文着重研究李钰的文学观以及李钰文学的美学特征、文学史的意

---

① (韩)金英珠:《李钰文学的作家意识的变化及意义》,庆北大学教育研究生院,庆北大学,1994。

② (韩)李铉祐:《李钰文学的真情问题研究》,首尔:《韩国汉文学研究》第19辑,1996。

③ (韩)李知洋:《李钰文学的男女真情及节烈问题》,首尔:《韩国汉文学研究》第29辑,2006。

义及与中国文学之关联。

本书的研究方法是以实证的分析方法为基础,首先撷取李钰的文学作品,从收录其作品、一览无余地表达其思想的《潭庭丛书》中导出证据,在通读李钰文本的基础上展开研究,通过分析考证得出结论。

其次,采用比较文学的研究方法。比较文学是研究国与国之间、民族与民族之间文学关系的一门学问,其中影响研究是探索两国以上文学之间的传播、影响及接受、变异规律。李钰是汉文学作家,由于国家、民族的不同及环境的差异,他所创作的汉文学作品也有着独特的风格。因此,利用比较文学影响研究的原则和方法,可以探明李钰文学与中国文学深层的关系。

再次,采用接受美学的研究方法。任何影响的产生都是接受者主动接受行为的结果,除接受者之外,还存在着传播者和传播对象。如果把传播的对象看成是文本,把接受者看成是读者,那么,接受者是在什么情形下如何接受的,就可以用接受美学的研究方法去研究。接受美学非常重视读者的存在,在读者的视野中研究文本的价值。通过分析李钰作品的体裁、内容等,挖掘李钰文学对中国文学的借鉴和吸收。

此外,李钰的文学作品题材繁多,所体现的文化内涵也比较丰富,因而需运用多种方法,从多种不同的角度对其文学进行综合性研究。本论文从东西方古代、现当代的文学理论和文学研究方法中博采众长,即从哲学、文艺批评等多种角度进行综合研究,以马克思主义美学的历史的批评方法作为基本研究方法,兼取传记研究法、社会历史研究法等,切实做到融会贯通、相辅相成。在具体研究过程中,笔者将从特定的批评视角切入对象,评价其文学价值和文学地位,从而体现研究方法的多元性。相信以上的研究方法必将会成为客观、公正地研究李钰的文学及其文学地位的理论依据,有助于总结过去李钰文学研究的经验,使文学研究始终建立在实证、思辨、多学科交叉运用的科学基础之上。

第二章 李钰文学观产生的社会文化背景

2.1 李钰的生平及交友关系

李钰有着怎样的成长背景,其师承关系又如何?对此几乎没有明确的记载。但从他留下的作品及金鑢所写的题后记中,大抵可以推断其生平。其中李钰在模仿潘安仁①的《闲居赋》所写的《效潘安仁闲居赋韵》中谈及自己的经历并袒露心迹,从中也可窥视其生平。

2.1.1 李钰的生平

李钰(1760—1813),是朝鲜英、正祖时代的人物。李钰字其相,号文无子、絅锦子、梅花外史、梅庵、梅谿子、花石子、青华外史、桃花外史、桃花流水馆主人、石湖主人、汶阳山人、梅花宕痴侬等,其中号"文无子"广为人知。

依据《崇情三庚戌增广司马榜目》②和《崇情三甲戌增广司马榜目》③可以得知,李钰是孝宁大君的第11代孙。自孝宁大君的玄孙李东胤起开始做荫职官职,他的儿子幹因治理本郡有方而闻名。李幹育有4子,其中庆录和庆裕两兄弟参加了武科考试,开始奠定

---

① 潘岳(247—300),字安仁,中国西晋诗人。
② 朝鲜朝时,公布科举考试司马试高中者名单的金榜。
③ 同上。

第二章
李钰文学观产生的社会文化背景

进军武班的基础。虽然其后代的婚姻大多是与庶子的后孙联姻,但当时家中多与月汀尹根寿、阳坡郑太和等名门望族缔结姻缘,依然维持着王族的家势。庆裕没有嫡子,育有起筑和晌两庶子。因起筑(1589—1645)与其堂兄完丰府院君李曙一起参加了仁祖反正,作为奖励,命其承嫡。李起筑育有4男1女,其四子李万林中了武科状元,被封官职正平都护府使。李万林育有4男2女,其长子即是李钰的祖父——曾任御倭将军龙骧卫行副司果的李东胤,其独生子李常五即是李钰的父亲。

李钰虽然祖籍为京畿道南阳梅花洞,但其《三游红宾洞记》中有8岁时随父亲第一次去红宾洞赏花、1779年第二次是与很多朋友一起去游玩、1791年第三次去红宾洞的记载;其《辩狐》中有"今年夏天在西大门"的字句;《蝉告》①中有"辛亥年(1791年)七月游览了汉城,很久未归"的记述。从这些记录来看,李钰似乎是滞留在汉城生活了很久,而且其滞留在西大门城门附近,那里有叫作涵碧楼的亭子。

李钰8岁时随父亲赴红宾洞赏花,写下了"向阳花似锦,满地草如茵"的诗句。小小年纪竟能写出如此诗句,足见他非凡的文才,也因此其父李常五对他寄予了深切的希望。其后李钰第二次去红宾洞赏花,也留有诗句。

李钰自9岁开始学习科举考试的课程,15岁举行了冠礼,从此有了字"其相"。20岁(1779年)时,文科及第,与兵曹判书郑景祚的庶女缔结了姻缘。23岁得了疟疾,险些丧命,但拒绝使用当时人们为祛除病魔而惯用的符咒等。

李钰在25岁那年的除夕夜写下了《祭文神文》,记下了其间自己文字功夫的积淀,感叹以模仿为能事的文风当道的社会现实,袒露了将坚持自己独特文风的心迹。31岁那年,国家为了庆祝太子的封号,特别举行了增广生员试,李钰考中第二名。32岁那年,儿

---

① 李钰:《凤城文馀杂题·蝉告》,岁辛亥七月,客游长安,久未返。

子友泰出生。同年 6 月末,李钰创作了戏曲《东厢记》。同年 7 月,李钰对自己能否仅凭文章就可以为国争光产生怀疑,并怀着这种心理归乡。

李钰 33 岁那年的春天,以成均馆儒生的身份留宿在庠舍①,也与金鑢一起住在西泮村金应一②的外舍,习读功令骈俪文以准备科举考试。此时,李钰所著的短赋已有一卷③。金鑢曾告白道:李钰擅辞赋,常在自己之上。由此可以看出,李钰的辞赋已得到认可。同年 10 月 16 日,正祖让成均馆儒生以"诗"为题,撰写"策问",李钰的应制文被视为"纯用小说体",惹出了麻烦。正祖担心成均馆的儒生们模仿这种文体,而失去纯正的文体,下令让李钰每日作 50 首四六文,待其改正文体后,方可参加科举考试。正祖于 10 月 24 日重新论及应制文文体,指出南公辙的对策文引用了稗官文字,上斋生④李钰所写的应制文纯粹是小品体。正祖还说,李钰是一介寒微书生,没有什么可以斥责的,即便如此,也要杜绝用这种大不敬的文体写应制文。同年 12 月 27 日,正祖下令,让李钰每天作 10 首律诗,10 天共作 100 首,呈递上来,若没改变文体,则发配至西海岸水军充军。

李钰 36 岁那年(1795 年)的秋天,重新以成均馆儒生的身份应试迎銮制,正祖仍认为其文体怪异,取消了他参加科举考试的资格,后又改变决定,命其充军,将其发配至忠清道定山县。其后,大司成李晚秀说,所以改变决定,是为了给李钰参加下个月京科考试的机会。这之后,李钰进京参加京科考试,依然因为文体"怪异"受到正祖严厉训斥,并将其发配至比定山县更远的地方充军。依照王命,李钰被发配至庆尚道三嘉县。同年 9 月 19 日,李钰从汉城出

---

① 古代的学校,《现代汉语词典》,第 1375 页。
② 金立一是西泮村的居民,为参加科举考试的人提供食宿(参照《李钰全集》(实是学舍))。
③ 金鑢:《题絅锦小赋题后》,壬子春 余中进士第 与李梅史其相 住西泮村金应一外舍做功令骈俪体,《李钰全集》(实是学舍)第二卷,首尔:昭明出版社,第 359 页。
④ 参加生员、进士考试中榜的儒生。

发,经由铜雀渡口,于9月29日到达三嘉县。后来,李钰又经由岭南,于10月14日返回汉城。李钰将这个前后过程写成《南程十篇·叙》①和《追记南程始末》②,作了详细记录。李钰以游记的形式记录了自己在南行过程中的所见所闻——当地的民情、风俗。因正祖曾批示李钰的文章采用了鄙俚的文体,从上述文章中不难看出,李钰有刻意为自己辩解的痕迹。尤其是他把自己写的文章拿给好友金鑢和姜彝天看,引起了强烈共鸣。

1796年2月,李钰37岁时,参加了别试③,中了进士,却因其文体"有悖于正统的文体"而位居榜末。因为李钰已经参加过生员考试并考中,无须参加别试的初试,但李钰为了脱离军籍而参加了初试。同年5月30日,李钰的父亲李常五辞世,李钰将父亲安葬在南阳松山。

1797年,李钰38岁,三嘉县责问李钰为何不归。依据当时朝鲜的国法,科举考试中了榜可以脱离军籍。尽管李钰知道这条法律,却没提起呈诉,因而依然受制于军籍。同年11月,好友金鑢和姜彝天受"流言蜚语④"事件牵连被流配。

李钰39岁那年,为父守了三年丧后开始向刑部呈诉,刑部又将此事移交至兵部,兵部又移交至礼部。最终礼部也未受理。

1799年冬天,李钰40岁时,三嘉县频频催促其速回。李钰再次向刑部递交呈诉,结果和上次一样没有被受理。京畿道观察使和南阳郡守也对他施加淫威,好像对待逃犯一般,于是,李钰再次被流放至三嘉县,在那里凄清地度过了岁尾。

1800年,李钰41岁时得以离开三嘉县,这是因为适逢国家大赦,李钰得以如愿离开。离开三嘉县时,好多人欢送他,直到到了公州才接到赦免令,重获自由之身。在三嘉县期间,他体察当地的

---

① 《南程十篇》,《李钰全集》(实是学舍)第二卷,第205页。
② 《凤城文馀·追记南程始末》,《李钰全集》(实是学舍)第二卷,第105页。
③ 国家有喜事或逢丙年时举行的科举考试。
④ 当时流传着一种谣言,说某岛上出现了神人,正在着手筹建新的世界。并误传姜彝天参与散布此言论。

风土人情,将所见所闻记录下来,写成了《凤城文馀》。后来,该文集成为研究当时该地区民俗风情的重要史料。

自此,李钰归耕南阳,侍奉老母,过着隐居般的生活。

1801年,李钰42岁那年,发生了"辛酉狱事",金鑪和姜彝天被从流配地诏回,姜彝天被拷打至死,金鑪由富宁被流放至镇海。

李钰43岁时,其同父异母兄鏷过世。

李钰52岁时痴迷于词的创作,写有《墨醉香序》《墨吐香前叙》《墨吐香后叙》和《桃花流水馆问答》等。其中,《桃花流水馆问答》很好地反映了他"女性倾向和真情"的文学观。李钰拿着《墨吐香》草稿去找当时从流放地返回、逗留在公州的金鑪。该草稿在李钰去世后,由金鑪编写成《墨吐香草本》。

李钰53岁时,其母洪氏于南阳辞世。1813年,李钰过世,以54岁终其一生。关于李钰的卒年有很多种说法,但金鑪在《题墨吐香草本卷后》中记述道:"现在其相离开我们已有5年"①。照此记录,李钰的卒年应为1813年。李钰育有儿子友泰及4个女儿,友泰将其父留下的文章交给父亲的挚友金鑪,李钰的作品才得以保存至后世。

综观李钰的生涯,他的青壮年时代一直是在汉城度过的,但其诗文却全然没有在同时期其他汉城文人的文集中出现过,可以说这是因为他出身于庶族的寒微的家世。不仅如此,更重要的是因他在科举考试中应制文的文体受到正祖罚写四六文的惩罚及充军的命令,这在当时都是非常不光彩的。虽然李钰不屈的性格使得李钰独特的文学得以产生,但他的稗史小品体也成为阻挡他步入仕途的障碍。为了摆脱军籍,李钰尽了最大努力,但于事无补,至年届四十时,仍不得不在三嘉县充军。

与其他道相比,京畿地方的士大夫们拥有的耕地较少,这也是

---

① 金鑪的《题墨吐香草本卷后》完成于1818年,这时李钰去世已有5年("今其相殁已五年"),由此来看,李钰的卒年为1813年。但金英镇在《李钰研究(1)》说,即便是按金鑪的记录,李钰的卒年也应该是1814年,可能金鑪的记忆有误。

朝鲜朝后期社会等级制度崩溃的直接原因之一。由此可以推断出，因文体而不能及第，当然也不能入仕为官的李钰的晚年生活是比较寒微凄苦的。从他的文集所载的后期作品赋及杂文来看，晚年的李钰在南阳边过着田园生活，边从事文学创作，借周边的事物，寄托自己郁郁不得志的情怀。

2.1.2　李钰的交友关系

通过金鑢的文集可以得知李钰写有大量的文章和诗作，但他本人却没有专门的文集，在其他学者的记录中也未曾出现过。朝鲜朝存有很多文集，没有专门文集的李钰的大部分作品散录在金鑢所编撰的《藫庭丛书》中，这部文集具有文学同人集的性质。

尽管李钰颇有文才，其作品却不为世人所知，甚至在过世后作品也不曾被出版过，这是因为他家境寒微，无论朝野，没有人引荐他，加之其文学倾向是反正祖的文体反正的稗史小品体，通过科举入仕的路被阻断了。尽管当时也有其他文人和李钰一样使用稗史小品体，但他们大都听从正祖的训诫和劝诱，改正了文体，而李钰没有屈服于正祖的政策而改变文体。因此，李钰一生怀才不遇，尽管如此，他依然坚持独自的创作态度，在18—19世纪这一历史转换时期，利用小品体，从"真情"这个角度，刻画了当时丰富的人情世态，这是对传统理学的观念及纯正文学权威性的挑战。

李钰的青壮年时期一直在汉城度过，而汉城文人的诗文集中全然没有提及李钰的名字，除了因其应试时的文体遭到正祖的贬谪外，寒微的出身也使他的交友关系受到了一定的限制。有关李钰交友关系的记录散见在各处，通过李钰的文章可以得知与其交往甚密的多为成均馆的儒生，已被确认的有金鑢、姜彛天、柳鼎养、徐有镇、闵师膺、朴尚左、金若俭、崔九瑞、李尚中等。其中与金鑢、姜彛天、崔九瑞等最为亲密。

通过李钰的《戏题剑南诗钞后》可以确定他与金鑢和姜彛天的关系。

歲癸丑春 余意中諸文人 論唐宋詩 次及陸游 誦芬姜子 忽躍席起 載手屬聲曰游之詩 何可污口吻 游之詩在家 當焚 否必誤後人也 余與歸玄金子 冠纓幾絶 笑其太激 而亦未嘗不以爲旨①

这段文章记述的是李钰和金鑢、姜彝天三人就陆游的诗展开讨论——读完陆游的诗,李钰和金鑢两人在取笑持不同观点的诵芬子,即姜彝天。由此可以看出三人平素的情分。

金鑢生于1766年(英祖43年),卒于1821年(纯祖22年),本贯延安,字士精、鸿豫,号薄庭,是金喜的孙子,金载七的儿子,自幼聪明、有文采。正祖15年(1791年)中生员,次年中进士。尽管金鑢比生于1760年的李钰小6岁,但与之交情颇深。李钰谈及金鑢的文章,除了之前所列的《戏题剑南诗钞后》,还有《中兴游记》。金鑢也在几篇《题后》中谈及李钰。

与李钰交往的朋友大部分与小北②有关系,李钰为庶系,又属于失去势力的小北,金鑢虽与之交往过密,却是属于老论派③、有着一定的家庭背景的文人。并且金鑢自15岁就形成了当时独特的文体"薄庭体",并使之在文人士大夫间广为流行,表现出卓尔不群的文学才华。

十五游杏庭 長年老宿 皆折輩行友之 名聲藉藉衿紳間翌年春 有從嶠南來者 文體稍異 俗人問之 曰此某體 某卽先生也。④

金鑢虽属于老论派,却是不受制于党派的、自由奔放的文人,具有广泛的交友关系,这一点可以说是金鑢的长处。李钰所以能结交家门优于自己的金鑢,也主要是因为金鑢的性格。

金鑢与李钰的文学观有相似性,因此,金鑢表现出积极响应李钰的文章的姿态。金鑢在《题墨吐香草本卷后》中说:

---

① 李钰:《戏题剑南诗钞后》,《李钰全集》(实是学舍)第三卷,第70页。
② 朝鲜朝宣祖时,北人南以恭等建立的党派,是相对于同党派的洪如淳所成立的大北的。
③ 朝鲜朝肃宗时的党派之一,是由以宋时烈为中心的西人中分离出来的。
④ 金鑢:《薄庭遗稿》,第12卷,跋。

第二章
李钰文学观产生的社会文化背景

余與絅錦子李君其相 爲同研友 其相爲人 耿介而多氣義 有古節俠風 其文纖細 而情思泉湧 其詩輕清 而格調峭刻

作为与李钰志趣相投的好友,金鑢评价其为人耿直,颇有义胆侠骨,而且诗风清丽,格调峭刻,文思如泉涌。

金鑢在《题梅花外史卷后》中说:

余愛李其相詩文 其奇情異思 如蠶絲之吐 如泉竅之湧

由此可以看出,金鑢对李钰的品性、文风、才思给予了极高的评价。除此之外,金鑢关于李钰的文章所写的题后还散见在很多地方。

如上所述,金鑢和李钰彼此对文章的理解及文学志向较为相近,他们平生执著于自己独特的文学理念,通过文章所追求的文学思想及其文学风格是对当时士大夫通过文章而构筑的理想世界的挑战和颠覆。

传统的士大夫文学所反映的问题大多是国家的政治命运、个体的宇宙观及生命意识之类的大问题,也即主张文以载道的文学观。但是,李钰和金鑢不认同这种不变的传统伦理的存在。"天地万物是万种事物,事实上不可能合为一,同一片天空哪怕是一天也没有完全相同的,同一块地也没有一处是完全一样的。"李钰的这番话是他对世界认识的极好说明。

因此,他们把用自己的文章来表现此时此刻存在着的天地万物当作文学的使命。描写人时,关注被别人忽视的人群;描写世界时,关注的不是被观念化了的自然,而是具体的事物。对人情物态倾尽心力的描写是他们所追求的写文章的真谛。

他们在作品中所描写的人物多为猎人、游医、乞丐、小偷、商贾、兵卒、妓女等底层民众;他们在作品中所刻画的事物多为青蛙、昆虫、鱼、凤仙花、蜘蛛、跳蚤、蝴蝶、驴子等弱小的动物。他们以如此卑微的人和琐碎的物为素材写文章的意义何在呢?从素材来看,已经脱离了文以载道的文学观。选取什么作为素材决定了文章的主题、文体及词汇的不同。他们所看重的是自己对所选的素材进行了多么真实、逼真的描写。从这个意义来说,他们热衷于女性素材的创作这一事实证实了他们关注处于卑微地位女性的文学视野。在朝鲜朝后期的文人当中,很难找到像他们那样倾尽心力去表现女性的情感的文人。李钰的66篇绝句诗《俚谚》及金鑢的长篇叙事诗《古诗为张远卿妻沈氏作》当数这类作品中的杰作,前者描写了18世纪末都市女性多彩的生活,后者描写了卑微的白丁家女儿的人生历程。对女性的关注表明李钰和金鑢文学视角的转移,也蕴涵着在当时社会背景下他们对人的理解是多么富有创新意义。

曾有人责难李钰为什么那么执著于对女性的描写,他回答说,对天地万物的观察之大,莫过于对人的观察;对人的观察之妙,莫过于对情的观察;对情的观察之真实,莫过于对男女之情的观察。即,李钰认为,对天地万物细致的观察最要紧的莫过于对男女之情的观察,所以,如果说中世的哲学认为天地万物的根源是太极、是阴阳的话,那么,李钰、金鑢已远远地走在了所生活时代的前列。

分析李钰和金鑢留下的作品,处处可以看出他们对社会底层的人及琐屑的事物、对受苦受难的女性的理解是多么深、多么充满温情。他们不认同天地万物中人的绝对的地位,也不认同男人的绝对的地位,他们把人与物、贵与贱、男性与女性看做是同等的个体并加以尊重,这种平等的目光把他们引向了较为进步的对世界的认识。

正是因为有着相同的文学观,金鑢对李钰的文章表现出了格外的喜爱之情,并含泪追忆李钰,积极呼应李钰所追求的文体。一言以蔽之,金鑢是李钰值得信赖的同路人和永远的支持者。

对李钰文学的关心和喜爱,使得金鑢与李钰的友情从同为成均馆儒生时开始,从李钰所写的《题后》来看,他们的友谊一直持续至晚年。尤其是从李钰52岁时所写的《墨吐香》来看,他曾到金鑢所逗留的卢陵去看望他,足见他们二人之交情。李钰的儿子友泰

第二章　李钰文学观产生的社会文化背景

拿着父亲的遗稿拜托金鑢校正这一事实也足以说明了两人至亲的关系。金鑢把没有文集的李钰的文章收录在自己编撰的《藫庭丛书》中,李钰的文章才得以传至今天,如若没有金鑢,李钰的文章或许会失传。

若考察金鑢的生平,或许可以说金鑢的一生比李钰更为悲惨。

正祖15年(1791年),金鑢考中生员,之后在青岩寺、奉元寺苦读。1797年,发生了"流言蜚语"事件,说是某个岛上将出现神人重建世界,金鑢和姜彝天受此事件牵连,在富宁度过了10年之久的、残酷的流配生涯。当时,正祖对受姜彝天"流言蜚语"事件牵连即将赴富宁的金鑢说①:

見其文體 噍殺浮輕 專是小品

李钰的应制文文体是稗史小品体,由此可以得知金鑢也是稗史小品体的喜爱者。金鑢到达流放地后,与当地贫穷的农渔民亲密相处,对受苦受难的百姓给予深切的理解和关爱之情,这种思想意识在他以后的文学作品中占据了相当大的比重。金鑢还与当地的官妓友好相处,理解她们的处境,甚至为她们作诗而招致"文字狱"。他还悉心教育子女,对子女强调说应该比显赫官宦家的子弟优秀,对官宦之家有明显的批判意识。1799年,因这种批判意识再次引来"文字狱",他的大部分著书也被毁之一炬。这之后的纯祖1年(1801年),在重新对姜彝天事件进行的调查中,因与天主教有交情之嫌疑,金鑢再次被流放至镇海。

1806年,儿子替父上诉,金鑢被释放,从而结束了流配生涯。自流放地回来后,金鑢先后作过靖陵参奉、庆基殿令,晚年作过延山县监、咸阳郡守,并未能成为高官。但是,他对于把自己的人生搞得一塌糊涂的、年轻时结交的朋友没有丝毫的埋怨,反而积极为他们的文学活动进行辩护,并把与自己在文学方面有交流的李钰、金祖淳等十余名文人的文章编成《藫庭丛书》。除此之外,他的作

---

① 《正祖实录》第47卷,21年丁巳11月丙子。

品还有模仿中国的稗史小品体《虞初新志》写成的《虞初续志》(后来被收录至其遗稿集《丹良稗史》中),还有他真实地描写流配地的风俗和世态的《思牖乐府》与《牛海异鱼谱》(与丁若铨的《兹山鱼谱》被并称为当时朝鲜鱼谱①的双璧),他还编撰了《寒皋馆外史》《仓可楼外史》《广史》等野史丛书,但大部分已失传。

除金鑢之外,与李钰交情颇深的人物是姜彝天(1769—1801)。姜彝天是18世纪以诗、书、画三绝统帅朝鲜朝后期艺苑的姜世晃(1713—1791)的孙子,姜彝天自幼随祖父习家学,显现出了非凡的天赋。他克服了左眼斜视的身体缺陷,于12岁那年被选为童蒙②数次晋见正祖,呈递诗文,"他日可成为真正的学士"③,颇受正祖赏识。姜彝天18岁那年,在式年④司马试中夺魁,次年以少年进士的身份学习馆学的课程,以根植于六经的古文为基础打下了坚实的学问基础。但在他将近30岁时,结识了所谓"稗史小品体"的主要拥趸者李钰、沈鲁崇、金鑢等。因他们的文风有悖于正祖的文体反正政策,正祖给成均馆下令对姜彝天等进行再教育。姜彝天还由画家出身的庶叔姜信的介绍认识了委巷文人及西学派,在与他们来往的同时,受到"蜚语事件"牵连,以主谋罪被流配至济州岛(同一时期被流放的还有金鑢)。后来正祖突然驾崩时发生了"辛酉邪狱"事件,姜彝天因西学徒⑤的嫌疑被推鞫,33岁时惨死在狱中。

姜彝天死后,《先府君进士公遗事》被发现,关于他的生平及家系有着更为详细的记载。

姜彝天之父俒(1739—1775)是姜世晃的二儿子,尽管于37岁早逝,对姜彝天文学的形成有着很大的影响。姜彝天的文学以基于六经的载道之文为主,但在很多地方表现出欲摆脱中国文学影响的痕迹。他的遗稿《三堂斋遗稿》中的《借轩酒席拈唐韵》《拟河

---

① 将鱼类分为若干个系统,并附上画与照片,加以说明。
② 尚未婚娶的少年,初学者。
③ 徐俊辅:《重庵稿》(重庵稿跋),每入侍应制 天笑为新 辄以他日眞学士称之。
④ 含有子、卯、午等"支"的干支年。
⑤ 朝鲜朝时指天主教。

第二章
李钰文学观产生的社会文化背景

楼雅集》《金舜蔓传》等就是与闾巷文人有关的诗文。《赠白生序》是姜彝天在安山居住时写给出入其门下的闾巷文人白成彬的文章,主要谈及的是秦汉古文与文体变异等内容。

徐俊辅的《重庵稿跋》也对姜彝天有所记载。徐俊辅与姜彝天一同被选为童蒙时,曾多次被正祖召见。徐俊辅在文中回忆了与姜彝天一起进餐、学习的情景,还写到姜彝天在十一二岁时已开始赋五言诗,尤擅赋五言律诗和绝句①。

姜彝天 25 岁时,与洪洛玄、安光集、金鑢、徐有镇等一起去明伦堂听正祖亲临讲授的诗经讲义,还和李相璜、金鑢、金祖淳、沈鲁崇等一起参与"亲临殿讲"。这些事例均有助于说明姜彝天与李钰的交友关系。自此,姜彝天开始与闾巷②文人及李钰、金鑢、沈鲁崇等交往,这也成为给其生活及文学带来一些转变的契机。导致姜彝天死亡的事件是"蜚语狱"和"辛酉邪狱"。"蜚语狱"事件发生于当时时派③和僻派④之间激烈的政治斗争和混乱的社会现实。当时金建淳与天主教神甫周文谟交往,接触西学,这件事误传为姜彝天参与了,后又误传波及到金信国,当时西学的蔓延与流言蜚语的传播导致了这一事件的产生。受这一事件牵连的人物以姜彝天为首,还有金鑢、金建淳、金履日、金信国等。姜彝天、金鑢没有幸免于"蜚语狱",按理说与他俩有着亲密友情的李钰也不可能幸免,但恰巧李钰为父奔丧躲过了这场灾难。当时正祖得知姜彝天是已故判书姜世晃的孙子,非常关注这件事情,自始至终庇护他,并以将姜彝天流放至济州岛了结此事。但正祖突然驾崩,定顺王后垂帘听政,老论僻派开始掌权,将其政敌斥为邪学并致死。这时周文谟自首,在其供词中有他向姜彝天传教的字句,于是,将正在流放地济州岛的姜彝天抓回禁府,姜彝天在狱中受刑而死。

---

① 《重庵稿》(重庵稿跋)。
② 本意是胡同,此处指民间。
③ 朝鲜朝时的党派之一,属南人系,与僻派相对立。
④ 朝鲜朝英祖时的党派之一。

姜彝天的交友关系相当广泛,和金鑢一样,他超越了门第观念,广交出身门第相当的先后辈、童蒙及在成均馆求学时志趣相投的同窗等。其中,他最为信赖、最为尊敬的就是金鑢,这可以从他写给金鑢的《金士精歌》中得到确认。姜彝天在很多方面都表现出了强烈的好奇心,他曾经读过《虞初新志》,在看了金鑢和金祖淳写的《虞初续志》后,又借读了《虞初新志》,由此也可看出姜彝天与金鑢的交友关系,而且姜彝天很早就关注稗史小品体文学,最终写出了《梨花馆丛话》。《梨花馆丛话》篇幅不长却刻画了市井世态诸多人物形象故事,这与李钰和金鑢的作品极其相似。

李钰与姜彝天的交友关系还可以从前面所提到的《戏题剑南诗钞后》中得到确认。可以说李钰和姜彝天的交往始于成均馆求学时期,但两人的党派同属小北,李钰的故乡南阳与姜彝天的外祖父家安山很近,从地缘上是连在一起的。姜彝天的文集中有关于李钰的《南程十篇》而写的《书絅锦子南程十篇题后》,在同一卷中还收录有他1796年所作的《读古唐诗》,其中提到与花山子一同探讨歌辞等。李钰的故乡是南阳梅花山,文中所提到的"花山子"极有可能就是李钰①。从金鑢所写的《题梅花外史卷后》来看,其中的《戏题剑南诗钞后》是借诵芬子姜彝天对李钰文章的点评来表达金鑢自己的观点②。

除了上述的金鑢和姜彝天,从李钰的文章中可以看出与其交往甚密的还有崔九瑞。关于崔九瑞的生平没有详细的记录,但从1798年科举考试及第生员的名单来看,应该是崔鹤羽。其本贯是全州,居住在善山,字九瑞③。他与李钰的关系在李钰写给他的《与病花子崔九瑞状》中有很好的说明。

曾從歌鹿之筵 猥托求鶯之契 一言相合 結已厚於金蘭百事不

---

① (韩)金英镇:《李钰研究(1)》,首尔:《汉文教育研究》第16辑,第352页。
② 金鑢:"诵芬尝言 其相笔端有舌 余以为善评云",《集戏题剑南诗钞后》。
③ 《李钰研究(1)》,第16辑,第351页。

如 倚實慚於玉樹 花朝月夕 同深白首之盟 黑舞毫歌 兼試紅心之射①

这篇文章是李钰唯一的一篇书信体文章,从文中内容来看,是他 37 岁那年的 3 月去三嘉县充军返回故里时所作。这篇骈体文绝好地表达了李钰惨淡的心境。从文章内容来看,崔九瑞参加了科举考试,却几度落榜,为了准备科举考试滞留在汉城时,与李钰相识,结下了友情。

在文章中,李钰回忆了与崔九瑞的交往,在表达了对他的思念之情的同时,也描述了自己的心境。"鹿鸣"指《诗经·小雅》的"小雅"篇,是反映君臣的诗。因此,把"追逐鹿鸣"喻为才士们聚集在国家选拔人才的地方彼此交谈。李钰所说的与崔九瑞结下了"求莺"之缘也源自《诗经·小雅》的"伐木"篇的"嘤其鸣矣,求其友声"。黄鹂是求友的鸟类,因此,"求莺"是求友之意。"玉树"是指相貌出众,才能卓尔不群的人,在这里即指崔九瑞。从上面引用的文章可以看出,崔九瑞是李钰在成均馆儒生时期比较亲密的朋友,在通篇文章中,李钰表达了自己内心深处对崔九瑞的思念之情。

此外,被间接证明与李钰有交友关系的还有金鑢的弟弟金璔及柳鼎养(1763—1833,1800 年生员),徐有镇(1768—?,1790 年进士),闵师膺(1750—1821,1786 年生员),朴尚左(1766—?,1792 年进士),金若俭(1761—?,1790 年进士),徐稚范(1768—?),李尚中等。他们都是李钰在成均馆读书时的朋友,与他们的交往有下面的文章为证。李钰在《中兴游记》中写道:

紫霞翁閔師膺元模甫,歸玄子金士精鑢,鼻其仲木犀山人大鴻,偕及余才四人,余曰李鈺其相。

初約徐稚范進仕同,適不來。童鳳采期會不至,其後悔。②

---

① 《与病花子崔九瑞状》,《李钰全集》(实是学舍)第三卷,第 65 页。
② 《伴旅二则》,《李钰全集》(实是学舍)第三卷,第 96 页。

除此之外，从散见在各种文稿中的记录可以得知与李钰有交友关系的有：

《凤城文馀》的《错呼云得》中关于儒生朴尚左的记录，还有年长者柳懋、南阳的邻人赵春晗、东大门附近同座的洪参判、编撰了《孝田散稿》和《流配日记》及庞大的野史丛书《大东碑林的》的沈鲁崇(1762—1837)等。

2.2 朝鲜朝后期社会文化的变革

作家文学思想的形成离不开他所生活的时代。如果时代变化了，社会变迁了，文学思想也随之变化。18世纪中后叶至19世纪前夕的朝鲜朝社会处于政治、经济、文化剧烈动荡变革期。

2.2.1 朝鲜朝后期社会的变革

把朝鲜朝分为前期和后期的分水岭是壬辰倭乱和丙子胡乱。经历了壬辰倭乱和丙子胡乱的朝鲜朝社会处于相对稳定的时期，朝着封建社会的再确立这个方向发展。政治上，中国的明朝灭亡后，朝鲜朝两班贵族尊崇清朝文化，理学作为统治思想的地位得到了巩固。

李钰所生活的18—19世纪最明显的社会文化的变化可以从很多方面去考察，但其中最为明显的则是随着农业和工商业的发展呈现出来的变化。

朝鲜朝前期农业的耕种多采用直播法，即无论旱田还是水田，播种后让其生长直至收割。但是17世纪以后，尤其是进入18世纪，地主实行土地兼并，耕地减少，农民不得不改良耕种方法以寻求活路，其结果是移栽法应运而生。

移栽法替代了需要大量劳动力的直播法，节省了大量的劳动力，一年收获两季成为可能，稻子产量成倍增长，旱田也如此。与传统的只在田垄上耕种的垄种法不同，开始在垄沟里耕种，这样可

第二章
李钰文学观产生的社会文化背景

以挡风,保护种子。这种方法被用来种植大麦和小麦,从而提高了产量,节省了劳动力。随着耕种方法的改良,减少了受旱涝灾害的影响,在不太肥沃的土地上也可耕种,同时开始栽培在严重的荒年可以代替主食的红薯、土豆。红薯引种自日本,土豆引种自中国。

除了改良耕种法之外,还开发、改进施肥法,利用人粪便、割草积肥、利用家畜的粪便及焚烧稻草和大麦的秸秆,提高了土壤的有机成分,增加了氮肥的含有量。此外,还改良农机具,部分农民甚至比种植水稻投入了更多的精力种植人参、辣椒、烟草等经济作物,其中人参大量出口中国,发展成为具有商业性质的农业。

农业技术的改进使得农村出现了相对剩余的劳动力,具有商业性的农业的发展使土地经营的方式发生了变化,其结果是部分农民被迫离开了土地,而其他有经济能力的农民扩大了耕地的规模。于是,促进了农民的两极分化——出现了贫农和富农,随着财富的增多,富农形成了原本的特权层——官僚和两班地主之外的非特权层。

如此,地主制度发生了变化,原来的特权层官僚和两班所具有的地主权逐渐弱化,佃户权的成长紧随其后,这样导致地租的收取形式发生了变化。这之前多以打租法收取地租,即以分半打作为原则,但逐渐被赌租法替代。赌租法是随着当时社会经济条件的变化,地租形式由农作物变为货币的纳金制。

不仅如此,商业、手工业、矿业的发展也是这一时期发生变化的主要的社会现象之一。商业、手工业得到发展的主要原因应归结于大同法的颁布和实施。

朝鲜朝前期社会的农民主要收入来自被公平分配的土地,租税以土地为单位或以户为单位摊派,租税比较公平。当土地分配不均后,租税负担的不公平性就显现出来,尤以贡品和军布[①]突出。朝鲜朝前期的税制建立在农民对土地均等占有制度上,一旦这种

[①] 朝鲜朝时,代收布匹,可免除兵役。

均有被打破,出现土地占有不均问题后,朝鲜朝前期的税制就矛盾日渐极端化。

这种农民负担不公平性以及日渐尖锐的矛盾,迫使统治阶层不得不谋求税制的改革,于是颁布大同法作为税收体制改革的手段。在实施大同法期间,筹措官府用品的商人——贡人开始出现,贡人的出现促进了商品货币经济的发展。在当时的汉城具有御用性质的六矣廛垄断着商权,贡人的出现及私商活动的频繁逐渐削弱了六矣廛的势力,比之于有局限的国家间的贸易,两国私商间的贸易——后市更加兴盛,湾商①与松商②大贾聚积了大量财富。

如此,随着朝鲜朝对外贸易及国内商业的发展,迫切需要金属货币的出现。于是,肃宗 4 年(1678 年)铸造了叫做常平通宝的铜币,其后,又发行了很多货币,17 世纪末开始在全国范围内流通。

手工业领域也呈现出官营手工业日渐衰退,私营手工业日益成长的趋势。原来的官营手工业是靠无偿征用工匠劳动力的赋役制来运营的,但是,伴随着赋役制的全面解体,18 世纪末,政府废除了无偿征用工匠劳动力的制度,工匠们获得解放变成了私营手工业者。如此,手工业制品的流通及需要的增加促进了原料生产,从而带动了矿业的发展。

农业生产力的提高,手工业、矿业、商品货币经济的发展等朝鲜朝后期社会的变革导致传统的身份制度的崩溃。传统的、居于统治地位的社会集团两班层分化为参与政权的集权两班阶层、沦落为地方土豪势力的土班、汉城和地方败落已久的残班等。

随着土地经营的变化及农业技术的发展而提高了的生产力加速了社会各阶层身份上的变化。部分有权势的两班、官僚大肆兼并土地,新兴地主拥有的土地增多,丧失了土地的农民也越来越多。17、18 世纪人口的激增是加速农民分化的原因,而且在地主与佃户的关系中,经济被强化、商品货币被进一步扩大,这些都给身

---

① 朝鲜朝时,在平安北道义州的龙湾与中国做贸易的商人。
② 朝鲜时期松都的商人。

第二章
李钰文学观产生的社会文化背景

份制度以直接影响。大体上来说,富裕者多为两班阶层,贫寒者多为平民和奴婢,但两班在经济上不一定占优势,两班阶层开始出现贫富差距,平民阶层和奴婢阶层也开始出现贫富分化。

受财政困难困扰的朝廷及因货币不足而挣扎着的两班层,为了确保税收的稳定,实施"纳粟免贱"和"纳钱免贱"制度。这可以说是因身份制度而滋生的强制及压抑减弱后,封建统治阶级依靠被强化了的经济掠夺来约束平民层及奴婢层,这之后紧接着就是变本加厉的苛敛诛求和掠夺。

处于身份制度最底层的奴婢阶层也随着解放身份路子的拓宽,身份的世袭制较之以前也有很大的不同。至朝鲜朝后期,国家的各级机关事实上已不能再占有麾下的奴婢,让这些人成为平民缴纳军布,这是提高税收的策略。至19世纪,虽擅权政治当道,却在门户开放后的1886年废除了奴婢身份世袭制,1894年甲午更张时,无论是官府奴婢,还是私人奴婢,全都在法律上获得了解放。

这种封建身份制度的动摇最终给平民阶层和奴婢阶层的社会意识带来了一定的变化。他们开始对自己潜意识里所理解的封建身份制度的权威及基于这种权威下的社会的压迫产生了怀疑,近而对地主与佃户间、两班与平民、奴婢间维持不可逾越的尊卑关系提供保障的封建伦理秩序产生了怀疑。被统治阶层的觉醒意识表现为以拒租、抗租、暴乱等形式积极抵抗,强烈反对封建官僚的苛敛诛求及地主对地租的强取豪夺。此外,农民和奴婢还分别以弃耕、逃亡的形式消极反抗。因此,可以说被统治阶层社会意识的觉醒,即平民意识正朝着怀疑、批判封建统治阶层的压迫这一方向成长。

这诸多现象是封建社会末期基本的历史行程,它伴随着高利贷的蔓延,基于欺诈与欺瞒的经商术和盗贼、火贼的出没,基于金钱的官职买卖、人身买卖,农民的流亡等现象,把洞察这种现象作为课题的就是实学。前面所提到的诸般社会现象的产生不是偶然的、偶发的现象,是带有一定必然性的历史进程,实学思想恰恰是设想基于这一历史进程、匡正社会流弊的设想。

鉴于当时的社会状况,比较激进的实学派知识分子认为,政治体制的稳定与农民生活的安定息息相关,根治社会混乱的根本在于田制改革,主张田制改革论。

朝鲜朝前期的税制是以农民土地占有的均等为前提的,农民土地占有的不均等现象出现后,朝鲜前期的税制也出现极端的矛盾。朝鲜朝前期社会,农民的主要收入来自土地,土地被公平分配时,租税以土地为单位或以户为单位摊派,租税的公平性没有什么大的问题。但在土地分配不均等的条件下,租税负担的不公平性就显现出来,尤以贡品和军布最为突出。

这种农民负担的不公平迫使统治阶层不得不进行税制的改革,作为税收体制改革的手段,颁布了大同法①、均役法②。

传统的税收是以户和人为单位来征收的,大同法和均役法是为了改变这种传统的税收制,谋求以土地为单位进行公平征税,但其结果却有悖于原来的意图,而招致社会的变革。

传统的租税制度是收取政府需要的现物,是自给自足的,没有刺激商品流通。将农民剩余的生产产品以租税的形式加以征收,反而抑制了商品流通。大同法和均役法实施后,大米用于收取租税,政府需要的现物可以到市场上购买,这就刺激、促进了商品流通,为资本主义萌芽的产生提供了契机。

随着商品货币经济的形成,朝鲜朝后期社会的身份制度发生了急剧的变化。两班贵族因经济实力的衰败,社会地位呈下降趋势,而译官、医官、胥吏等中人阶层随着经济实力的提升而欲谋求社会地位的提高。在这个过程当中,经济上逐渐没落的两班贵族对显现出矛盾的理学的社会秩序产生怀疑,对理学的政治理念及思想反省,意识到仅凭理学的政治理念和思想不能解决社会矛盾

---

① 朝鲜中期以后,将以前以实物形式缴纳的贡品换算成米粮缴纳。
② 朝鲜英祖时期,为减少百姓的负担而实施的纳税制度,应缴纳的军布由原来的两匹减为1匹,不足的部分用渔业税、盐税、船舶税来补充。

及民生问题,另一方面,通过经济的稳升实现身份地位上升的中人阶层也致力于争取原本的身份,把矛头直指社会体制。

实学派知识分子还热衷于对朝鲜政治思想的研究。朝鲜传统的统治理念是民本主义,即统治者对"民"施以德政,实现政治社会中"主体(统治者)"与"客体(民)"的调和。这里所说的"民"只是统治行为的客体对象,是一个作为主体存在没有任何意义的、一般服从的义务者。与此相反,丁若镛主张统治权利产生的源泉在于"民",政治应"自下而上"实施,"民为天"。丁若镛在传统的民本主义之上更进一步,认为拥有统治权的主体是"民",把传统的民本主义发展成为"主权在民"的民本主义。

实学者对封建身份制度的批判也是这一时期社会文化重要的变化之一,他们极力主张废除两班的特权。柳寿垣认为,应该废除非生产者两班;丁若镛在《间田制》中表明两班这一特权阶层没有存在的余地;朴趾源设想把两班改造成能够贡献于社会发展的知识分子;朴齐家主张让两班从事商业。

实学者们还对两班制度的基础奴婢制度进行了批判,若依据丁若镛的《间田制》①将根本上消灭奴婢身份制度。

实学者们所主张的地主佃户制度在朝鲜朝后期也是颇为引人注目的。他们认为,地主佃户制度阻碍了农业生产力的发展,助长了农民的破产与流亡,坐着不劳动却收取一半的地租是不人道的,应改进或废除地主佃户制。

实学者们还否定传统的理学者的"士农工商观",使商业活动在伦理上、价值上正当化。即,否定朝鲜朝前期视商工业为"贱业""末业"的观点,认为商工业活动的价值与农业、甚至与"士"同等。朴齐家在这个问题上则更进一步,认为在一个国家的产业发展中,商工业起着最为先导的作用,主张应图谋依靠贸易蓄积国家的财力。

---

① 丁若镛提出的以村为单位,共同耕作土地,以劳动力为标准,进行分配的土地改革制度。

对商工积极的评价,即通过强调"士农工商"各业价值的同等性,塑造了"人的活动方式",从而强调了职业这一概念,柳寿垣甚至把对职业的忠诚当做伦理德目提了出来。

如上所述,实学是在封建社会末期动摇、崩溃的危机中展望新的社会、意欲改革现实社会的思想。实学者们所希冀的新的国家和社会是作为一个个体性的朝鲜,国家之内居民没有身份地位的差异。但是,这种改革现实的实学思想是不可能实现的。究其原因是作为实现实学改革方案的主体的市民阶层在 17 世纪后半期以后至 19 世纪前半期尚未成长为社会阶级。即便如此,实学在当时的社会发展中业已成为基础性的合法的思想,历史进程自身强制性地部分采纳了实学的改革方案。不仅如此,实学还启蒙、启发了无从接近、怀疑、批判封建制度的学说的百姓们。

朝鲜实学是 17 世纪初在中国实学思潮的影响下,受来自中国的西方自然科学的影响并基于以往朝鲜自然科学之成果而产生的。朝鲜实学思潮反映了随着封建社会的没落,受西方科学文化影响而觉醒的两班阶层中的进步学者汲取了以往的教训,坚持实事求是研究学问的方法,为解决当时社会所面临的现实问题,主张渐进的社会改革要求。

2.2.2 朝鲜朝后期的文坛

受实学思潮的影响,朝鲜朝后期的文学思想与前期的文学思想相比,也呈现出不同的形态。前期理学的文学思想将追求道、修身养性过程中所体会的喜悦与烦恼形象化地表现在诗文中,离现实却很远。

李瀷(1681—1763)、丁若镛(1762—1836)、朴趾源(1737—1805)、朴齐家(1750—1805)等实学派学者摆脱了传统的理学文学,剖析和批判了当时病态的社会现象和社会矛盾。实学派文学超越了修身养性的艺术范畴,反映现实生活问题,并致力于匡济一世。

其中朴趾源的文学思想颇具代表性。他的文学思想中最重要的是摒弃模仿,追求"真",这正是体现真实的朝鲜的国风的燕岩文学论的核心。批判模仿中国的拟古的文学、没有国籍的朝鲜文坛,认为模仿汉唐的诗文无异于邯郸学步、东施效颦,认为学邯郸人走路,反而成了跛子;丑女东施,学美女西施皱眉头,反而更丑;美其名画的是桂树,其实还不如梧桐树。主张朝鲜人应该写朝鲜的诗,朝鲜之风的文学论主张应真实地反映朝鲜的风土和历史、现实和人情,即自主的文学论。应该成为朝鲜之风的自主文学论认为正像孟子所说的姓虽相同,名字应不同一样,虽然文字相同,文章应该有独特的个性。小说的场景以朝鲜为主,用了很多谚语,作为摆脱模仿汉、唐文学的朝鲜的文学"朝鲜之风"的体现。因此,朴趾源的"真"主要倾向于文学应反映本国的风土和文化。

朴趾源的朝鲜之风的诗论阐明朝鲜的"风"与《诗经》的国风一样,是真正的诗。朝鲜的山川风气、地理与中国不同,时代也非汉唐,但语言和俗谣却模仿中国的手法,因袭汉、唐的文体,批判了当时朝鲜缺乏民族特色的文风。

如此,朝鲜朝后期,在社会政治、经济、文化等领域,新的理念和思想业已抬头并发展起来,从而出现了学风和世界观多元化的现象,也出现了多种文体盛行的局面。这是随着时代的变化而产生的,是历史的必然,也符合时代的要求。

文体是一种对时代意识敏感的反映,从这个意义上来说,当某种历史秩序走向解体,且个人或社会都在经历着新的变革的时期,文体也自然会产生变化。

朝鲜朝前期、中期一直奉行理学的文学观,提倡所谓"古文的文体",即标榜先秦两汉的经典史书和唐宋古文的二元化。理学最初始的目的是统治者为了强化南宋王权,朝鲜朝在建立初期为了平抑权力斗争也将理学引为治国的政治理念。但至朝鲜朝后期,理学逐渐丧失了在思想领域的统治地位,实学及西学渐渐盛行,这种多元的学风折射至文学领域,使得这一时期的朝鲜文坛呈现出多种文体盛行的局面。

朝鲜朝的官僚及御用文人们将经学篇章及中国唐宋古文奉为典范，多将四六骈体文用于科举考试、外交文书及公文文书。所谓四六骈体文就是行文要像写律诗一样，字数以四字或六字为主，形成对仗句，注意平仄的相间等。

除骈体文外，理学派的文人们还热衷于拟古文的创作，即模仿《四书》的创作，这种倾向与中国的文风不无关系。

在当时的中国明代，唐宋八大家的古文文体逐渐衰败，当时的文人李梦阳、何景明反对八股文的形式主义，排斥唐宋八大家，提倡学习秦汉的古文。随后，明代开始盛行模仿秦汉古文之风，朝鲜也紧随其后，李攀龙（1514—570）、王世贞（1526—1590）等拟古派大家开始风靡。但他们仅只是一味地模仿秦汉的"古格"，并没能创造出新的文学。宣祖时的崔岦（1539—1612），非常钦慕拟古派的文学思想，欲模仿秦汉的古文，倡导简洁、古劲的文风，但难免有险僻古怪之虞，缺乏创造性。这种拟古倾向由尹根寿（1537—1616）、申钦（1566—1628）、申维汉（1681—1752）等加以发扬光大，一直持续到19世纪末。综观各时代的古文运动，无论标榜的是什么，都没能摆脱模仿的痕迹。

以丁若镛为首的经世致用派的文人们与官僚文人不同，反对外交文书、公文文书所使用的骈体文，将《易》《诗》《书》《礼》《周礼》《春秋》等六经和《论语》《孟子》等古文作为文章之学的本源。

利用厚生派也与拟古主义者一样，力推古文。但是，他们不是以六经古文的文体来写文章，而是为了克服拟古文、骈体文的弊端，学习六经古文及唐宋古文的创新精神，也即所谓的法古创新——不受古法的限制，真实袒露各自的想法，创造出具有时代特色的新文学。不仅如此，利用厚生派还主张通过实现传统与变革的调和，进入更加理想的创作世界，写出切合时宜的文章。

此外，当时的朝鲜文坛还流行小品体。中国自唐至明嘉靖年间，流行传奇小说，并将此编成丛书。如古今说海、烟霞小说、历代小史、稗史汇编、文房小说等丛书。而且当时以古文为主的文人创作了以异人、侠客、童奴等为对象的传记,并将此收录在个人文集中。张潮编著的《虞初新志》,可谓明末清初小说的集大成。金鑢(1766—1822)与金祖淳(1765—1832)读了《虞初新志》后,创作了《虞初续志》,冠之以《丹良稗史》,足见当时小品体的流行程度。

1780年,朴趾源把在中国旅游的体验写成纪行文《热河日记》,被广为传阅。《热河日记》以多彩的表达方法和独特的文体,而成为当时颇有争议的"话题作"。朴趾源的文体很独特,被称作"燕岩体"。燕岩体的特征可谓是采用了小说文体及谐谑的表达方法,大胆引入了不受正统古文体的制约、被称作"稗史小品体"的小说的表达方法,生动地描写了当时的社会现实,杜绝使用"诗语"及超逸的词汇。

除朴趾源外,当时喜好用"小品体"的还有李德懋、朴齐家等,李钰、金鑢等也利用稗史小品体,专注于创作活动。不仅如此,街市流行的稗史也引起了两班官人的兴趣,文士们开始用小品体写文章,稗史小品体业已为知识层所喜闻乐见,甚至从士大夫到妇女儿童无不喜欢诵读稗官小品,大有因为稗史小品体,纯正文学的"大厦"将倾之虞。

2.2.3 正祖的文体反正

正祖可谓是天生的学者,他在位期间曾编撰了多本与朱子书相关联的书籍,有《朱子选约》3卷、《资治通鉴纲目讲义》10卷、《朱书百选》6卷、《雅诵》8卷、《朱子书节约》20卷、《朱子会选》48卷、《圣学辑约》6卷等。他曾说若不孜孜以求学问则心不安。他认为作为读书的方法之一,体验最为重要,读书的态度应是"精察明辨,体贴心身"。不仅如此,他还将文体视为治国的基本政策,认为文体是政治现实的反映,随士气(国家之元气)而变化,因士气是国家的元气。正祖从即位(1776年)之初就对文风乃至文体发表过自己的看法,认为明清文集的稗官杂记玷污民心,败坏世风,从而使文风变质。若不对文体进行反正,则不能扶正日益坍塌的名分和体制。其文体政策的本质依然是一直以来道学者的基本立场,即应写置根本于学问之上的文章。

正祖还评价道,不仅朝鲜的立国规模秉承了宋代,文体也以宋为范本,欧阳修、苏轼的文章恰恰验证了宋代治国的情景。可以看出,肇始于韩愈、柳宗元、至欧阳修而成功的古文运动,形成了唐宋八大家的文章,在正祖时代依然占据着较大的比重。

但此时,如前所述,中世的阶级统治体系步入解体过程,广大农村发生了巨大的变化。同时,伴随着工商业与手工业的发展,城市平民开始抬头。在学术思想领域,以朴趾源为首的进步知识分子指出了古今太平盛世和乱世之所以成为盛世或乱世的原因,提出了制度改革、农工业的振兴、国富民泰的社会经济改革方案。

实学是以儒教经典为基础主张进行社会改革的,没有脱离正祖所施展的政治理念,但是稗史小品体从士大夫所接受的正统教养这个方面来说是不可接受的。正祖认为,这种文体是史官以外的人们杜撰出来的历史记录,是从小品体派生出来的极不纯净的杂文体,具有危害性,是"唐学"之一。所谓"唐学",正祖认为有三种:收藏明清小品异书、崇尚西洋学问及喜用清朝的器皿①。

唐學有三種 有多蓄明清間小品異書者有專尚西洋曆數之學者有衣食器皿之喜用燕市之物者 其弊則一也.

1792年(正祖16年),正祖阅读了朴趾源的《热河日记》,认为其谐谑与文体甚为不妥。恰巧此时,李东稷非常嫉妒深受正祖宠信的李家焕,上书正祖,诘责李家焕。正祖看完奏折说,文风颓败的责任不在李家焕,根本原因在于朴趾源。正祖下令消灭这种杂文体,倡导正统的古文体,改革当时流行的"燕岩体"一类的汉文文体,主张还原纯正的古文体,这就是"文体反正"。正祖认为,成均馆儒生李钰参加科举考试的应制文使用了稗官体,文体不纯正,不让其参加科举考试。同时下令,即便是朝廷文臣,只要使用稗官小

---

① 《弘济全书》(日得录,训语条)第176卷,第34页。

品体，一定不再举荐，并严惩不贷。直阁南公辙被指使用了稗官杂记语；李相璜、金祖淳、沈象奎等僻派成员也被指文体不纯正，受到正祖责问，命其写自讼文；时派的李德懋、朴齐家等也被发现文体不纯正，命其写自责文。

正祖把传统的古文家黄景源和李福源的文体看做大臣们应该效仿的文章典范，把成大中树为古文家的典范，特任其为青都护府使，这都是正祖为倡导纯正的文体而采取的举措。

正祖还对负责奎章阁的南公辙说，如果燕岩能用纯正的文体再写一遍《热河日记》以赎罪，那么将委任他以荫官的文任①。

南公辙以书信的形式转述了这番话。朴趾源看到南公辙的信后为自己辩解，承认运用了不该用的文体，并发誓倾尽全力于文体纯正运动，再不写"杂笔"。

此外，正祖还采取多种措施贯彻实施其方针。他首先设立了王室研究机构奎章阁，把国内的学者召集在此，讨论经史，出版书籍。以摘选了朱子语类的《朱子选统》为首，刊行了唐宋八大家著名的古文集《八子百选》等。此外，还馆藏了当时的文集，可以说，奎章阁就是王室图书馆。

正祖还禁止输入清朝的稗官小说和杂书之类，因为他认为正是这些"禁书"败坏了当时朝鲜的文体。当时输入书籍的任务主要由担任燕行使臣的译官来担当，这些译官得到朝廷的许可，通过贸易积累了财富。他们从清朝购回的物品中，书籍占了相当大的量，甚至中国的书商们堆好了书专门用于接待朝鲜的使臣。如此，朝鲜国内大量的书都是由使臣带回的，而且可以推断，通过译官带回的书籍大部分为明末清初的小品文。

　　正祖 15 年 辛亥 10 月望後. 且伏聞燕肆儲書 以待朝鮮使行云.②

---

① 指弘文馆、奎章阁等官职。
② 《承政院日记》第1695卷。

正祖采取这些措施,虽然不无防止天主教普及的意图,同时,在与清朝频繁的往来中,西学和实学开始传入,但更令正祖担忧的是清朝轻浮、华丽的文风及世俗的流布。因为朝鲜从士大夫到妇女儿童无不喜欢诵读稗官小品。

由于正祖对文体的介入,导致18世纪比较热烈地开展的文艺运动萎缩了,阻碍了刚刚破土萌生的文学的发展,使朝鲜朝后期的文风处于低迷状态,其结果是使得反时代的古文文风盛极一时。

废除当时少数贵族的门阀政治,确立依存于扩张王权的统治体制是正祖基本的统治理念。为此,正祖牵制少数的特权贵族,以士大夫们的支持为基础,在拥有广泛根基的同时,使确保正统教养理学和纯正文学开展王朝的政治教义显得很有必要。从这个意义上来说,正祖是成功的。但是,虽然正祖的文体反正继承了纯正文学的传统,使治世的文学出现了繁荣景象,但这种纯正的文体却已不适应时代的变化。稗史小品体也没因正祖的文体反正销声匿迹,相反却流传得更为广泛,小说文体及写实主义表现手法的作品更受广大读者的青睐。总的来说,文体反正是扼制当时思想的发展与文人们的创作活动,是有保守性质的、欲逆转时代潮流的文化政策。

作为出身于士大夫阶层的人物,李钰为了立身扬名,于正祖16年(1792)10月,即33岁时第一次参加了科举考试。李钰因其文体,名字上了《世宗实录》。

36岁时,即1795年秋天,作为成均馆儒生参加了迎銮制考试,因为李钰的文体早就引起注意,所以对于李钰的文章,正祖也表现出了极大的关心而不吝对一介儒生的文章——加以评价、点评。正祖认为其文体怪异,取消了他参加科举考试的资格,命其充军,将其发配至忠清道定山县,同年9月,李钰又被发配至岭南三嘉县。但李钰全然不顾忌正祖的训斥,结束充军生涯后重返汉城,在再次参加科举考试时又被指文体怪异,再度被充军。1796年2月,李钰参加了别试,中了榜,却因"李钰所著的策文有悖于时下的文体"而位居榜末。1799年冬天,李钰40岁时,再次被流放至三嘉县。在那里,他体察当地的风土人情,将所见所闻记录下来,写成了《凤城文馀》。后来,该文集成为研究当时该地区民俗风情的重要史料。1800年,适逢国家有大喜事,获得赦免,才得以返回汉城。其后一直作为成均馆的儒生,在汉城生活。李钰41岁时归耕南阳,过着隐居的生活。

如上所述,正祖在施行文体反正政策时,处罚的轻重似乎是根据人的身份和处境而有所不同。像前面所提到的南公辙等仕宦家的子弟,正祖亲自介入,严厉地训诫,命其改正文体,对当时任安义县监的朴趾源传信说,只要改正文体,就封其以文任的官职。而对于李钰,则毫不留情地施以"停举""充军"等有失公允的处罚。但即便是接到这样的"王命",李钰依然固守着自己的文体。从《追记南征始末》来看,在受正祖批评"文体怪异"后的第三年,即1795年8月,为了纪念正祖出巡成均馆,举行了一系列活动,其中之一便是举行了迎銮制,命儒生们作文呈递上来。在这篇文章中,李钰记述了自己因被指文体"怪异"而被"停举"以及在以后的科举考试中也没有改变文体的过程。

慶科不遠 若停舉 則將不得赴 故改以充軍 其卽往而歸 應製諸科 如前並赴 又命所編邑 許賜科由 臣惶恐感泣 卽馳往忠清道定山縣 編籍訖 卽復赴洛 九月又應製 上以嚴勘之下 喊殺又甚 命移充梢遠邑 自定山踰熊峙 至慶尚道三嘉縣編籍 留三日 卽又還歸 至明年二月 赴別試初試 濫居榜首 上以策有違近格 命降付榜末①

如此,李钰虽几度在科举考试中取得了好成绩,却依然因"文体是稗史小品体"而被"停举"或被列在榜末。与其他喜好小品文的文人不同,他一次机会也没得到,仕途被阻断,一生怀才不遇。

评价自己的文章时,李钰时而谦虚,时而非常自信,对于写

---

① 《追记南征始末》,《李钰全集》第三卷第157页。

小品体的文章也丝毫不后悔。其好友金鑢评介李钰说,李钰说自己不擅长古文,其实是觉得学习古文会陷入虚伪,学习"今文"也好像没什么用,这可以看做他毕生致力于小品创作的原因。不是他不擅长古文,而是他不想拘泥于古文的格式,他想追求超越古文、不虚伪的真正的文学,而稗史小品体恰恰是非常合适的文体。

李钰因文体受到不公正、不平等的处罚,但他依然坚持小品文的创作,使朝鲜小品文的创作达到了一个高峰。

李钰的这种创作态度迥异于其他曾经喜欢稗史小品体的文人,他们一旦接到王命,马上改变文体,回归到古文的创作,而李钰却始终如一,坚持自己的文风,其结果使应制文成为"问题",在正祖的"文体反正"中数次被训斥,先后共 7 次参加科考而未能及第,两次被发配充军。李钰不无被统治势力排挤在外的"被孤立意识",他视如生命的文学也不被当时的社会所接受,他苦闷于自己的处境,有一种"被排挤的人就是我"的感觉。他借助于文学来表达自己的心境,表露自己的心绪,真实地描写当时市井百姓的生活,让人们看到了什么是文学的多元性。从他的文集所载的后期作品赋及杂文来看,李钰在南阳过着田园生活的同时,从事文学创作,借自然生态、日常生活,抒写自己郁郁不得志的情怀。

2.3 明末清初文学的影响

2.3.1 明末小品文的盛行

"小品"这个名称原指佛经的一种译本。东晋十六国时期,高僧鸠摩罗什翻译《般若经》,该经分为两种译本,较详细的一种(27卷本)称为"大品般若",较简略的一种(10卷本)称为"小品般若"。

所以，"小品"是相对"大品"而言，是小而简的意思。①

小品作为一种文体始于六朝，写景的山水小品和言志抒情小品形成了主流。晚唐盛行讽刺小品，至明末小品再度盛行，形式活泼，内容多样，可以谈天说地，没有范围限制，也可以言近旨远，充满情趣，晚明小品有很多样式，包括随笔、杂文、日记、书信、游记、序跋、寓言等，颇具代表性的小品形式有描写"性灵"的游记小品和描写事物、记录事件的杂感小品等。

"晚明"这一时间概念与"小品"这一文体概念相结合，使得中国古代散文史上的文体发生了深刻的变革。先秦两汉的散文不可能成为一种自由的文体，汉魏六朝的骈体文过分追求遣词造句的形式美，也不可能使散文化为自由文体；唐宋散文仍然是"文"要"载道"，也不能使散文变为自由文体；唯有晚明小品向传统的载道之文的文学观提出了异议，重视文学独特的价值和艺术性，摆脱了"文以载道"的重重束缚，不拘形式，重视作家的个性，任心而发，纵心而谈，且小品文篇幅短小，较为自觉地使散文变成了可以自由表述的文体，促使散文创作趋向本真、纯真、自然，在创作风格上有着展露本真的文化走向。

始于六朝的小品文文体，之所以至晚明时期得到发展，并出现了大量的创作作品，是与晚明的社会思潮和社会现实有着密切的关系。自明代中期以后，社会经济的发展及意识形态的变化，深刻地影响了文学领域。诗歌或散文，小说或戏曲等所有的领域都主张个性释放，冲破礼教的束缚，肯定人的欲望，重视真情实感。在这样的时代背景下，人们在追求新的人生和生活理想的同时，也滋生了困惑和苦恼，并将这种困惑和苦恼诉诸笔端。此外，晚明小品的兴盛，有其文学内部的原因。小品文一方面继承了中国古代散文的优秀传统，另一方面，受小说、稗官杂记、戏曲等俗文学的影响，被创造性地赋予独立的艺术品性，以短小的篇

---

① 吴承学：《晚明小品研究》，《文学遗产丛书》第5页，南京：江苏古籍出版社，1998。

幅和不受传统理念限制的笔触反映日常生活及琐事,成为一种富于个性色彩和自由气息,具有"法外法、味外味、韵外韵"的自由的文化内涵的文体。

晚明小品作家普遍采用"以文自娱"的写作姿态,这来源于庄子式的艺术化的生活态度,使得晚明小品作家群普遍具有洒脱、自娱的心境、满足自我、发泄自我的审美价值取向,从而争取精神自由、超脱政治功利,由此创作出来的小品文异于古文、六朝骈文、唐宋散文而自成一格。

晚明小品作家的文化性格大致可分为两种类型,一种是虽然出仕,但其思想的重心、感情的趋向实际上体现着超脱的的生活态度和洒脱的心境。另一种类型是一生也未出仕,一门心思地投入各种精神活动,从中寻找精神寄托和精神自由。以袁宗道、袁宏道、袁中道三兄弟为代表的公安派,擅长写山水小品,是晚明小品作家的代表,以钟惺、谭元春为代表的竟陵派也是晚明小品园地里优秀的耕耘者,他们在公安派的基础上另辟蹊径,创造了幽深孤峭的艺术风格。此外,还有一批不同于公安派、竟陵派的小品作家,他们擅长于幽默与讽刺。尽管晚明小品作家的风格不同,人生感悟、体验方式不同,但却能殊途同归,都营造自己的精神乐园,有着等同的艺术化的自由心态。

公安派、竟陵派文人们创造的新的文体小品文在域外也有着深远的影响。不仅江户时代(1603—1867)末期的日本文坛受到公安派的影响,高丽中后期的文人李奎报等也开始利用小品文体进行创作,著有《呪鼠文并书》《命斑契文》《镜说》《舟赂说》等。朝鲜中期的许筠也广泛涉猎晚明小品,主张脱离礼教,创作时应强调个性,使用俗语。但许筠的主张在当时的文坛未能引起共鸣,形成气候。18世纪中叶后期,才有很多文人用多种形式进行小品文创作,代表人物有李用休、朴趾源、俞晚柱、李德懋、李钰等。可以说,商品货币经济前所未有的发展,一定的消费阶层的形成,以没落士族及庶孽①为中心的新的文人群的出现,理学作为指导理念的统治地位的逐步丧失,实学学风的萎缩,公安派的影响,明清书籍的大量涌入是18世纪中后期小品文学在朝鲜盛行的原因。

2.3.2 明末清初文人的影响

李钰所生活的时代是清王朝建立百余年的时期,当时的朝鲜朝与大清的文化交流活动相当活跃。

从文化的"接受"这个层面来看,一新时代的文艺总是对前代文艺进行扬弃并加以发展,从而创造出新的艺术形式。基于此观点,李钰所吸收的中国文化比之于乾隆(1736—1795)、嘉庆(1796—1820)时代的考证学,李钰更多地借鉴了康熙时代的思想家以及明末清初的文学家的观点。

李钰阅读过的明清文集有《剪灯新话》《板桥杂记》《情史类略》《牡丹亭》《西厢记》《水浒传》《金瓶梅》《肉蒲团》《女仙外史》《述异记》《诗馀醉》《汉魏丛书》《说铃》《事文类聚》《本草纲目》《汉清文鑑》《古今注》《禽经》《闽小纪》《蛇谱》《菊谱》《花历》《花王本纪》《苏颂图经》《诗经草不考》《倭汉三才图会》《蚓菴琐语》《绥寇纪略》《南方草木状》《分甘馀话》《觽政》等。②

仅就小说来看,以《水浒传》为首,且不说《西厢记》《金瓶梅》《牡丹亭》等广为人知的小说,就连冯梦龙的《情史》与李渔的《肉蒲团》、吕熊的《女仙外史》等新发行的小说李钰都阅读过。由此可以说,李钰所阅读的这些小说对其文学观念的形成有着深刻的影响。

18世纪朝鲜的读者通过三条途径接触明清文集。第一是前代士大夫们的收藏本;第二是从中国书商处购买;第三是由前往清国的人带回。尤其是18世纪图书商已经有计划地购回图书,在与清

---

① 庶子及其子孙。
② 金英镇:《李钰文学与明清小品》,《古典文学研究》第23辑第359页,首尔:韩国古典文学研究会,第23辑。

交流的过程中,身为燕行使臣的译官也买回了大量的图书①。译官们得到了朝廷的认可,通过贸易积累了财富,他们买回的物品中书籍占了相当大的比重,而且这些书籍中大多是明末清初的小品文。在商议尹持忠烧毁神主事件时,李秀辅进言道:②

> 秀輔曰 我國書籍 不患不足而每每購貿於燕市者 必求其新出寄僻之書 故其弊至於西洋書之爲害矣.

这里所说的"新出寄僻之书"即为稗史小品。

《热河日记》中记载朴趾源在燕行途中遇到了清朝的富图三格,从他那里购买了鸣盛堂发行的图书目录,清代的小品文如下:

书 名	著者名	书 名	著者名
《尺牍新语》	汪 淇	《毛角阳秋》	王士录
《焚书》	李 贽	《群书头屑》	王士录
《藏书》	李 贽	《闻语林》	王士录
《续藏书》	李 贽	《朱鸟逸史》	王士录
《宫闺小名录》	尤 侗	《笠翁通谱》	李 渔
《长州杂说》	尤 侗	《无声戏小说》	李 渔
《西堂杂俎》	尤 侗	《鬼输钱故事》	李 渔
《筠廊偶笔》	宋 荦	《天外谈》	石 庞
《同书字》	周亮工	《奏对机缘》	弘 觉
《字触》	周亮工	《十九种》	柴虎臣
《因树屋书影》	周亮工	《橘谱》	诸虎男
《四礼撮要》	甘 京	《日下旧文》	朱彝尊
《说林》	毛奇龄	《粉墨春秋》	朱彝尊
《西河诗话》	毛奇龄	《寄园寄所寄》	赵吉士
《韵白》	毛先舒	《说铃》	汪 浣
《匡林、韵学通指、潠书》	毛先舒	《说铃》	吴震芳青坛
《西山记游》	周金然	《檀几丛书》	王 晫
《日知录》	顾炎武	《三鱼堂日记》	陆陇其
《不知姓名录》	李 清	《幽梦影》	张 潮
《庄说》	庄虎臣	《虞初新志》	张 潮

---

① 《承政院日记》,正祖 15 年 辛亥 10月望后。"且伏闻燕肆储书 以待朝鲜使行云"。
② 同上书。

续表

书　名	著者名	书　名	著者名
《北平古今记》	顾炎武	《亦禅录》	张　潮
《影梅庵忆语》	冒　襄	《两京求旧录》	朱茂曙
《古今书字辨讹》	余　怀	《燕舟客话》	周在浚
《东山谈苑》	余　怀	《崇祯遗录》	王世德
《秋雪丛谈》	余　怀	《人海记》	查嗣琏
《冬夜笺记》	王崇简	《琉球杂录》	汪　楫
《皇华记闻》	王士禛	《博物典汇》	黄道周
《池北偶谈》	王士禛	《观海记行》	施闰章
《香祖笔记》	王士禛	《析津日记》	周　篔

表中所列均是明末清初的小品文,朴趾源看到此目录,说这些全是清文人写的小品文。由此可以看出,此前朝鲜朝的很多文人接触了很多小品文,而且大体上能了解小品文是怎样的文体①。

　　黄圖紀略．琉璃廠條．鳴盛堂 天下擧人海內知名之士多寓是中．

如此,从中国传入的书籍,通过住在京城的朝鲜的文人传阅开来,通过他们之间内部的交流,大量的以明清为主的新书被广泛传阅。

李钰通过成均馆接触到了这些书籍。当时的成均馆既是朝鲜朝国家意识形态的再生产基地,又是年轻人新思想成长的地方。丁若镛身为成均馆儒生时,曾和朋友们在住宿的地方一起研读天主教书籍,由此可以推断成均馆是接受新文物的地方。因此,李钰和其挚友金鑢、姜彝天在成均馆共同研读、切磋诗文。

通过李钰的作品可以看出他对公安派、竟陵派、钱谦益、冯梦龙等明末清初的作家,甚至在当时的朝鲜朝没有被更多地介绍的清代的李渔及罗聘这样的艺术家的作品都有所涉猎。李钰较之其

---

① 《燕岩集》,第15卷。鸣盛堂是当时中国文人常常出入的地方。当时燕行使臣常去的地方就是琉璃厂。

他文人,更多地阅读了明清文集及小说、小品文。从其作品中可以看出他比同时代的其他文人更多接触了明清文学,并且在作品中从不隐讳这一点。

李钰所关注的明末清初的文人们的名字散见在其文章中,其中《戏题袁中郎诗集后》中出现的明清文人的名字最多①。

> 錢虞山論明詩之所由變 石公必居其一 至以比大承氣湯 蓋石公矯王李而啓鍾譚 功罪相半故也 以余觀於石公 不過一尋常文人也 非有德位之著也. 而其爲辭又不肯師古 只以石公 有舌之筆記錄石公由情之語 固一代之變風也 顧又細瑣輭弱 不可以大家稱 使石處于今 不過爲南山下數間茆屋 種一畝花 日與龍子猶輩 沾沾自鳴者也. 使隣人 不見其詩而指斥之 則幸矣 彼安得登文壇 主詞盟麾旂鳴鼓 而天下靡然乎從之耶 豈石公之時 天下詩道 不及乎今 故以石公而猶宗之耶 抑石公之道 近乎人情 不似白雪樓之空事咆哮 故天下知其然而從之耶 左石公 固雄矣. 噫 此一時也 彼一時也 其時則易然.

这篇文章是李钰读完《袁中郎诗集》所写的读后感,袁中郎即袁宏道。李钰在这篇读后感中提到的人物以袁宏道为首,有钱谦益、王世贞、李攀龙、钟惺、谭元春、龙子猶等,他们均为当时明清文坛的主导人物。

袁宏道以"独抒性灵"批判王世贞、李攀龙等拟古派,成为倡导新文风的文学流派——公安派的领军人物,与袁宗道、袁中道一起被并称为"公安三袁"。他们主张文学的进化性,强调"性灵"是优秀作家必备的条件。

袁宏道认为:"夫古有古之时,今有今之时,袭古人语言之迹,而冒以为古,是处严冬而袭夏之葛者也"(袁宏道《雪涛阁集续》,《袁宏道集笺校》第709页);袁中道也认为:"天下无百年不变之文章"(袁中道《花雪赋引》,《珂雪斋集》第459页),两人的观点均阐明

---

① 《戏题袁中郎诗集后》,《李钰全集》(实是学舍)第三卷第71页。

了模仿、因袭古人是违背时代进步的行为。

公安派强调文学的时代性和个性,认为语言和文学是不断变化、发展的,文学创作应具备真实的情感,应使用当代的语言,具备独创的精神,反对追从陈腐的规则或虚伪的装饰,盲目崇尚古人的文章。公安派这种文学思想在当时的文坛不仅除去了创作者思想上的束缚,有力地批判了前后七子,还给教条的传统文学以巨大的冲击。

钱谦益(1582—1644)主张"有诗无诗"说,从传统的观点上认为唐诗更为优秀,反对后七子①的拟古,批驳"诗必盛唐"的态度。从这个意义上来说,钱谦益的思想与公安派的文学思想较为相近,但他崇尚宋代苏轼、金代元好问的诗,成为清初宗宋派的创始人,从这个意义上来说,此又不同于公安派的创作倾向。

王世贞(1526—1590)和李攀龙(1514—1570)相对于明代李梦阳、何景明等"前七子"被称为"后七子"。"后七子"的中心人物是李攀龙,但因他过世太早,王世贞后来成为中心人物。王世贞继承了"前七子"中何景明、李梦阳的复古运动,在万历(1573—1620)年间统领着整个诗坛,具有绝对的权威。王世贞主张"散文必前代,诗必盛唐",甚至说不要读中唐以后的文章,继"前七子"之后,更加彻底地主张拟古主义。王世贞晚年喜欢白居易和苏轼的文章,原本注重格律诗、善雕饰的诗风逐渐变得平实。他非常博学,不仅擅长文艺,而且擅长经学和史学,著书有《弇州山人四部稿》《艺苑卮言》等。

李攀龙与王世贞、谢榛、徐中行、梁有誉等提倡"古文辞说",引导着"古文词派","古文词派"又叫"拟古派"或"格调派","文必秦汉,诗必盛唐"的主张风靡明代中期的文坛。"前七子"中,李攀龙

---

① 明嘉靖、隆庆年间(1522—1566)的文学流派。成员包括李攀龙、王世贞、谢榛、宗臣、梁有誉、徐中行和吴国伦。以李攀龙、王世贞为代表。因在前七子之后,故称后七子;又有"嘉靖七子"之名。后七子继承前七子的文学主张,同样强调"文必秦汉,诗必盛唐",以汉魏、盛唐为楷模。他们复古拟古,主格调,讲法度,互相标榜,广立门户,声势更浩大,从而把明代文学的复古倾向推向高潮。

尤其倾慕李梦阳和何景明,继承其"复古说",视秦汉的古文为模本,重视汉、魏、盛唐诗的格调,排斥宋元的诗,推崇李白、杜甫,排斥元稹、白乐天。李攀龙的文章有气势、擅修辞,但难懂,诗的格调高,却有过分模仿之嫌。至明末招致"其作品是文学堕落"的批评,李攀龙的著作有《李沧溟先生全集》30卷、《诗学事类》24卷、《白雪楼诗集》10卷、《古今诗删》34卷。

钟惺(1574—1645)和谭元春(1586—1631)是继公安派之后的反拟古主义的文人。他们二人出生于"竟陵",所以将他们及其追随者称为"竟陵派"。"竟陵派"克服了"公安派"诗文论的缺点,继承发展了"公安派"的文学思想。钱谦益评价到:只有有了钟惺和谭元春,世人才知"性灵"二字,即"竟陵派"进一步发展了性灵说,扩大了性灵说的影响。

龙子犹是冯梦龙的号,李贽是晚明启蒙思想家,关注民生,主张个性平等。冯梦龙深受李贽的影响,非常重视小说、戏剧等民间文学,平生致力于收集、整理通俗文学,著书有创作传记小说集《双雄记》、传奇记《墨憨斋定本传奇》、民歌集《童痴二·山歌》、散曲集《太霞新奏》等。但是奠定冯梦龙在中国文学史上的地位的,还是他对明代之前传下的话本的整理及其作品《喻世明言》《警世通言》《醒世恒言》(即所谓的《三言》)等白话短篇小说集。李钰的作品中曾有引用《三言》中的内容,他在《莘吐香前叙》中写到"啊,会有怎样的卖油郎为我脱去罗衫?"这是引用了冯梦龙《醒世恒言》卷3《卖油郎独占花魁》中的内容,即卖油郎秦重得到杭州名妓莘瑶琴的故事。《今古奇观》是选取凌濛初的《初刻拍案惊奇》和《二刻拍案惊奇》(即《二拍》)中的精髓而编成的,《今古奇观》卷7也有关于《卖油郎独占花魁》的记载。《沈生传》记录了李钰12岁时在乡下私塾里从先生那儿听到的故事,《沈生传》如是记载到:我听到的故事好像是新的,但读了《情史》发现相近的故事很多,于是追记此,作为《情史》的补遗。这里所说的《情史》即是《情史类略》,又叫《情天宝鉴》,是历代反映男女之情的传奇集,共

861篇,分为情节和情缘等24类。

李钰说自己为了补充冯梦龙的《情史类略》写下了《沈生传》,其实也是他出于创作爱情传奇小说的目的而写就的。至于李钰读了《喻世明言》卷3的《卖油郎独占花魁》,还是读了《今古奇观》卷7的《卖油郎独占花魁》目前尚难定论。但从他引用的内容可以看出李钰非常喜欢冯梦龙的作品。不仅如此,在创作了《沈生传》之后,李钰引用《情史》,说是将《沈生传》的故事作为补遗。其他如:

《情史》给晚明清初的拟话本小说以极大的影响。目前有题名为《詹詹外史輯》的清代嘉慶14年的刊本和清初芥子園刊本,有题名为《詹詹外史譯輯》的道光28年(1848)的三讓堂刊本,光緒20年(1894)上海的石印本,清末平妖堂刊本及民國时的石印本等①。

此亦可作为李钰喜爱冯梦龙作品的明证。

此外,从李钰的文章中还可看出他所关注的文人还有李渔。在《三游红宾洞记》中,李钰写到:

湖上友人李尚中家 曾有桃花小園 每春欲暮 紅碧粉紅 亂襲人衣 垂柳鞸 綠絲窣地 余甚愛之 不見又十一年矣 未知能免爲李十郎家老梅耶②

这里所说的李十郎即为明末清初的戏曲作家李渔(1611—?)。李钰对李渔之倾慕也可以从其《二难》中看出:

是故 吾則曰 詩之正風淫風 非詩也 乃春秋也. 世之所稱淫史若金瓶梅肉蒲團之流 亦皆非淫史也 原其作者之心 則雖謂之正風淫風 亦無所不可矣③

除上述文人以外,李钰在文集中也谈及余谈心,他很早就读过余谈心的《板桥杂记》,这本书千年之后也依然会渗入骨髓,

---

① 《沈生》,《李钰全集》(实是学舍)第二卷,第259页。
② 《三游红宝洞记》,《李钰全集》(实是学舍)第三卷第82页。
③ 《二难》,《李钰全集》(实是学舍)第三卷第228页。

令其热情奔涌,没能与余谈心生在同一个时代,真令人惋惜。《板桥杂记》记录了从明代的南京妓院里传出的杂闻,反映了明朝末期的政治腐败以及士大夫们堕落的生活。由此可以看出,李钰非常喜欢余谈心的文章。

除上述文集以外,《桃花流水馆问答》应该是最能说明李钰对中国文化理解之深的文章了。在这篇文章中,他让"客"登场,以问答的形式,对中国历代文人中的词作家进行评述。他所谈及的有陈继儒等明末清初的文人,还有明代的画家文徵明(1470—1559)、清代的画家金农、杭州八怪之一的罗聘(1733—1799)等。由此可以看出李钰对中国文化的丰富多样性有比较深刻的理解。

第三章　李钰的文学观

　　李钰因其极富个性的文体没能立身扬名，自身的文才也没能得到发挥，而成为时代的牺牲品。他的文学既没能成为其功成名就的工具，也没能给他的生活带来任何改观，但是，他孜孜以求的是真实的生活的文学，以对古今及中国时空差别的透彻的认识、对现实世界的认识为基础，形成了进步的文学观。

　　如果说李钰进步的文学观体现在散文文学中就是以传、论、说等为主的小品文，那么，体现在韵文文学中的就是具有民谣倾向的汉诗——俚谚。尽管李钰的很多文学作品已遗失，但透过现存的小品文及俚谚诗依然可以窥视出其毕生追求的创作方向及重视情感与个性，坚持民族主义文学的文学观。

　　李钰的《三难》又叫《俚谚引》，可以称得上是李钰的诗论，《俚谚引》创作论的背景可谓是天机论。朝鲜朝后期的文学观认为诗源自天机，即是源于人为的力量所不可企及的神奇的造化。天机论被视为曹丕所主张的气论的一个分支。曹丕认为"文以气为主"，即使是父母兄弟之间也不能互传，其天赋性是人的力量所奈何不得的。朝鲜的天机论可上溯到许筠，他认为诗所追求的与理无关，阐明了诗本身独自的存在意义及从中世载道的文学观摆脱出来的理论根据。

　　李钰与公安派文人基本上持相同的文学观，对公安派文学的理解比较深刻。李钰的《戏题袁中郎诗集后》即是一佐证。尽管李钰将该文冠以"戏题"的题目，这是碍于当时朝鲜国内掀起对小品文及袁中郎的文章猛烈的批判之风，其实李钰在文中表明了自己与袁中郎持相同的文学观。李钰在最能表达其文学观的《俚谚引》中特意设定了"论辩者"，针对对方的观点阐明了自己的立场，以

"难"作为序文,也是与冠以"戏题"有着异曲同工之妙。

3.1 文学的本体论

3.1.1 "真实"的文学

文学是追求真实的,然而,无论是再现生活的真实,还是表现哲学的真实,都不是简单地接受浮于表面的现象,而是要探究基于现实的真相。所以,真实的文学既像戏曲作家笔下的舞台,又像现代小说中的背景或人物描写,是对描写对象进行认真、细致的描写,是基于现实主义的文章。李钰文学的根本即是源自对现实生活的认识。

李钰重视个性和自我,他的"俚谚引"中的《一难》将作家之于文体形式完全加以客观化,主张自然天成,内容与形式相对应,追求一种"浑融"的境界。

盖嘗論之,萬物者,萬物也,固不可以一之,而一天之天,亦無一日相同之天同之天焉,一地之地,亦無一處相似之地焉.如千萬人,各自有千萬見姓名,三百日,另自有三百條事為,惟其如是也.故歷代而夏殷周也漢也晉宋齊梁陳隨也唐也宋也元也,一代不如一代,各自有一代之詩焉;列國而周召也邶鄘衛鄭也齊也魏也唐也陳也,一國不如一國,令自有一國之詩焉.三十年而世變矣,百里而風而不同矣.奈之何生於大清乾隆之年,居於朝鮮漢陽之城,而乃敢伸長短頸,大細目,妄欲談國風樂府詞曲之作者乎?吾即目見,而其如是,如是也,則吾固不可以有所作矣.惟彼長壽之天地萬物者,不以乾隆年間,而或一日不存焉;惟彼多情之天地萬物者,不以漢陽城下而或一處不隨焉;亦吾之耳之目之口之手也,不以吾之慵湎,而或一物不備於古人焉,則幸哉幸哉!此吾之亦不可以不有所作者也.亦吾之所以作俚諺,而不敢作桃夭葛覃也,不敢作朱鷺思悲翁也,并與燭影搖紅蝶戀花,而亦不敢作者也.是豈我也哉？所可者，天地萬物之所於我乎徘徊者，大不及古人之所以徘徊天地萬物者，則此則我之罪也．而亦俚諺諸調之所以不敢曰"國風"曰"樂府"曰"詞曲"，而即曰"俚"，又曰"諺"，以謝乎天地萬物者也．①

李钰认为："概而论之,万物是万种事物,事实上不可能合为一种事物。即使是同一片天空也没有一天是完全一样的,即使是同一块土地也没有一处是完全相同的。这正如千万个人会有千万个姓名,三百天之内要做三百种事情,仅此而已。因此,夏、殷、周、汉、晋、宋、齐、梁、陈、隋、唐、宋、元等历代王朝中没有任何一个朝代和另外一个朝代一样,各个国家有各自的诗。若三十年的岁月流逝,时代会变迁,百里之内风俗各异。生于大清乾隆年间、生活在朝鲜的汉阳城,何以胆敢伸长脖子,瞪着眼睛,妄加评论国风、乐府、词曲呢？我已经用眼睛观察到,事实如此,不可能人为编造。唯有不会消亡的天地万物不会因为是乾隆年间而有一天不存在,也不会因为是汉阳城下而不追随而至。并且我的耳朵、眼睛、嘴巴、手也不因我的平庸而比古人少些什么,真是万幸。这是我不得不作诗的原因,也是我只作俚谚,不敢作诗经、国风、词曲的原因。诗经、国风、词曲如何是我所能做的呀？令我羞惭的是,在表达灵动的天地万物时,我不及古人表达得那么好,这是我的罪过。也因此,我不敢将俚谚的各调式称作诗经、国风、词曲,而称作俚谚,以谢罪于天地万物。"

在此,李钰阐明了自己的文体观,即,一代有一代的文学,每个时代都有着各自不同的文学,作家应该创作出适应时代的文学作品,在作品中表现出创作个性,形成独特的文学风格。传统的士大夫文学视六经古文为正统文学,论及的大多是国家和政治、宇宙和性命等大而空的命题,主张"文以载道"的文学观。但是,李钰不认同这种不变的、规范的道的存在,反对拟古和一味模仿,其俚谚

---

① 《李钰全集》(实是学舍)第三卷第 226 页。

引《一难》极为透彻地表明了他注重现实的文学观。他认为用眼睛去观察，用文章去描写真实存在着的天地万物是作家的文学使命。李钰所描写的人，是不为别人所注目的人，李钰所描写的世界，不是既成观念的自然，而是具体的事物，其《凤城文馀》中的《市记》及《南程十篇》中的《寺观》即是最好的例证。

余所寓店也．近市 每二日七日 市聲囂囂然聞 市之北 卽余寓之南壁下也 壁舊無牖 余爲納陽 穴而置紙楅 楅之外不十步 有一短堤者 市之所由出入也 楅又有穴 僅容一目 十二月之二十七日市 余無類甚 從楅穴窺之 時雪意猶濃 雲陰不可辨 而大略已過年矣①

从上文可以看出，李钰的居所不在街市，而在距集市很近的地方，而且他不是从寓所出来远眺集市，而是在房间用一只眼睛透过纸窗的窟窿远眺，只能看到眼前的一部分。但他的描写非常细腻，犹如近距离观察一般，这种观察有时近乎执拗，令人惊叹。

有驅牛若犢而來者 有驅兩牛來者 有抱鷄來者 有拖八梢魚來者 有縛猪四足擔而來者 有束青魚來者 有編青魚鮮而來者 有抱北魚來者 有持大口魚來者 有抱北魚而持大口魚或八梢魚而來者 有挾菸草來者 有曳海藿來者 有擔薪若檾而來者 有負或戴麵而來者 有荷米槖而來者 有擁乾柿來者 有挾一卷持來者 有手摺紙一幅來者 有以竹筐盛蘿菖來者 有提草不借來者 有持繩屨來者 有拖大組來者 有綰結木棉布揮而來者 有抱磁器來者 有荷盆若甑來者 有挾茵席來者 有以木叉麕肉來者 有負孩兒而兒右手持錫若餠噉而來者 有繫瓶項携而來者 有藁束物提而來者 有負柳笥來者 有戴篚若莒而來者 有以瓢盛豆腐來者②

文中所出现的"섶(衣襟)"、"땔감(柴火)"、"짚신(草鞋)"、"미투리(麻鞋)"等词汇所表达的物品有很多是淡出历史舞台的东

---

① 《凤城文馀·市记》，《李钰全集》第三卷第140页。
② 同上。

第三章 李钰的文学观

西,有的在今天的市场已难以看到,但一些在今天的市场上还能看得到。不仅仅是物品,因为李钰细腻的描写,其笔下的人物是那样的栩栩如生,仿佛是在今天乡下的五日场上依然能常常碰得上。

有椀斟酒若羹謹而來者 女子任頂而有負而來者 男子肩任而童子有戴而來者 有戴而且左挾者 有女子以裳貯物袺而來者 有相逢而腰拜者 有相語者 有相怒勃豀者 有男女挽手相戲者 有去而復來者 有來而復去 去而又復來忙忙者 有衣廣袖長裾者 有衣上袍下裳者 有衣窄袖長裾者 有衣袖窄而短無裾者 有羅濟笠而持凶服者 有僧僧袍而僧笠者 有戴平凉笠者①

在大碗里盛上酒和汤的人是想在集市上做生意的人。他们在搬运酒和汤时,或小心翼翼,或用头顶,或用肩背,由此描写足见李钰相当了不起的观察力。这种观察力在对去了又回的人们或来了又走的人们的描写上则表现得更为淋漓尽致。把奔走在集市上的人们描写成过往的行人也未尝不可,但李钰硬是在这些人们中指定某一人,他来了又走,走了又来,由此可以看出李钰非同寻常的洞察力。尤其是对走了又匆匆返回的人,穿着宽袖、长衣襟的人,穿着窄袖、短衣襟的人的描写,更能看出李钰对现实生活细致入微的观察。如此,李钰透过门窗的窟窿观察来往于集市的人们,并一一记录下来,随着某人在窗前盖了一间店铺,窗窟窿被遮住,李钰再无从观察,文章也就此打住。写作与记录生活所见是生命的再现,这篇《市记》既表现了李钰细心的观察,也表明其生活的单调枯燥。

除《市记》外,从《南程十篇》的《寺观》中也可看出李钰细致入微的观察力。

觀于大雄 金佛三 曰如來 曰觀音 曰大勢之佛 皆坐面陽 膝平蓮臺 顱出于梁 岸笠至背 始見其準 肩以上高丈夫身三寸 手食指尺

---

① 《凤城文馀·市记》,《李钰全集》第三卷第141页。

二寸 圍長三尺強 股十指 腰十股 腹可三十鍾①

这篇文章记述了顺天松广寺大雄殿本尊佛的模样。在李钰的笔下,大雄殿内供奉着的佛像宛如一幅画,扑面而来。李钰所描写的如来、观音、大势至佛比成人高3寸,食指有1尺2寸,周长有3寸长,大腿是食指的10倍,腰是大腿的10倍。人们去寺院的时候,通常会张开双臂去丈量寺院里的古树,读李钰的文章,会让你联想到在寺院张开双臂的动作,由此可以看出李钰善于发现。李钰在《寺观》中对五百罗汉像的描写则更令人叹为观止。

觀羅漢 羅漢五百數 有目魚者 簾睫者 鳳眴者 睡者 眸者 突睛者 瞋者 睌者 盼而笑者 鷄嗔視者 三角者 眉劍者 蛾者 礜者 長者 如禿帚者 鼻獅昂者 羊者 鷹嘴勾者 黤者 平者 曷者 截筒者 口卷唇者 櫻蕞者 馬喙者 虎吻者 喝者 魚响水者 面黄者 微青者 朱者 粉白者 如桃花者 酡者 栗色者 黑干者 痣者 麻者 白癜者瘤者 魚目而獅鼻者 羊鼻而睫簾者 獅鼻而瞋而虎吻者②

罗汉在佛教中又叫做阿罗汉。据说在小乘佛教中,阿罗汉给人解除烦恼,悟出了苦、集、灭、道四谛的道理,是具有值得人们供奉的功德的圣者,能给众生以福分,让众生心想事成。罗汉殿就是供奉罗汉像的殿阁。在罗汉殿内,以释迦牟尼为中心,两侧供奉着十六个或五百个罗汉。因为要供奉五百罗汉,所以其规模远不及主佛尊,且形态各异。因此,要观察这五百罗汉不是件易事,尤其是要进行如前所述的颇为"神似"的白描技巧,不一一仔细观察是很难描摹出来的。

对景物细致入微的观察和描写可以说是李钰追求"真实"的文学的确凿例证。其《寺观》中对罗汉殿的描写令人惊叹,与他当年写此文的目的毫无关系,对松广寺全景的记述却为今天复原数百年前的松广寺提供了依据,具有一定的史料价值。可见李钰观察

---

① 《南程十篇·寺观》,《李钰全集》(实是学舍)第三卷第89页。
② 同上。

与描写之精准是何等的惊人。

　　李钰的作品中,赋所表现出的现实主义倾向最为明显,但其它作品中也都有所表现,尤其是记、论、说、文馀、传等作品也不亚于赋,表现出了明显的现实主义倾向。记述市井杂谈的《市奸记》描写了在市井专门巧设计行骗的奸诈之人卖的物品①;《听南鹤歌小记》描写了南鹤奇丑无比的容貌和无比美妙的歌声;《南程十篇》描写了李钰赴三嘉县的过程。这些都可以看做现实主义系列的文体。此外,在说这一体裁中,李钰记述蜀葵花的《蜀葵花说》,关于各种花发表自己见解的《花说》具有现实主义倾向。如果说李钰的作品中,韵文文学中的赋表现了极强的观察力的话,那么散文文学中的《凤城文馀》则表现出了较强的现实主义倾向。《凤城文馀》记录了李钰在流配至三嘉县的途中耳闻目睹的民俗风情,分为两大部分。第一部分有67篇,第二部分有相当于杂题的文章17篇。金鑢在《题凤城文馀卷后》中写到:

　　今其遺衍 有所謂鳳城筆者 卽其居讁時 所錄土俗古蹟若干則也 文頗雅潔可愛 故玆以鈔寫 命曰鳳城文餘 古人以塡詞爲詩餘 蓋以似詩而非詩 其實詩之餘也 余亦以此書爲雖非文之正體 其實文之餘也云爾②

　　《凤城文馀》原名《凤城笔》,因文章很美,很可爱,古人曾将词称为"诗馀",意即似诗又不是诗,称之为"诗馀",大概《凤城文馀》由此得名。即"凤城文馀"这个名字有不同于风格典雅、颇具章法的古文,观察锐利、感觉新颖之意。《凤城文馀》只选记人物和时间的核心部分,文章短小,语言简洁、没有固定格式,可称作是笔记类的小品文。内容上,多记录女性风俗、方言、巫俗信仰、说话及至世态风俗与地方物产,素材涵盖面广,甚至把百姓的诉状也纳为写作的题材。其中反映人情世态的文章最多,就像是透过窗缝窥视变

---

① 《市奸记》,《李钰全集》(实是学舍)第三卷第77页。
② 《题凤城文馀卷后》,《李钰全集》(实是学舍)第三卷第265页。

化着的乡村社会一样,而且不加评论,如实地记录了当时社会的人情世态。《凤城文馀杂题》载有《夜七》《圆通经》《蝉告》《蝇拂刻》《众语》等文章,观察缜密,描写细腻,除几篇文章外,大都比较长,而且其题材与当时文人们惯于描写的不同,自镜子、蝇拍、黄瓜等日常常见的事物至纸牌游戏、古董、货币、美人等当时人们追逐的东西,仔细观察,以常见的事物作为媒介,表达内心的矛盾,讽喻当时的政治现实。下面来看一下《凤城文馀》中的一篇文章《瓜语》:

歲植瓜 瓜則六十根餘 三月種瓜 四月瓜蔓 五月瓜始花 見花月將半 乃瓜而食 既食瓜 一日摘 三日摘 又五日摘①

从上文可以看出李钰令人惊叹的观察能力,似乎能让人不由得想起干农活的农夫形象。一般农夫们种黄瓜的时间几乎相同,根据黄瓜开花的时期来正确把握黄瓜成熟的时间,甚至连采摘的日子都能正确地记下来。如此看来,李钰已全然摆脱了一介农夫的境地,完全成为一个讲究科学的农夫。李钰不但提示了黄瓜成长、摘食的时间,甚至连吃的方法也一并指了出来。

小者淨洗樵鹽 連皮齕宜火酒 大者截而虀 餡芹蔥蒜 或醯醬 或醬水微湯 以作葅 寒葅不熟而梅②

上文所提示的吃的方法,即便是现在,人们一直在用黄瓜做下酒菜或菜肴。他所提示的烹调方法,只有专门学厨艺的人才能做,令人们再次感到其丰富的知识和敏锐的观察力及文学的真实性。

如此,传统理学的绝对的世界观在李钰这里被解体了,李钰把用文章去描写存在于"现今"的天地万物作为自己的文学使命。李钰所描写的人,是不为别人所注目的人,李钰所描写的世界,不是既成观念的自然,而是具体的事物。

---

① 《瓜语》,《李钰全集》(实是学舍)第三卷第174页。
② 同上。

3.1.2 "真情"的文学

李钰不认为被世人称作淫史的《金瓶梅》或《肉蒲团》一类书是淫词。他在作歌颂男女之情的《俚谚》时,怕有人非难这种文学形式,特意做了《俚谚引》。李钰做《俚谚》的年代不祥,现在所公开的材料中也无记载。仅从《俚谚》中"白天去街头所看到的人,不是男的,即是女的"这句话可以推测出是他30多岁作为成均馆的儒生求学时所作的。在三嘉县从军或归乡(南阳)时,是不会写出这样的话来的。李钰比较有预见性地维护自己的文学观,《俚谚》中所谈及的不是经过道德历练的情感,是当时女性不加掩饰的真实的情感。李钰通过自己的作品,抒发女性道德的、日常的感情,爱的感情,脱离道德规范的感情,抱怨的感情。

即使说李钰的文学思想全部是发乎情也不为过,他认为真实的"情感"是文学的素材,也只有情才是事物的根本。

李钰在《二难》中关于"真情"有如下评说:

盖人之於情也 或非所喜而假喜焉 或非所怒而假怒焉 或非所哀而假哀焉 非樂非愛 非惡非欲 而或有假而樂而哀 而惡而欲者焉 孰眞孰假 皆不得有以觀乎其情之眞 而獨於男女也 則則人生固然之事也 亦天道自然之理也 故綠袠紅燭 問聘交拜者 亦眞情也 香閨繡盒 狼鬪忿詈者 亦眞情也 細簾玉欄 淚望夢思者 亦眞情也 青樓柳市 笑金歌玉者 亦眞情也 駕枕翡衾 偎紅倚翠者 亦眞情也 霜砧雨燈 飲恨埋怨者 亦眞情也 花底月下 贈佩偸香者 亦眞情也①

由此可以看出,李钰认为天地万物中,男女之情大于情,情大于人,如若以这样的顺序排列,男女之间的情才是最真实的。仅从真实的男女之情便能窥见天地万物,所以,人生的本能之事也可以说是天道自然的礼教。李钰的这种思想不同于当时拘泥于朱子道

---

① 《李钰全集》(实是学舍)第三卷第229页。

德观念的文人士大夫的意识,他们认为男女之情为"非礼",只有三纲五常才是天道。可以说李钰的思想是重视人的本能情感的,我们可以从其文学当中看出不受传统礼教的束缚、重视天道实践的无比珍贵的思想,也即立足于以人为本,重视教民向善的文学的功用,并正确认识天地万物的秩序。

不仅如此,李钰所说的真情的内涵非常丰富,关于"情",李钰展开了积极的论证,从天机论所表现出来的人纯粹的本性情感的角度解释了"情"。朝鲜朝后期的天机论拒绝人为的东西,肯定人的本性,重视个性,天机论可以理解成自然、天真、性灵,是人内在的、生来的、本来的真性[①]。

金兴奎认为,李钰所说的"真"继承了拥蔻天机、天真、真机、性情等委巷诗歌而出现的一系列概念,比之于礼教主义的"正"所要求的符合一定的客观标准,"真"追求自身体验的率直性[②]。

因此,可以把李钰所主张的文学的核心理解为是源自于天地万物及人们生活的真实性。

如上所述,李钰所表露的"情"与立足于"形而上学"的文学观所谈论的"诗情"不同,既承接了朝鲜朝前期朱子学文学所追求的"诗情",又更侧重在自然中看到、听到、感觉到的情趣。进一步说,李钰所追求的"诗情"是脱离了俗世的情。李珥认为,"情"对于修养心性没有什么帮助,应该是躲避的对象,换言之,"性"是通过过滤装置,表现与世界的调和关系,所以排斥人多样的感情或欲求[③]。

李钰的《俚谚》所载的汉诗细腻地表达了各阶层女性在生活中所遭遇的束缚,特别是把男女之间的嫉恨、爱情或生活中的各种抱怨用女性的口吻很好地描写出来,而这向来都是在士大夫们的汉诗文学里被禁忌的。但是李钰却希望在男女的爱情或情感游戏当

[①] (韩)崔信浩:《朝鲜后期诗论的几个特点》,首尔:《民族文化研究》18,高大民族文化研究所,1982,第59页。

[②] (韩)金兴奎:《朝鲜后期的诗经论和诗意识》,首尔:《民族文化研究》18,第188—190页。

[③] 《李珥精言妙选序》(2),成均馆大学,首尔:大东文化研究院,1971,第269页。

中找寻生活的同质性,他带着这种思想用反传统的情和诗语描写男女间的感情,向人们展现了不同于以往的诗风。李钰的诗中所表现的这种与众不同的作品世界可以说是在他坚实的文学基础之上产生的必然。从李钰的生活中可以看出,作为败落的士大夫,他与底层的百姓们在生活中有更紧密的接触,李钰所主张的文学观是从根本上抗拒人为,肯定人的本性,重视人的个性,认为文学的源泉是人的力量所无法企及的天机,可以说他的文学论是基于这样的天机论的。在可以称之为李钰诗论的《二难》中也可以看出,他摆脱了传统的道学观,希望更真实地理解社会、体味人生的思想。

故綠苞紅燭 問聘交拜者 亦眞情也 香閨繡盦 狼鬪忿詈者 亦眞情也 緗簾玉欄 淚望夢思者 亦眞情也 青樓柳市 笑金歌玉者 亦眞情也 鴛枕翠衾 偎紅倚翠者 亦眞情也 霜砧雨燈 飲恨埋怨者 亦眞情也 花底月下 贈佩偸香者 亦眞情也 惟此一種眞情 無處不眞①

因此,举行婚礼、燃花烛、互赠礼品嫁妆、行交拜礼是真情,在里屋妆台前争执不休互相责备也是真情;在珠帘下、栏杆间含泪等待或是在梦里思念是真情,在青楼里为了金银珠宝卖笑卖唱也是真情;枕鸳鸯枕、同床共眠、肌肤相亲是真情,在落寞的夜晚捣衣或是在雨夜灯盏下窃窃私语饮恨与愁怨也是真情;在月下花荫间赠玉佩偷情也是一种真情,这些情感无论在何种情况下无不都是真实的。

曾有人责难李钰,为什么执著于对女性的描写,此时,李钰应对道:

天地萬物之觀 莫大於觀於人 人之觀 莫妙於觀於情 情之觀 莫眞乎 觀乎 男女之情.②

---

① 《二难》,《李钰全集》第三卷第 229 页。
② 同上书,第 228 页。

李钰认为,在理解天地万物时,没有什么能比观察男女之情更要紧的了。诗人只不过通过象胥①反映天地万物,选择天地万物的某一部分给读者看是自然的事情。白天去街头,所见到的人非男即女。诗人描写自己所看到的事物,描写男人或女人的事情是当然的,反映男人、女人之间的感情也是极为自然的。但是若视其为"非礼",故意避得远远的,去描写所谓理想的境界则是不真实的。如果说反映自然的诗叫作自然诗的话,那么自然之中最近的自然就是人类了。从这种意义上来说,李钰的诗就是如实反映在汉阳城中每天看到、听到的男女之情了。

他还辩解道:用诗去描写男女之情,对自己来说是无可奈何的事情,虽说"非礼勿看",但是即便不是礼,却映入眼帘,怎么办呢?既然社会已经充满了"非礼",诗人如何能不看眼前的现实,故意远远地避开呢?

他认为自己描写男女之情,正是履行了诗人的任务。为了阐明从前的诗人也如此,他调查分析了国风所载的几篇歌颂男女爱情的歌谣。《周南》《召南》25篇中有20篇,《魏风》39篇中有37篇,《郑风》21篇中有16篇均是描写男女之情的诗。在看到的天地万物中,没有比男女之情更真实的了。所以,当时的诗人并不忌讳"非礼"的东西,而能够去看、去听、去说。孔子在编纂诗经时也选了很多描写男女间情的诗篇,许多学者给这些诗加了注解。

他的这种思想已远远超出了中世的观念,即把天地万物的根源看做太极,或从阴阳之类抽象的感念中去寻找什么的思维方式。

他还解释道,在作《俚谚》时,不以男人为主人公,而以女人为主人公,是因为女性更具有作诗的元素,适合诗的境界。因为女性是感性的,欢喜、忧愁、怨恨都能随感情流转表现出来,并且女人比男人更具有作诗元素,女人的美色、行动举止、语言、服饰、居所等都多姿多彩,诗人若能将其如实地表现出来是很美妙的事情。描

---

① 古时指翻译官。

写天地万物最好的素材就是女人的生活,所以自己用诗去描写。将从周围看到的、听到的东西用诗描写出来就是民谣的开始,采诗官将其收集起来,这就是后来的《诗经》。李钰也本着这样的态度做了散文,他在岭南三嘉县从军的118天里,将看到、听到的记录下来,就成了《凤城文馀》。他不称其为文章,而取名为"文馀",仅从此就可以看出他对文学的态度。因为把更接近民谣的词曲叫诗馀,基于这样的观点,他给自己的文章起名为文馀。正像他用了很长时间去学习创作诗馀一样,他将周围发生的事情如实记录下来,写成了《凤城文馀》。从中也可看出他并不轻看稗官文学的价值,并以19世纪的稗官文人自居。

李钰还认为,"真情"不仅仅局限于个人情感的表露,还应该观察社会与国家的风俗及治世的手段。这种认识是基于"观风俗,知厚薄"的乐府①以来传统的诗论的,把描写对人的主观的情感,尤其是男女之情作为衡量一个国家健康性的标尺,他对真情的认识范围扩大了,也恰恰由此可以看出他对"真情"的认识论的意义。

以上所考察的李钰的真情论是与朝鲜朝后期具有一定经济实力的市井女性想表达自己存在的欲望相对接的,与朝鲜朝后期市民经济的发展即市井女性生活的动向有密切关系。

李钰的"真情"的文学观是作家意识的产物,也是对当时文风的一种"挑战",被排斥在士大夫文学视野之外的庶民生活是李钰文学的主要题材。如果说李钰的散文主要反映了市井的人情世态的话,那么其诗歌则是对市井女性真实、自由情感及欲望的一种形象化再现。

与朝鲜朝前期占支配地位的文学思想"载道论"相比,朝鲜朝后期开始出现的"天机论"是拒绝人为的东西,肯定人的本性,重视个性的理论。"文学的源泉是人的力量不可企及的造化"这一观点

---

① 乐府是汉代封建王朝建立的管理音乐的宫廷官署。

强调了文学才能是天赋的。与此同时,广大的中人层为了使自己的创作正当化,鼎力支持"天机论",士大夫官僚文人争先恐后地与委巷诗人交流,将他们的诗与天机结合,给予了高度的评价,并热衷于将朝鲜民谣汉译,作具有民谣倾向的汉诗。由此可以看出,天机论成为汉译朝鲜民谣、作民谣倾向汉诗的文学思想的基础。不仅如此,"天机论"还使朝鲜民族文学的发展成为可能。

从李钰《俚谚引》的《二难》中可以看出其诗论与"天机论"理论的契合。

夫天地萬物之觀 莫大於觀於人 人之觀 莫妙乎觀於情 情之觀 莫眞乎觀乎男女之情 有是世 有是身 有是身 有是事 有是事 便有是情 是故 觀乎此 而其心之邪正可知 其人之賢否可知 其事之得失可知 其俗之奢儉可知 其士之厚薄可知 其家之興衰可知 其國之治亂可知 其世之污隆可知矣①

这可以看做李钰关于"真情"的诗论,也极好地表达了"天机论"所反映的源自于人最本真的情感。李钰把人最原始、最普遍的欲望、同时又是生活的基本样式阐述为男女之事,这是对人性的肯定的评价,是对人的本性的感情的重视。比之于礼教主义所要求的"正",李钰的"真"是对自身体验的率直性的追求。李钰所主张的诗的核心存在于情的真实性,而这种情是源自于天地万物及人们的生活的。

李钰的诗论不仅仅表现出关于情的论述,还主张摒弃模仿,主张有感而发,主张从对中国古代诗的模仿中摆脱出来,写朝鲜自己的诗,李钰的这种文学观可以看作是来自天机论的观点。李钰的诗论所表现出的认识态度不同于理学的道德观所认为的"男女之情为非礼",是一种认为诗与天道自然的道理相一致的认识态度。

"真情"的文学源于李贽的"童心说",拒绝模仿、靠近真实的文学。公安派文学的代表袁宏道强调独特的文学精神和个性的独抒

---

① 《李钰全集》(实是学舍)第三卷第229页。

性灵说即是对"童心说"的发展。公安派和李钰的文学理论都具有基于"相对主义的认识论"、强调自得与独创性、用"真文学"把现实生活形象化等特点,这绝不意味着二者的文学理论完全相同。

公安派完全强调"创新论",与之相反,李钰主张把前后七子的拟古与公安派的创新进行折衷的"折衷论"。即,公安派拒绝对典范的模仿,认为创造出别人无法表达出的东西则更具意义。李钰认为,应摒弃前后七子与公安派各自的"过分"之处,吸取二者的长处,在将二者融合的过程中悟得自己独创的东西。

公安派和李钰分别主张创新论和折衷论,两者所认识的古今的价值和具有个性的文章的意义也显现出差异。比之于"古"的价值,公安派更加重视"今"的价值,要创作不立足于古典的、全新的文章,与之相反,李钰重视以"古"为基础的"今"的调和,以古人的文章作为基础,在其基础之上创作独有的、充分发挥个性的文章。创新论与折衷论之间的这种差异表明李钰深受公安派的影响,同时,对公安派的文学理论又采取批判接受的态度。李钰的文学观中所表达出来的"真情的"文学又可称之为童心的文学。所谓童心是指像儿童一样、没有假饰、率真的心。

朴趾源每每谈及率真的文学,常常拿幼儿作比喻,其《樱处稿序》中谈到,在雩祀坛下的桃洞供奉着红脸庞、胡须泰然的关云长的塑像。在这里,不管是男孩还是女孩,只要看到关云长的塑像,发疟疾的孩子就会很惊愕,魂飞魄散、发冷的症状也消失殆尽。这原本是大人们的想象,但其实孩子们并不懂得害怕,而是亵渎威严的关云长,抠抠肖像的眼珠,也不忽闪,捅捅肖像的鼻孔也不打喷嚏,对于孩子们来说,这仅仅是一尊用泥塑成的肖像。因此,朴趾源说不能和吃西瓜皮、用桶吞咽胡椒的人谈论"味道"这个话题,也不能和艳羡邻人的貂裘、大夏天借来穿的人谈论"季节"。给塑像穿戴上衣冠,也依然不能欺骗得住孩子们的率真。这是因为孩子与大人不同,在孩子们眼里,塑像仅仅是用土做成的,而被固有观念及世俗浸染了的大人们则看不到事物的本质,天真无邪的孩子们能看到实物的本真,孩子们真率的心灵开启了大人们所不能企及的真实的世界,因为大人们被假饰遮住了眼睛。因此,朴趾源奉劝人们用虚无的心灵去接受事物,对于此,李钰则用"真情"来表达。

3.1.3 "今时"的文学

李钰生活的时代是朝鲜文坛盛行拟古派和唐宋派的散文创作的时期,正如明代公安派拒绝前后七子的"文必秦汉、诗必盛唐"一样,李钰与公安派有着同样的文学追求——向往"今时"的当代文学。袁宏道在其《叙小修诗》中指出:"盖诗文至近代而卑极矣,文则必欲准于秦、汉,诗则必欲准于盛唐,剿袭模拟,影响步趋,见人有一语不相肖者,则共指以为野狐外道。曾不知文准秦、汉矣,秦、汉人曷尝字字学《六经》欤?诗准盛唐矣,盛唐人曷尝字字学汉、魏欤?秦、汉而学《六经》,岂复有秦、汉之文?盛唐而学汉、魏,岂复有盛唐之诗?唯夫代有升降,而法不相沿,各极其变,各穷其趣,所以可贵,原不可以优劣论也"。即每个时代有着各自不同的文学,创作方法也各不相同,因此各个时代都应保有独特的文学。这一时期还掀起了对汉文学进行批判和反省的思潮,对朝鲜诗、朝鲜风的自省是这种思潮的结果。朝鲜朝后期实学派文人诗的倾向是写实性、现实刻画性,是诗人思想意识的表露。李钰的诗与之不同,像中国的国风、乐府、词曲一样,不单纯是诗人自我意识的表露,是自然发生的自然之诗。

李钰曾说道:

吾今世人也 吾自爲吾詩吾文 何關乎先秦兩漢 何繫乎魏晉三唐[①]

即,我是现世的人,我写自己的诗、作自己的文章,与先秦两汉

[①] 《题墨吐香草本卷后》,《李钰全集》第三卷第261页。

有什么关系,与魏晋三唐又有什么必要扯在一起?李钰如此标榜自己所追求的文学是"时文""今文"。李钰所说的"时文""今文"源于他的认识论,李钰意欲通过自己的作品表现与士大夫文人所构筑的完全不同的文学世界。最了解李钰的金鑢曾评价道:

> 世言李其相不能古文 此其相自道也 其相之意 以爲學古而僞者 不若學乎今之 猶可爲有用也 耳食者 從而和之 以爲其相不能古文①

通过金鑢的这番话可以得知李钰不善古文,他本人也曾谈到,学习古文会陷入虚伪,不如学习"今时的文学"有用,即李钰致力于"今时文学"的写作是为了警戒因学习古文而陷入虚伪。

由此可以看出,李钰认为文学应表现出古今的变化和家风国俗的差异,文学应符合时代的要求。不仅如此,当有人问他为什么作《俚谚》,而不作《国风》时,李钰的回答分明是对崇尚模仿和因袭的传统文风的一种批判。在此不难看出李钰的文学观与燕岩及其弟子们的文学观非常相似。朴趾源认为每个时代有每个时代的诗,每个人有每个人的诗,主张应该写符合各个时代和各自风俗的"真诗",朴趾源还利用稗史小品体进行创作,因此受正祖的"文体反正"的牵连。此外,朴趾源以市井庶民的生活作为创作的主要素材,这一点也与李钰十分相似。但不管怎样,李钰十分重视"今文"文学,即时文,朴趾源重视时文这一点也颇为引人注目。从其《赠左苏山人》中可以看出朴趾源对"时文"的认识。

> 卽事有眞趣
> 何必遠古擔
> 漢唐非今世
> 風謠異諸夏
> 班馬若再起

---

① 《题文无子文钞卷后》,《李钰全集》第三卷第262页。

> 決不學班馬
> 新字雖難刱
> 我臆宜書寫
> 奈何拘古法
> 劫劫類傒㸦
> 莫謂今時近
> 應高千載下

"即事"即"当前之事物",意为作家应该从用"五官"直接体验到的事物和现象中去找寻诗文的真正的意义,不拘泥于旧礼法,真实地表达自己的想法,创造具有时代特色的新的文学。

朴趾源还指出,明代不管是主张"法古"还是主张"刱新"的文学,都没能拓得文章的"正道",而一同陷入衰退的文风,由此也可以看出朴趾源对"时文"的观点。

朴趾源还在其《楚亭集序》中写到"天地虽久,不断生生,日月虽久,光辉日新。"如此,实学派文人们努力寻求朝鲜的独立性及本土的东西,而李钰则更为明快和豪放,不仅仅停留在指出天地万物的个别的属性,还把目光投向历代王朝及风土的独立的特点。中国历代的文人们创作出了各自不同风格的诗,只要是中国的,不管是什么都全盘接收,李钰对这种世态风俗是持批判态度的,主张不同的时代,不同的地域,应该具有各自不同的属性。李钰的这种思想是与当时要寻求一种普通的规范的中世的观念相悖的。时代、世态变化了,地域有差异,风俗有所不同,生活在汉阳,为什么不寻找一种文学形式,用俚谚去创作呢?李钰的这种思想批判了借口俚谚鄙陋,而忌避创作俚言的士大夫文人,主张用俚言去表达朝鲜人的性情。

李钰还补充:自己这样的态度不是有悖于常理的。

> 惟彼長壽之天地萬物者 不以乾隆年間 而或一日不存焉 惟彼多情之天地萬物者 不以漢陽城下而或一處不隨焉 亦吾之耳之目之口之手也 不以吾之庸渼 而或一物不備於古人焉 則幸哉行哉 此

第三章
李钰的文学观

吾之亦不可以不有所作者也 亦吾之所以只作俚言 而不敢作桃夭葛覃也 不敢作朱鹭思悲翁也 幷與燭影搖紅蝶戀花 而亦不敢作者也①

李钰批判了人们过分陷于"拟古"的风气,认为古人文学的真正精髓不在于严格恪守规范,而在于将其超越,并开拓独有的格式,把能表现自己独特个性的文章称作"率真的文章"。李钰还从古人的踪迹中去寻求这种自然拓得的境地,在《百家诗话抄中》写道:

世人所以不如古人者 爲其胸中書太少 我輩所以不如古人者 爲其 胸中書太多—蠶食葉而所吐者 絲非葉也 蜂採花而所釀者 蜜非花也 讀書如喫飯 善喫者 長精神 不善喫者 生痰瘤人閒居時 不可一刻無古人 落筆時 不可一刻有古人 閒居而學 力方深 落筆時 無古人而情神始出②

即,世人之所以不如古人,是因为胸中的书太少;我辈之所以不如古人,是因为胸中的书太复杂;因为没能追寻古人适意的踪迹,所以没能达到古人的境地;蚕吃桑叶,吐出来的是丝而不是桑叶;蜜蜂采花,酿出来的是蜜,而不是花,进入一种自我的境地,应如蚕和蜜蜂一样;读书犹如吃饭,善于吃的人长精神,而不会吃的人则生痰;人在闲居时,不可一刻无古人;在落笔写文章时,不可一刻有古人。即,闲居时,想着古人,可以更好地钻研学问、研究学问;下笔写文章时,抛开古人,才思才会如泉涌。写文章时,只有完全抛开了古人,才能沉浸在自我的世界,也才能开启一种自我感悟的境地,这正是所谓"无古人而情神始出"。如此,才能超越古人的格式,形成自己的风格,即"今文""时文"。

"今时"的文学还有一种含义,即拒绝"模仿"。南公辙在《雅亭遗稿序》中说,宣祖以来,我国有名的文章大家无不游学于燕京,与

---

① 《俚谚·一难》,《李钰全集》(实是学舍)第三卷第 227 页。
② 《艺林杂佩·百家诗话抄》,《李钰全集》(实是学舍)第三卷第 217 页。

王世贞,李攀龙等交往。考察南公辙所说的"后七子",可以得知在当时的朝鲜十分盛行像中国的复古主义者一样模仿古人字句的文风①。

袁宏道在《雪涛阁集序》中说:"夫复古是已,然至以剽袭为复古,句比字拟,务为牵合,弃前人之景,撼腐滥之辞,有才者屈于法,而不敢自伸其才;无之者拾一二浮泛之语,帮凑成诗。"否定对古人字句的模仿,李钰也提出了关于"模仿"的问题,否定一味模仿古人的创作态度。

如前所述,李钰一直致力于寻求自己独特的创作风格,但他不仅仅停留于此,尝试着用俚语进行创作,所以发出这样的疑问:"何以能一味模仿《诗经》的《桃夭》《葛覃》之类的国风,《朱鹭》《思悲翁》之类的乐府,《烛影摇红》《蝶恋花》之类的词曲?即使是勉强作出来了,也不过是模仿个皮毛,并不能真正成为自己的东西。"

朴趾源也有过与李钰的这种思想相似的论述。他说,正如事物映照在镜中、物体映照在水中、影子追随着实物、画中临摹着物体的形象一样,更多是酷肖和逼真,而其本身却不无假饰和相异之处,问题的关键不在模仿字句的表象,而在于悟得创作精神的内容。

李德懋也曾就"历代的诗中哪个最好"的疑问,做出过如下回答:诗人犹如不挑拣花的蜜蜂,作诗的人应当广泛涉猎再佐以自己的思想,自己作的诗应富含历代诗的格调。李德懋所说的"广泛涉猎",就是广泛吸收古人文章的精髓,"佐以自己的思想"就是融入自己的判断,好文章必须是自己的东西。由此可以看出,李钰的思想与李德懋如出一辙,也因此,李钰试图用俚言进行创作,从而找寻创作的"真机"。

"俚谚"意为流传于巷坊间的谚语。《康熙字典》中解释"俚"为"野人之歌","谚"为"谚文(当时朝鲜的国语)"之意。如此,可以理

---

① 李德懋:《雅亭遗稿序》,《庄馆全书Ⅳ·南公辙》第71页。

解为"俚谚"即为民间的歌谣或故事之意。

可以称作是李钰《俚谚》的序的《三难》,利用"比喻"及"问答",叙述了成为非难对象的"俚谚"的创作动机和背景。他在《俚谚引》《一难》中这样解释他的创作动机:

有人问我"你为什么著俚谚?为什么不著国风、乐府、词曲,何必做俚谚?"于是我如此回答:"不是我要著作,是我的主人让我著作的,我能著国风、乐府、词曲,为什么不能著我们国家的俚谚呢?"

由此可以看出,李钰试图以"俚谚"这一与国风、乐府、词曲对等的形式概念来创作。他在文中说"让我著诗的主体是天地万物"。根据他的理解"诗人只不过是天地万物的一个翻译"。如果说将天地万物的普遍意义用国语翻译过来的人是诗人的话,中国的诗人是用中国的汉诗形式国风、乐府、词曲等作诗,朝鲜的诗人应用朝鲜的诗歌形式来做诗。所以,丁若镛宣言要做朝鲜诗,李钰宣言要著"俚谚",而且主张诗是自然发生的,"俚谚"应有独立的个性。即身居朝鲜汉阳城,只能做"俚谚"。每个国家都应有自己的诗,阐明了不同于国风、乐府、词曲的"俚谚"应保持独立的个性。

李钰也认为自己生活在汉阳,为了维护自身个体的独立性,只能做《俚谚》,他在俚谚引《一难》中如此写道:

蓋嘗論之 萬物者 萬物也 固不可以一之 而一天之天 亦無一日上同之天焉. 一地之地 亦無一處相似之焉 如千萬人 各自有千萬件姓名 三百日 另自有三百條事焉 惟其如是也 故歷代而夏殷周也 漢也晉也宋齊梁陳隋也唐也宋也元也. 一代不如一代 各自有一代之詩焉 列國而周召也邶용廊衛鄭也齊也衛也唐也秦也晉也. 一國不如一國 另自有一國之詩焉. 三十年而世變矣 百里而風不同矣. 乃之何生於大清乾隆之年 居於朝鮮漢陽之城. 而乃敢伸長短頸 瞋大細目 妄欲談國風樂府詞曲之作者乎.①

---

① 《俚谚》,《李钰全集》第三卷第 226 页。

李钰认为,天地万物不可能真正的合为一,即便是同一个天,也没有一天是完全相同的天;即使是同一块地,也没有一天是完全相同的地。李钰的这番话极好地表明了他对世界的认识——任何一个空间都不可能是同一个空间,所有的时代都不可能是同一时代;世上没有什么是绝对的,一切都是相对的,所有个体都有独自存在的意义。这种以民族个体的特殊性为前提的文学观成为唤起本民族特有的诗论发展的背景。李钰的诗论所表现出的关于诗语的特征中用国语进行创作的认识态度也如此。李钰主张应迎合当代的现实情况,尊重大众的语言感觉,表现朝鲜人自己的情感,从其《俚谚引》的"三难"可以更清楚地看到这一点。

古有一太守,使吏貿祭需於市. 吏按簿,買之盡,只有法油者,不知為何物也. 試問於賣油郎,賣油郎曰,"俺只有眞油燈油而已,本無明法油"者矣. 吏不得貿而歸,竟不知法油之為燈油也. 則此太守之過,而非吏與賣油郎之過也. 又有一京口人,招其所親鄉客曰,"方今京肆,青泡甚美,來則吾當飫之."鄉客,以為是奇饌也,翌日,之其家,主人多設綠豆腐以待. 綠豆腐者,詩所謂默也. 鄉客忎歸,謂其妻曰,"今日某哥,欺余矣. 青泡者,我雖不知為何饌,而彼既許我,故我至則只饋默,不設青泡矣."久猶慍之,終不知青泡只為默也,則此京口人之責也. 東國之詩人,其不買油,而喫青泡者,幾歲人哉? 溪畔有烏,碧羽甚群,其名曰"鐵雀",而乃曰"修竹村家翡翠啼". 則越裳之貢,奚為於朝鮮村家也? 峽裏有烏,夜必哀鳴,其名曰"接同",而乃曰"此地鵑聲不忍聞". 則巴蜀之魂,奚為於朝鮮國地也? 類不可盡誅矣. 是故,國人之於服食器皿凡干之物也,以其所呼之名而名之,則三歲小兒,猶了然有餘,而及其操筆臨紙,欲作數字件記,則已左右視而問旁人,不知其物只當某名矣. 豈有是哉?

噫! 吾知其意矣. 彼以為鄉名者,鄉之名也. 吾只可以口呼之,不可以筆書之云爾,則吾未知新羅之建國號也,何不曰"京",而曰"徐那伐"焉;稱王號也,何不曰"齒文",而曰"尼師今"焉;稱其姓也,何不曰"瓠",而曰"朴"焉乎?豈金富軾失之而未知書歟?且漢之鏡歌稗之《金瓶梅》也,何不平順其調典雅其語,使後世異國之人皆得而易曉也歟?豈枚馬好詭鳳州多鄉聞而然歟?噫!使其所以名物者,皆如席也燈檠也筆也紙也,之必當其物,則吾亦當捨己而從人,不必強傅鄉名若務勝者然,而至若指碧羽而為翠聽哀鳴而為鵑,則吾雖手頓舌訥,至作諺文之詩,必不肯買法油而喫青泡矣.吾如之何其不為鄉名耶?①

太守让衙役买"法油",衙役不知"法油"即"灯油",于是没能买来;一个汉城人对一个乡下人说要用"청포(清泡)"招待他,却用了"묵(凉粉)"来招待,不知"청포(清泡)"即"묵(凉粉)"的乡下人为此还十分生气。

这就是那个时代的文人士大夫对固有文化认识不足,过分滥用汉译名词而导致的结果,这两个事例也具有一定的反省意义。李钰还在作诗时,质问为什么要用"翡翠"一词,而不用"철작"?为什么非要用"杜鹃"而不用"접동"?指责文人们不按大众日常使用的名词去记录朝鲜的物名。不仅如此,李钰还批判了金富轼在撰写《三国史记》时,把朝鲜的地名、人名都改写成汉译的词,不是因为"乡名"遗失不得已用中国名,归根结底是慕华思想在作祟。李钰的这种意识还体现在他的《浮穆汉传》中:在谈及神仙和佛的名字时,如果说越国有神仙,蜀国有佛,比较可信。但若说朝鲜有神仙和佛,那么朝鲜的哪座山是"越国"或"蜀国"呢?因想象不到,人们自然会轻看自己。可以说李钰的这种认识是对绝对的慕华思想的一种忠告。与中国处于对等的视角去寻找本民族的东西,这种认识态度与同时期的实学派文人的观点是一致的。李钰的《俚谚引》和他的作品中表现出来的自主的认识,即欲摆脱一味模仿的文风的认识,预示着摆脱了中世文以载道文学论的朝鲜后期民族文学论的形成和发展。

---

① 《李钰全集》(实是学舍)第三卷第231页。

李钰把俚言作为诗语进行创作的认识态度是对朝鲜朝后期整个汉文学创作的一种批判,一种反思,与朝鲜诗、朝鲜风的兴起不无关系,符合当时的社会现实,而且是对民众、庶民的语言感觉的尊重。李钰对于俚谚的自信心和自豪感也是与同时代的丁若镛"我是朝鲜人,我要作朝鲜诗"的民族文学主张相吻合的。

　　《俚谚引》的《三难》更为清楚地表明了这一点。① 《三难》开始于对某人质疑的回答。对于崇尚慕华思想的文人来说,使用俚言,不追从中国式的名称反而是怪异、混乱之事,他们把语句中使用俚言称作"乡音"。对于"为什么用俚言,而不用其本来的名称"的质问,李钰回答道,这是符合当时的实情的事情,且自己使用这些名称由来已久。李钰还举例说,我的房子,我不借用"岳阳楼"或"醉翁亭"之类中国的名称,我自己为其命名;我十五岁行冠礼,有了名和字,但也决不借用古人的字,我的名字只是我自己的名字,我的字只是我自己的字而已,生硬地模仿古人只能是一种繁文缛节。如此,李钰的民族主义文化观是对过度崇尚中国传统文化的文人的有力批判,阐明了自己用俚言创作的理由的正当性,可以说是李钰文学观最独特之处。他在诗论中表现出积极的、果敢的批判精神,尽管世人倾慕中国,彻底地追随中国的文化意识,但他本人一定要使用从小就用的、令人感到亲切的物名。他的这种主张原本是理所当然的,但在当时,这种认识无疑是与忠实于"拟古"的文人士大夫的文学相抵触的。

　　"今时"的文学把继承古文的创作精神,发展新的文学作为努力的目标。"今时"文学拒绝对古文进行模仿并不意味着对古文优秀性的否定。

　　古文又被称作文言文,由中唐时期的韩愈、柳宗元发起。他们认为六朝以来至中唐时期流行的骈俪文重视技巧,但流于形式,内容空洞,所以,应回归至《孟子》《史记》等文章的简洁、遒劲、明快,

---

① 《李钰全集》(实是学舍)第三卷第 231 页。

第三章
李钰的文学观

这才是散文的最高境界。响应这一号召而写的文章叫古文。曾经有一段时间,骈俪文与古文同时并行,宋代欧阳修所写的古文完全压倒了骈俪文,其后,这种文体一直是散文的主流。苏洵、苏轼、曾巩、王安石等作为欧阳修的弟子,他们非常活跃的创作,使古文成为中国士大夫阶层的代表性文体。

明代的古文辞派将秦汉古文作为典范,清代的桐城派更为接近唐宋古文,其基本特点是将宣扬儒家的散文作为目标,也更为明显地表现出作为载道文学的特点,而且作为士大夫的文学、教养人的文学,古文的作者关注哲学、社会、人生等所有的主题。

清代的姚鼐针对主题的差异,将文体归类为十三种,即以辩论、奏议、说书、赠序类为主的议论体和以传状、碑志、杂记为主的叙事体,以辞赋、诏令、箴铭、哀祭、颂赞等为主的韵文系及兼具议论、叙文的序跋类等。

"今时"的文学从不吝于必要的谚语、民谣及方言的使用。朴趾源在《骚坛赤帜引》中,将文章的组织方法比喻为"兵法",正像擅长"兵法"的人没有可丢弃的兵卒一样,文章中使用的文字也没什么特别。即,并不存在着专门的文学语言,人们使用的语言均可成为文章的语言素材。李钰还认为,所谓土俗名称就是在土俗中所使用的名称,人们认为只可用嘴说而不可用笔写。但是,如果说物品的名称恰当的话,不一定非要放弃自己的意见、遵从别人,硬要去使用土俗的名称。李钰的这种认识指出了不知道意义,盲目使用的弊端。因此,他说自己尽管没什么文采、舌拙语讷,但在做谚文时,也决不能看到绿的东西就说"翡翠",听到凄凉的叫声就说"杜鹃",不知"법유"即灯油而买不来,不知"청포"即"묵"而吃后发火,表明自己要使用土俗名称的决心。①

李钰还指出,现实生活中所说的话中,有很多没有相应的文字来表达,但这不可怕,他自己决定找一些土俗语来使用。理应写

---

① 《李钰全集》(实是学舍)第三卷第 231 页。

"时文"这一想法是基于用俗语写文章这一思路的。与其使用汉字导致无法沟通,不如撇开"雅正"和"鄙俗"的束缚,只要能到达一种写意、模写真景的境地,就是最高理想。这正是李钰的文学思想。

李钰的文章当中还经常使用列举法、反复法、问答法,列举法主要用于事物的描写,反复法主要是词汇或统辞构造的反复,问答法主要是在文章的展开方式上由李钰与第三者的对话形成。李钰在文章中使用俚言和俗语,尊重民众的语言,加以活用。以正祖为首的保守派文学论者把文学作为治世或修身的工具,希望文章包涵着压抑率真的情感的道德和义理。他们希望通过文学超越时间、空间、民族、个人间的差异,体现中世的普遍的理念价值。

人们一直认为李钰的文章不是古文,是小品。但金鑢认为,论古今或大小,或许有可能,但因为说是小品就觉得不古,这只是糊涂人的想法。汉朝的杂史《越绝书》①和《秘辛》②为何不是小品?为何不是古文呢?人们认为古文不同于小品文,小品文不古的想法是不对的。金鑢还指出,人们在赏花时,只看牡丹、芍药的美,对石竹或水菊则弃之不看,或钟情于秋菊或冬梅枯淡的风姿,讨厌桃花或杏花的灿烂,都是不懂赏花的行为。即,金鑢主张不能单单沉溺于一种花,希望人们懂得鉴赏各种花,这里包含着奉劝人们学习多种文体和多种格式之意。如果说其中隐含着写实的、真正的文学样式的话,那么就是可取的。金鑢还指出,文章不应是与生活相脱节的事情,而应是日常发生的多姿多彩的事情,其素材应该是时尚且通俗的。因此,可以把描绘真正生活的文学称作实文。比之于规范的世界,李钰更多地描写人的实际生活,即李钰自身的生活状态。于是,他从生活中撷取文章的素材,这恰恰是摒弃中庸的文化意识,克服了中世规范的文章。进一步说,是用俚语现实主义地描写自己的情感,从而恢复朝鲜文化的同质性。从这个意义来说,李钰所追

---

① 《越绝书》:春秋时代记录越国史迹的书,其文章与《吴越春秋》很相似。
② 《秘辛》:秘,意为《秘密的书》之意,辛,指干支的顺序,是书卷帙的序号。收录在《汉魏丛书》中,记录了繁杂的历史事件。

求的"今时"的文学在当时文人中是进步的,同时又具有独到的文体意识。李钰的文学论给当时的文艺论和文体论开辟了新的方向,其"今时"的文学所具有的文学史的意义也正在于此。

3.2 对中国作家的批评

透过李钰作品中的广征博引,可以得知李钰是一个博览群书的文人。或许是因为他为人谦恭,抑或是因为地位的卑微及一生的失意,在他的作品中,很少以俯视或平视的视角,对其所读过的作品及其作者进行品评,而大多是以仰视、学习的态度,记述自己读书后的感悟与心得,而且现存的这方面的文章也不甚多。因此,仅凭李钰文章中的只言片语或许不能称其为"论",但通过李钰对作家作品的品评,可以窥视李钰文学创作的主张及文学批评的视野,同时,通过其评述也能清晰地了解其审美观。

3.2.1 "上善若水"话老庄

老子(前600年—前470年)姓李名耳,字聃,春秋时期楚国苦县厉乡曲仁里(今河南省鹿邑县)人。是中国古代伟大的哲学家和思想家之一,道家学派创始人。他博学多才,智慧超人,著书《老子》充满了智慧、蕴含丰富的辩证法思想。老子哲学与古希腊哲学共同构成了人类哲学的两个源头,老子因其深邃的哲学思想而被尊为"中国哲学之父",美国纽约时报把老子列为古今十大作家之首。老子的哲学观深深地影响着中国两千多年历史的发展,他的思想被庄子传承,并与儒家思想和后来的佛家思想一起构成了中国传统思想文化的核心。

著书《老子》是老子思想的集大成,"道"是老子思想体系的核心。《老子》开篇第一章谈到:"道可道,非常道"。《庄子·大宗师》也论及:"夫道有情有信,自古已存,神鬼神帝,生天生地,在太极之间而不为高,在六极之下而不为深,先天地生而不为久,长于上古而不为老"。老子所说的"道"的涵义深邃奥妙、博大精深,并非轻而易举便能够领会的。既可从哲学体系的辩证法去思考,也可从历史、文学、美学的角度去理解,因此,许多学者对于老子所说的"道"的阐释具有浓厚的兴趣。韩非子生活的时代与老子生活的时代比较近,所以韩非子也是历史上最早为《老子》的"道"作注的人。在《解老》中,韩非子说:"道者,万物之所(以)然也。万理之所稽也。理者成物之文也。道者万物之所以成也。故曰道,理之者也。"这表明,韩非子是站在唯物主义的角度来解释老子的"道"的。在《史记》中,司马迁把老子与韩非子列入同传,认为韩、庄、申"皆原于道德之意,而老子深远矣。"汉代的王充在《论衡》一书中同样认为老子的"道"的思想是唯物论的。但是从东汉末年到魏晋时代,人们的观念开始有了一些变化,一些学者慢慢地领悟到了老子"天下万物生于有,有生于无"的妙义,肯定宇宙的本体只有一个"无",所以,都成老子的"道"学为称玄学。随后佛学传入中国并渐渐兴盛起来,玄与佛合流,因而对"道"的解释,便更加倾向于唯心论方面。宋明时期的理学家吸取了佛学与玄学思想,依旧从唯心主义的角度对老子的"道"作了解释。

李钰读完《老子》后写道:

盖甞聞之,至聖先師曰:"老子龍也. 懿哉,觀也!夫龍上則天,下則淵,其跡玄,其用圜,匪岙中之鮮也."以余觀於龍,只見其水也,莫見其龍也. 大矣哉,水!水無莫無主無豔無悔,天地之所腑,萬物之所乳. 今夫水悠然而浮,優然而流,饔人取之,梅而酸、蜂而甘、椒而辣、鰟而鹹,能五味之漿. 水無味也,卒之味者,水也. 染人取之,栀而黄,藍而碧,礬而黑,蒐而赤,能五色之章. 水無色也,卒之色者,水也. 榜人取之,檄而亂,鷗而行,風而馳,石而停,能千石之檣. 水無力也,卒之力者,水也. 田人取之,澮而儲,牖而宣,筧而邀,樨而傳,能百畝之秋. 水無恩也,卒之恩者,水也. 於是,漁者取之,以筌其鯢魴;洴澼者取之,以捆其衣裳;搏埴者取之,以堅其陶瓶;洒削者取之,以邅其陰陽;采珠者取之,以擎其夜光．水無工也，卒之能百工者，水也．受天下之糞，而不自潤；行天下之岔，而不自瀊．物之於水，大得則死，不得則亦死．一日無水兢，二日無水病，三日無水致其命．大矣哉，水也！蜎蜎乎，沌沌乎！吾不得以忕也．噫！以余觀於《道德經》，其水矣夫！①

孔子"入周问礼"拜见老子后，受益匪浅，深深体会到老子学识渊深而莫测，志趣高邈而难知，把他看作龙的化身，玄妙不可及。李钰手捧《老子》，思考着孔子"老子龙也。懿哉，观也！夫龙上则天，下则渊。其迹玄，其用圜。匪缶中之鲜也"的论断，试图在《老子》的字里行间中，感悟"道"的真谛。"以余观于龙，只见其水也，莫见其龙也。""噫！以余观于《道德经》，其水矣夫！"最后，李钰认为老子的思想并不是那么玄妙莫测的"龙"，而是日常所见所用的水这一结论。李钰认为，"水无莫无主无艳无悔，天地之所腑，万物之所乳。"水之大、水之"无"、水能哺育万物的这些特性，揭示了《老子》的"有无相生""道生一，一生二，二生三，三生万物"的宇宙观。

关于水，《老子》中说道：

上善若水。水善利万物而不争，处众人之所恶，故几于道。居善地，心善渊，与善仁，言善信，政善治，事善能，动善时。夫唯不争，故无尤。②

天下莫柔弱于水，而攻堅强者莫之能勝，以其無以易之。③

自然界万物中，老子最称道的是水，认为水德是近于道的。而理想中的"圣人"是道的体现者，因为他的言行有类于水。水的特性有三：其一，滋润万物而不与其争；其二，蓄居流注与人人厌恶的卑下之处；其三本性柔弱，能方能圆，顺其自然。老子认为上智者，应该具有这种形态与行为。"处众人之所恶"别人不愿去的地方他

---

① 《李钰全集》第三卷第 71 页。
② 《道德经》第八章。
③ 《道德经》第十八章。

愿意去；别人不愿做的事他愿意做，他有骆驼一样的精神，忍辱负重、谦卑受屈。"善利万物而不争"有道德的人为人谦下，水渊清明，有道德的人虚静沉默；水施与万物，有道德的人博施不望报；水照万物名如其行，有道德的人所云至诚，绝不虚伪。"天下莫柔弱于水"，老子认为，虽然从表面上看来水是柔弱卑下的，但它能穿山透石，淹田毁宅，任何坚强的东西都阻止不了它战胜不了它；因此，老子坚信柔弱的东西必能胜过刚强的东西。这里，老子所说的柔弱，是柔中带刚、弱中有强，坚韧无比。简言之，老子认为，躬行正道的圣人就像水一样，具有自己的稳定性、规律性与可持续性，甘愿处于卑下柔弱的位置，对国家和人民实行"无为而治"。

老子通过观水，得到了启发，通过水性的总结，论述了理想中的"圣者"。李钰的《读老子》一文无疑受到了老子这些论述的启发，把《道德经》中所蕴含的博大精深的思想智慧，比作"大水"进行论述。这样的比喻可谓一石两鸟，既说明了他对《道德经》的理解，又赞美了《道德经》的伟大。

李钰之所以给予《道德经》如此之高的评价，是因为他在以老子的标准去寻找理想中的龙：

龍之爲龍以其德也，不以其貌。①

噫！无小鱼，龙谁与为君，彼大鱼者，亦安得自大也.然则为龙之道，与其施区区之恩，曷若先祛其为害者乎？②

噫！大哉龙之德也。③

但是，虽然李钰把老子的思想以水作比，道出了"道可道"，即，具体的道是可以言说的，可以用语言来表达的，但是，这些言说的道是"朝闻道，夕死可也"，"得其民有道"之类的先王之道、君子之道。抽象的道是不可以言说的，无法用语言来表达的。而《老子》

---

① 《李钰全集》第三卷第43页。
② 同上书，第41页。
③ 同上书，第44页。

中的道,还有抽象的、不可感觉的"恒常之道"。这种道是"行上超越与不可言说"是《道德经》的精髓之一。这个道不再是某种具体的事物,而是超越了事物具体形态的一般性,是对于万物本质或本原的抽象。张立文①指出,"从具体某一事物之道,到哲学之道,是人们理论思维的飞跃。老子完成了这个飞跃,把道作为他的哲学最高范畴"。正因为这种"玄而又玄"的超感觉,越理性的道,不能用语言表达,只能去心领神会。至圣先师孔子理解了,所以慨叹其"懿哉,覼也!""其迹玄"。因此,从这个意义上来说,李钰《读老子》中对老子思想的品评,显得有些片面和不足。

3.2.2 "香草美人"学屈原

屈原(约前340年—约前278年),号灵均,战国时期楚国丹阳人(今湖北宜昌秭归县人),中国伟大的浪漫主义诗人之一。

屈原早年颇受楚怀王的信任和重用,正值七雄激烈纷争之时,曾担任左徒、三闾大夫,在内政方面辅佐楚怀王,常与怀王商议国家事务,起草宪令及变法,其主张法律和章法的公正,举贤任能,改革政治,联齐抗秦,同时主持外交事务。在屈原的努力下,楚国国力有所增强。但由于自身性格耿直加之屡遭他人谗言,楚怀王逐渐疏远屈原。公元前305年,屈原虽强烈反对与秦国订立黄棘之盟,但是楚国还是彻底投入了秦的怀抱。屈原被楚怀王逐出朝廷,流放到汉北。在流放期间,屈原心感郁闷,开始文学创作,其作品中随处都表现出对楚国的眷恋和忧国忧民的思想感情。其文学作品文字华丽,想象奇特,比喻新奇,内涵深刻,成为中国文学的起源之一。公元前278年,秦国大将白起挥兵南下,攻破了郢都,屈原在绝望和悲愤之下投汨罗江而死。

屈原不但是伟大的政治家,也是一位成绩卓然的诗人。他创立了"楚辞体",也开创了以"香草美人"作为诗歌象征手法的传统。

---

① 张立文:中国人民大学人文学院哲学系教授。

屈原最主要的代表作有《离骚》《九章》《九歌》《天问》等。《离骚》是我国最长的抒情诗,后世所见屈原的作品,大多出自西汉刘向辑集的《楚辞》。由于屈原所著的《离骚》是楚辞的典型代表作,所以又可以将楚辞称为"骚"或"骚体""楚辞体"。

在《读楚辞》中,李钰把屈原的一生及其诗歌品格比喻为秋天,因为"其性洁,其气薄①"。李钰认为《楚辞》就像那秋天的晴空,万里无云、高洁而清澈。读了《楚辞》,能被屈原那种极高寒的理想、极热烈的感情荡涤得"骨清而身赢②。"所以在他看来"楚辞不可读,亦不可不读③"。但如果读的话,"宜于可读时,可读处,或一二遍,或三四遍,或五六遍④"。

以屈原的作品为主的楚辞,多为悲情和发愤抒志之作。《楚辞》中的屈原犹如孤独的行吟者、满怀愁容的骑士,在狂妄与绝望中,感受着"路漫漫其修远兮,吾将上下而求索"的人生痛苦,承受着"虽体解吾犹未变兮,岂余心之可惩",遭怨被贬,国家将去,为国自决的悲愤。正如司马迁在《史记·屈原列传》中写道:"屈平疾王听之不聪也,谗谄之蔽明也,邪曲之害公也,方正之不容也,故忧愁幽思而作《离骚》"。

在李钰看来屈原的诗和他的命运一样充满着悲愤和绝望,称《楚辞》为"天地之秋声⑤","其思苦",在这个季节"霜露降于林,百虫吟,雁南天,德用阴,使人神壖而志危。黯如也,惨如也,无故而自悲⑥"。他认为《楚辞》应"读慎,不可多读"⑦。

司马迁也曾说过:"余读《离骚》《天问》《招魂》《哀郢》,悲其志。适长沙,过屈原所自沉渊,未尝不垂涕,想见其为人。"⑧

---

① 《李钰全集》(实是学舍)第三卷第72页。
② 同上。
③ 同上。
④ 同上。
⑤ 同上。
⑥ 同上。
⑦ 同上。
⑧ 《史记·屈原列传》。

第三章 李钰的文学观

把屈原的诗词比作秋天,在历代对屈原的评价中虽然不多见,但陆游的《悲秋》对屈原的评价和李钰的评价似乎一脉相承,"我岂楚逐臣,惨怆出怨句?逢秋未免悲,直以忧国故①。"

秋风送爽,天高云淡,令人心旷神怡。但是,悲秋是中国古代文人文学创作的主旋律之一,古往今来,无数文人墨客的作品中,都具有浓厚的悲秋情结。

秋景秋事秋情,都为一"气"所化,故宋玉曰:"悲哉,秋之为气也"。秋气乃阴盛衰杀之气。人感秋气而衰,本是自然之理。李钰也在《士悲秋解》中说:"天地之变,感乎外。悲是秋也,舍士其谁也?②"人有悲,人可以咏其悲。在历史兴亡盛衰的不断循环过程中也有悲。悲是人类的基本情感之一,秋是自然界的基本季节之一,亡是历史循环的基本阶段之一,三者在功能上是相遇且互感的。人之所以能伤情、诉情、融情于自然的春秋和历史的兴亡,在于天人合一的文化基础与文化理念。秋与人生、历史的统一,使古代文人坎坷、怀才不遇的命运与自然、历史、社会交织在一起。古代诗人们常常以秋为悲的思维定势,将在萧瑟凄凉的秋景中感悟的人生忧愁以及生命轮回的悲情愁绪与万物凋零的秋色连接在一起,不仅以建功立业为实现生命价值、追求生命永恒的重要内容,而且包含自觉承担社会责任忧时患世的思想。悲秋文学中的生命意识即具有"人生一世,草木一秋"人生短暂的生命觉悟、"惟草木之零落兮,恐美人之迟暮"。

李钰读懂了屈原,读懂了楚辞,所以才评价道:"楚辞者,天地之秋声也。"李钰深受楚辞的影响,其《诅疟辞》《龙赋》《三都赋》《哀蝴蝶》等都或多或少地使用了"楚辞体",尤其是《诅疟辞》和《哀蝴蝶》通篇使用了"楚辞体"。

---

① 选自陆游的《悲秋》。
② 《李钰全集》(实是学舍)第三卷第116页。

3.2.3 "文道并重"拟欧阳

欧阳修(1007—1072年),字永叔,号醉翁、六一居士,谥文忠,世称欧阳文忠公,北宋吉州庐陵(今属江西省永丰县)人。北宋时期儒学家、文学家、史学家和诗人,与唐韩愈、柳宗元、宋王安石、苏洵、苏轼、苏辙、曾巩并称"唐宋八大家"。其在政治和文学方面都主张革新,不仅支持范仲淹的庆历新政,也领导了北宋古文运动。又喜推许扶持后进之辈,苏轼父子及曾巩、王安石皆出自其门下。创作成果亦粲然可观,诗、词、散文均为北宋时期的名作。散文说理畅达,抒情优美;诗风与散文相似,语言流畅自然;其词婉丽,承袭南唐余风,曾与宋祁合修《新唐书》,并独撰《新五代史》。又喜收集金石文字,编录为《集古录》,还著有词集《六一词》。

李钰在文章中数次提及古文大家欧阳修,从这一点来看,李钰是比较倾慕欧阳修的。正值当时以各种形式刊行唐宋八大家的文章,但李钰唯独喜欢欧阳修。这一点颇为引人注目。

李钰还模仿欧阳修的《秋声赋》,写了《虫声赋》。

> 歐晏辛柳 亦花間八仙之友也. 讀之而能得妙處者 愛其味之厚也 吟哦咏嘆而不忍絶者①

这段文字是关于潘游龙的词《醉》而著的,通常序是对相关作家的介绍或对文章内容的说明,但李钰却再次阐述了自己对词的沉醉状态及词所具有的极高的情感感染力。

人们之所以酒醉,是因为有让人喝醉的东西,这是饮酒当时的状态及周边的环境使然。这可以是人们通过客观事物的变化感觉到的情绪,也可以是人们在生活中所体会到的喜怒哀乐的情感,因此,酒醉的境界是一个客观的世界。因为是这样一个世界,所以就在这种沉醉的状态中体会就行了,没必要等到喝完酒之后。而且

---

① 《墨醉香序》,《李钰全集》第三卷第 67 页。

第三章
李钰的文学观

用粉黛描出的女人的眉眼和文章等都是令人感兴趣的东西,在用粉黛描出的眉眼中可以嗅出女人的香味,同样文章也足以迷惑人。李钰在读欧阳修、晏殊、辛弃疾、柳永的词时会沉醉得犹如醉酒。读文章得妙处,犹如迷恋味道的幽香,读文章,或吟咏,或感叹,竟至欲罢不能。于是,撷取韵字,再和以曲调,这便是沉醉达到了极致。从这个意义上来说,之所以模仿欧阳修的《秋声赋》著成《虫声赋》,就是沉醉于欧阳修的文章。

李钰总爱谈及欧阳修的文章,这一事实还可以从《欧文约小序》中得知。这篇文章是收录了欧阳修全部散文的集子的序文。李钰在序文中阐明了自己选拔散文的标准。在这里,他写道:"然则上而有庄左马班,下有韩柳孙李二苏方王之文,而必归乎欧。①"

在这部散文集中他举例的中国历代的文人以庄子、左丘明、司马迁、班固为首,还有韩愈、柳宗元、孙樵、李翱、苏轼、苏辙、方岳、王安石等,但却把欧阳修的文章置于这所有人的文章之上。那么,他为什么这么做呢?关于历代的诗馀,李钰曾如此论述到:词萌芽于六朝末,兴盛于宋代,至元明代达到极致,但宋代的欧阳修和晏殊等却是词的宗主,其词的意境到了无以复加的境地。李钰对欧阳修的词给予了如此之高的评价。李钰还谈道:选历代人的词,可以宋代作为标准,而整个宋代,欧阳修和晏殊当数第一,要以他们为标准,学习短阕;但长篇应以辛弃疾和苏轼为目标加以学习,只有懂得了这一点,才能读诗,也才能赋诗。②

李钰就是如此意欲模仿、学习欧阳修的作品,这一点从其挚友金鑢的记述中也可得知:1792年与李其相寄居在西泮村金应一的外舍,每天一有时间就模仿欧阳修和苏轼,各自赋词数十首③。由此也可以看出,李钰对欧阳修作品风格的喜爱程度。

---

① 《欧文约小序》,《李钰全集》(实是学舍)第三卷第69页。
② 《桃花流水馆问答》,同上书,第113—115页。
③ 《题綱锦小赋卷后》,同上书,第264页。

3.2.4 "怡情悦性"品中郎

袁宏道(1568—1610)少敏慧,善诗文,明代文学家,字中郎,又字无学,号石公,又号六休。与其兄袁宗道、弟袁中道在文学上各有风采,其籍贯为湖广公安(今属湖北),合称"公安三袁"。袁宏道在文学上反对"文必秦汉,诗必盛唐"的风气,提出"独抒性灵,不拘格套"的性灵说。

通过李钰的作品可以看出他对公安派、竟陵派、钱谦益、冯梦龙等明末清初的作家,甚至在当时的朝鲜朝没有被更多地介绍的清代的李渔及罗聘这样的艺术家的作品都有所涉猎。李钰较之其他文人,更多地阅读了明清文集及小说、小品文。从其作品中可以看出他比同时代的其他文人更多接触了明清文学,并且在作品中从不隐讳这一点。

李钰所关注的明末清初的文人们的名字散见在许多地方,其中《戏题袁中郎诗集后》①中出现的明清文人的名字最多②。在这篇文章中对袁宏道及其作品进行了评说:

錢虞山論明詩之所由變 石公必居其一 至以比大承氣湯 蓋石公矯王李而啓鍾譚 功罪相半故也 以余觀於石公 不過一尋常文人也 非有德位之著也. 而其爲辭又不肯師古 只以石公 有舌之筆 記錄石公由情之語 固一代之變風也 顧又細瑣輭弱 不可以大家稱 使石公處于今 不過爲南山下數間茆屋 種一畝花 日與龍子猶輩 沾沾自鳴者也. 使隣人 不見其詩而指斥之 則幸矣 彼安得登文壇 主詞盟 麾旂鳴鼓 而天下靡然乎從之耶 豈石公之時 天下詩道 不及乎今 故以石公而猶宗之耶 抑石公之道 近乎人情 不似白雪樓之空事咆哮 故天下知其然而從之耶 左石公 固雄矣. 噫此一時也 彼一時也 其時則易然.

---

① 《李钰全集》第三卷,《戏题袁中郎诗后集》第 71 页。
② 同上。

第三章 李钰的文学观

从这篇文章来看,李钰从"此一时,彼一时"这一时空角度对袁宏道进行了评价。视角独特,赋予了新意。

李钰认为,在袁宏道生活的时代(彼一时),他虽然开启了文学变革之风,但其处事态度和文章还不足以称之为大家。"以余观于石公,不过一寻常文人也,非有德位之著也。而其为辞又不肯师古,只以石公有舌之笔,记录石公由情之语,固一代之变风也。顾又细琐软弱不可以大家称。①"

袁宏道于万历二十年(1592)中进士,但始终淡泊名利,无意于仕途,辞官离任,遍访名师,不断求学,游历山川。三年后他出任吴县县令,虽成绩卓著,但他却无心为官,曾七次上书辞职。宰相申时行赞叹"二百年来,无此令矣!"获准离任后,遍游东南名胜,写下《虎丘记》、《晚游六桥待月记》等名篇。明神宗万历二十六年(1598),其兄袁宗道致信于袁宏道,督促其进京。他只得收心敛性,进京任职于顺天府,次年,擢升国子监助教。进京后,虽然北国的寒冷,多少打消了他的游兴,"局促一室之内,欲出不得。每冒风驰行,未百步辄返。②",但喜欢游览的他"廿二日天稍和,偕数友出东直,至满井。"欣赏到了"高柳夹堤,土膏微润,一望空阔,若脱笼之鹄。于时冰皮始解,波色乍明,鳞浪层层,清澈见底,晶晶然如镜之新开而冷光之乍出于匣也③"之美景。之后,胞兄袁宗道辞世,他悲痛不已,告假归里建"柳浪馆",栽花种柳、吟诗著文、参禅悟道、闲游山水达6年之久。

袁宏道生性直爽,钟情山水,甚至不惜以身试险。他曾说"恋躯惜命,何用游山?""与其死于床,何若死于一片冷石也。④"在其笔下,山岚的灵秀之妙、湖泊的清新之美、垂柳的柔美之韵均别有情趣,宛然如画。这些山水游记信笔直抒,语言清新流利,俊美潇洒,如行云流水般舒徐自如。描景状物独具慧眼,物我交融,怡情悦性。由此可

---

① 《李钰全集》第三卷第71页。
② 选自袁宏道的《满井游记》。
③ 同上。
④ 选自《开先寺至黄岩寺观瀑记》。

以看出，袁宏道一生寄情于山水，在登山临水中，他的思想得到了解放，个性得到了张扬。

虽然公安派对解放传统文体多有成就，"一扫王、李云雾"①，游记、尺牍、小品也很有特色，或秀逸清新，或活泼诙谐，自成一家。但他们在现实生活中消极避世，多描写身边琐事或自然景物，缺乏深厚的社会内容，因而创作题材愈来愈狭窄。其仿效者则"冲口而出，不复检点""为俚语，为纤巧，为莽荡"，以至"狂瞽交扇，鄙俚大行"（钱谦益《列朝诗集小传》）。这些所作所为，少了"齐家、治国、平天下"的伟大抱负，从这个意义上说，李钰对他的评价十分准确。

使石公处于今 不过为南山下数间茆屋 种一畦花 日与龍子犹辈 沾沾自鸣者也. 使邻人 不见其诗而指斥之 则幸矣 彼安得登文坛 主词盟 麾旗鸣鼓 而天下靡然乎从之耶。②

所以，他认为袁宏道只是干了自己想干的事，写了自己想写的东西，还原了人性的真实。如果做学问不是立身扬名的话，写作也就只是个人的爱好而已，因此，李钰认为袁宏道是和自己一样的寻常文人，这种观点也非常准确。

但李钰认为"此一时"的袁宏道又是伟大的：

天下诗道 不及乎今 故以石公而犹宗之耶 抑石公之道 近乎人情 不似白雪楼之空事咆哮 故天下知其然而从之耶 左石公 固雄矣.③

以袁宏道为首的"公安派"作家，敢于直面驳斥当时强大的复古文风，高举变革的旗帜，鲜明地提出了自己的创作主张，开启了一代真实文学之风。这样的勇气令人敬佩，这样的文章比李攀龙的"空事咆哮"要强得多，所以钱虞山对袁宏道的评价是"矫王李而启钟谭"。另外那些怡情悦性的主题和清新自然的语言也是很符合李钰的口味和心境，所以李钰评价说"此一时"的袁宏道又是伟大的。

---

① 选自《公安县志·袁中郎传》。
② 《李钰全集》第三卷第71页。
③ 同上。

第四章　李钰的文学创作及其美学特征

李钰的一生与试图通过科举步入仕途的士大夫的普通的人生没有什么不同。他虽然出身王族,但后来家道中落,沦落为一般庶民武班。他出生在京畿道南阳梅花洞,自英祖30年(1754)中进士至54岁辞世。他为了立身扬名,数次参加科举考试,每次都因其文体而遭到挫折。最终他因没能高中只能放弃了科举。因出仕而受挫折的士大夫后孙的败北意识,时而狂妄,时而悲愤慷慨的情绪,笼罩着他年轻时代的生活。金鑢回忆说:

其相爲人　耿介而多氣義　有古節俠風①

正因为李钰性格耿直、讲义气,有古节傲骨,没有像其他文人那样因外界压力而随意改变文体,自始至终坚持自己独特的文体创作,从而在朝鲜后期的文学史上占据特殊的文学地位。

李钰对自己没有考中科举的心情作如下描述:

若其科場文字　雖是大方家所不屑　而秀才學究　必而是歸重　又是青衿進身之梯　則半生費心兔蹄魚荃　故志於科十六年　有近千詩　錯之以二百儷文？之以策五十　賦論銘經義乘隙迭發　妄自以爲忝一科亦無愧　而咎之者猶曰　詩宜華而木　儷宜細而蒼　策宜適而富　自賦以下　檜無譏焉　是故　乍游泮庠　危居魁　屢不及　七入荆闈　竟孤一解　一對金殿　又被見黜　年將二十有六　而尙依舊一措大也②

---

① 《题墨吐香草本卷后》,《李钰全集》(实是学舍)第三卷第261页。
② 《祭文神文》,《李钰全集》(实是学舍)第三卷第186页。

91

上面的文章名为《祭文神文》,是他于 25 岁那年,也就是 1783 年的除夕夜写的。上文中写道:刚入学门逗留在泮庠①,一度位居榜首,但多次参加考试却没能考中。虽然曾有幸在金殿应对,又莫名遭到了驱逐。由此可以推测,至 25 岁那年,他虽考过七次,但都没能考中。他没能考中的理由是诗本应华丽,他的诗却朴素,把本应写得纤细俊雅的骈体写得太过苍古,应该写得简洁的策文却写得过于丰富。因此描述了自己读书习文、提高文学修养的情形,认为以模仿为能事的文章是毫无生机的,感叹这种一味模仿的文章颇有市场的世道,表明只写自己独有的文章的想法。在这里,他谈到在准备科举考试的十六年中,写了将进一千篇诗、二百篇骈体,编缀了五十篇策文、赋、论、铭、经义交替出现。这段文章说明他在长达十几年的岁月中,为了准备科举考试做了大量诗文的事实。

李钰认为自己具备参加科举考试的实力,却屡试不第,他将自己的心境比作莲花和菊花。虽然春天到了,但是莲花和菊花却生长得很缓慢,开花也显得十分困难,简直不能与桃花等已经开了的花比较。这难道是春天的过错么?莲花和菊花辜负了春天②,但是从它们开花比较困难这个过程来看,可以说它们大器晚成,一想到这些,自己不知不觉有些脸红。在描写自己的这种复杂情感的同时,也表露出他认为自己的学识还很不够。其后他再一次下决心要金榜高中,但从他后来的生平看依旧没有摆脱稗史小品体,而这也成为他一生都没能通过科举考试的一个原因。

屈原用鲜明优美的语言写了《离骚》与《九章》,叙说了自己遭受迫害和作为文人怀才不遇的不满与衷情。李钰在科考失败之后的很长一段时间内都转向屈原的文风,从李钰所写的诅咒疟疾的辞《诅疟辞》和《祭文神文》来看,李钰读过《离骚》。他在《诅疟辞》中写到"帝高阳之不肖兮"就是引用《离骚》中的诗句。高阳是中国古代的皇帝,号颛顼,屈原就是高阳帝的后裔,而在诗中指的是疟

---

① 周朝时,在诸侯的都邑设立的学校叫泮,在乡里设立的学校叫庠。
② 《祭文神文》,《李钰全集》(实是学舍)第三卷第 186 页。

疾之神①。与其他作品相比，最能看出他仰慕屈原的文章就是《祭文神文》和记录《离骚》阅读方法的《读楚辞》。他在《祭文神文》中写道：

> 性最愛離騷 間未嘗輟於口 亦未滿千周②

从这句话可以推知李钰很喜欢《离骚》，总愿意拿来诵读。李钰在读了屈原的《楚辞》后写了读后感《读楚辞》。在文中他将《诗经》的国风喻为春风，将雅喻为夏风，将《离骚》喻为秋风。因为冬天的风不足以感动事物，所以没有冬风。从《读楚辞》可以看出李钰非常熟悉《离骚》，甚至可以提出学习《楚辞》的方法，真可谓是经历了与屈原相似的遭遇并与之融为一体了，且从中又可以看出在其潜意识中有士族后代出仕受挫的失败感。从他的"没入经典如酒水一般"的话中可知他一生当中一直没将目光投向理学的命题，并且从不说自己博闻，反而让愚笨的小孩欺负。这些认识即便是通过深刻的理论的省察也难以完成的，均与他的出仕思想相关联。他前后仔细地阅读了孔子、孟子、曾子、子思的书，通过对这些书的阅读开始对理学产生兴趣，并一直不停地吸收朱熹的思维方式，坚持在其框架之内进行思考。

李钰、金鑢、姜彝天、崔九瑞等同为成均馆儒生时，每次去庠舍都会在那留宿，借住于西泮村金应一的外舍，练习写功令骈俪文。此时正是他准备科举之际，也是为他以后创作反映女性情感的汉诗打基础的时期。

李钰的《俚谚》所载的66篇绝句诗和金鑢的《古诗为张远卿妻沈氏作》是当时描写女性情感汉诗中最出色的作品。前者以18世纪末都市女性多姿多彩的生活为主题，后者以长篇叙事诗的形式描写了善良百姓家的女儿的人生历程。

李钰的女性情感汉诗中描画了这样一些场面：以夫妇间结为

---

① 《诅疟辞》，《李钰全集》（实是学舍）第三卷第39页。
② 《祭文神文》，《李钰全集》（实是学舍）第三卷第186页。

连理开始,饮合欢酒,新郎骑着白马来到新娘家中,新娘踏上轿子随新郎而去;来到夫家的新娘因思念亲人流泪;有的描写新娘在夫家的生活,有的讲述了市井女人们的心事,有的描述娼妓之事,有的埋怨丈夫放荡,让自己独守空房。这些作品包含了夫妻间的日常生活及他们赤裸裸的欲望,是充满生活气息的一些作品。李钰以浓重的情感为基调创造了生活与欲望并存的诗的新境界。从他所创作的体现女性情感的诗中可以看出,李钰已从出仕受挫的失败感中解脱出来,也看到了作为学习理学的文人在体现道的严肃的现实之路上自由的一面。

当欲望受到某种制度及外在力量的压制时,常会产生悲愤慷慨的情感,这似乎是士大夫的宿命,抒发这种悲愤慷慨之情也似乎是士大夫文学永恒的主题。与李钰的内心所包含的欲望不同,他似乎是通过描写邻人们的欲望——由夫妻的结合到市井的女人们,再到独守空房的女人,再到妓女,不加掩饰,淋漓尽致地表现出她们的生活与欲望,以此来治愈自己未能及第的狂傲和挫折。

本章主要通过分析李钰的传、俚谚诗、赋等体裁的作品,以考察李钰文学的创作及其美学特征。

4.1 "传"的创作及其美学特征

4.1.1 "传"的创作

韩国的传记文学大体上可以分为两类:一类是以由史官撰写的《三国史记》《高丽史》为首的列传,一类是个人创作的传。徐师曾在《文体明辨》中阐明,传始于史传体,即便是名不见经传,隐身于山林、里巷中的小人物,只要有可取之处,也可给其立传。

目前韩国学界在论及朝鲜朝后期的讽刺文学时,主要关注于朴趾源的作品。其实在李钰的23篇传中,具有讽刺文学性质的作品也占较大比重。与朴趾源相比,虽然李钰受社会评价、认可的机会不多，但李钰的传作品甚至比朴趾源的作品更为多样化地反映了当时的社会现实，尤其是细致地刻画了下层百姓的生活。

讽刺文学主要揭露人性的缺点、社会的矛盾及不合理的现象，对社会现实持否定、批判的态度。在揭露、嘲笑的同时，以矫枉过正和改革、改善为主要目的。朝鲜朝中期以后，朝鲜社会经历了壬辰倭乱和丙子胡乱，政治秩序紊乱、社会处于不安定之中。至英正祖时代，受实学思想的影响，社会批判意识开始抬头，对朱子学的批判和觉醒打破了朝鲜朝的身份秩序。李钰的讽刺文学正是基于这种社会文化背景而产生的，可以说与许筠、金万重、朴趾源的讽刺文学一起形成了朝鲜朝后期讽刺文学的主流。

依据实事学舍古典文学研究会编纂的《李钰全集》，李钰的传文学现存作品共25篇。其中，《南灵传》和《却老先生传》不是以人为主人公，而是将烟、小镊子等拟人化的假传体，除去这2篇，以市井人物为主，描写市井世态的传足有23篇。

李钰的传以反映市井世态为主，作品围绕着对利益的追逐展开。以此为中心，李钰的传多以盲人、兵器工匠、乞丐、骗子、木炭商人、胥吏等下层百姓为主人公。他们是朝鲜朝后期颇具代表性的庶民形象，虽然贫穷，却有着质朴的一面，对自己所处的生活环境表现出自嘲乃至反抗意识。李钰的传所表现出的讽刺批判精神是对旧的价值体系和制度及社会意识的挑战。李钰的传堪称其小品文的代表作，奠定了李钰在朝鲜中后期文学史上的地位。

4.1.2 "传"的美学特征

文学可以自由想象，因无生有，历史只能描述历史上的真人真事。这是文学与历史的根本区别。因此，传统意义上的史传文学具有特殊性，它兼具历史和文学的双重性质。一方面，史传文学所描写的对象都是历史上的真人真事，因而其艺术描写不能违背史实，其写入作品的人物、环境、事件必须有确凿的根据，不可为了表现创作意图而更改或杜撰。另一方面，史传文学的描写对象是人，通过具体生动的人物形象,给读者以生命的启迪和美的享受,并以丰富的情感打动人。而具有小说性质的"传"文学则不受"史传文学"要处理这种历史真实与艺术真实关系的限制,可以自由发挥,更能充分发挥其文学功能。不仅如此,由于"传"文学在形式上借鉴了给人物立传的形式,更给人以真实的感觉,从而具有"真"与"美"的美学特征。

李钰一生怀才不遇,作为出仕理想破灭的失意文人,更能敏锐地洞察当时社会的诸般问题,也因此,李钰的作品中有很多是反映社会、经济问题的。尤其是李钰深入于市井百姓的生活之中,仔细观察他们的日常生活,利用"传"这种文学体裁,极尽讽刺之能事,真实地反映了社会的人情世态,辛辣地讽刺批判了当时的身份制度、科举制度、经济制度及其他一些不合理的社会现象。

李钰在其传文学中塑造了很多美的形象,《沈生传》中的沈生及户曹计士家的女儿、《车崔二义士传》中发动义举后战死的崔孝一和车礼亮二义士、《文庙二义仆传》中坚守文庙神位的义仆等均是美的形象。

《沈生传》中的沈生及户曹计士家的女儿勇敢地打破身份制度的制约,大胆追求爱情,幸福地结合在一起,但他们的爱情最终以悲剧结束,这是因为当时身份制度的制约。

朝鲜朝的身份制度总的来说是将社会成员分为上、中、下三等。上层社会主要包括宗亲及两班,中层主要包括技术官吏,下层主要是平民。这样的身份制度在经历了壬辰倭乱和丙子胡乱以后开始动摇,战乱后的生活环境使得民众由崇尚理念和名分转向重视实际生活的价值,于是随着贸易、商业、农业、手工业的发展,开始出现了具有一定的经济实力的新兴阶层,这种新兴的富人阶层不是限定于某一特定的阶层,而是许多阶层都有部分富人出现,从而导致身份的分化。

李钰的传文学中描写身份制度问题的代表作是《沈生传》。

沈生者,京華士族也,弱冠,容貌甚俊韶,風情駘蕩,嘗從雲從

第四章 李钰的文学创作及其美学特征

街,觀駕而歸,見一健婢,以紫細袄,蒙一處子,負而行,一婭鬟,捧紅錦鞋,從其後.生自外量其軀,非幼者也,遂緊隨之,或尾之,或以袖掠以過,目未嘗不在於袄.行到小廣通橋,忽有旋風,起於前,吹紫袄,褫其半.見有處子,桃臉柳眉,綠衣而紅裳,脂粉甚狼藉,瞥見猶絕代色也,處子亦於袄中,依稀見美少年,衣藍衣,戴草笠,或左或右而行,方注秋波,隔袄視之.袄卽褫,柳眼星眸,四目相擊,且驚且羞,斂袄復蒙之而去.生如何肯捨,直隨,到小公主洞紅箭門內,處子入一門而去.生茫然如有失,彷徨者久,得一隣嫗,而細偵之,蓋戶計士之老退者家,而只有一女,年十六七,猶未字矣.問其所處,嫗指示曰:"迤此小衙衖,有一粉牆,牆之內一夾室,卽處子之住也."生既聞之,不能忘,夕詭於家曰:"窗伴某,要余同夜,請從今夕往."遂俟人定,往踰牆而入,則初月淡黃,見窗外花木頗雅整,燈火炤窗紙甚亮.靠牆檐而坐,屏息而,室中有二梅花,女則方低聲,讀諺稗說,嚶嚶如雛鶯聲.至三鼓許,婭鬟已熟寐,女始吹燈就寢,而猶不能寐者久,若轉輾有所思者.生不敢寐,亦不敢聲,直至曉鐘已動,復爬牆而出。①

　　汉城某两班家的子弟沈生偶遇中人阶层家的女儿,一见倾心,展开了热烈的追求,女孩儿在征得父母同意后,定下终身,结为夫妻。沈生为和女孩儿相会,借口在外读书,早出晚归,引起家人怀疑,命其入住一寺院苦读书。沈生不得已和那女孩儿分手,踏上求学之路。但是女孩儿因思念和怨恨生了病,给沈生写了一封绝笔信后死去。为女孩儿的死深感自责的沈生放弃了走文官之路,选择了走武官的路,结束了短暂的人生。

　　在这部作品中令沈生着迷的女孩儿是隐退的户曹计士的独生女。户曹的计士员在当时由中人阶层担任,家境富裕。具有这种家庭背景的女孩儿遇到了沈生,感动于沈生的爱恋,告诉了父母。从女孩儿私自与人相爱,并大大方方告诉父母这一点,可以看出女

---

① 《沈生传》,《李钰全集》(实是学舍)第三卷第 212 页。

孩儿欲超越身份制度的制约，将爱情修成正果的决心。虽然不是没有这种背着父母偷偷相爱，最终结为姻缘的事情也有先例，但在严格恪守身份制的壬辰倭乱之前，一男一女超越身份制的制约，享受真正的爱情这件事实本身是难以成立的。《云英传》①中金进士与寿圣宫的宫女云英不顾身份制约的爱情最终也以死亡结束。

但是，壬辰倭乱与丙子胡乱以后，形成了权利的核心部分的两班贵族占有了大量土地，显现出在经济上较为安定的一面。与此相反，也有部分两班贵族沦落为在政治上、经济上无异于一般农民的"残班"。同时，还有部分良人凭借手中的经济实力，焚毁官府文书，买入空名帖，以图谋身份地位的上升。

中人层因为身份地位的制约，走仕途之路受着严格的限制，但较之一般平民，无论是社会地位，还是经济实力，他们具有一定的优势，其中也不乏具有较高修养的人物。朝鲜朝后期歌坊的形成及有名的汉诗作家的出现，即是最好的说明。

《沈生传》中的女人是隐退的中人户曹计士家的女儿，原本出身于富裕之家，或许是因为她成长于这样的家庭背景，能够通读小说，具有一定的文学修养，当她表示要和沈生结婚时，其父为他准备了相当丰厚的嫁妆。但他们忽视了中人阶层与两班身份的差异，在认识沈生之前，该户曹计士家属于家境优裕的中人阶层家庭，衣食无忧，也许是别人艳羡的对象，却因为身份的制约，不但没能与两班贵族家结成婚姻，还给两个家庭带来了悲剧。

除去身份上的差异，沈生与户曹计士家家境基本上"门当户对"，他们的爱情悲剧较之其他男女主人公身份"大为悬殊"的作品更具感染力，鲜明地批判了扼杀真挚爱情的身份制度这一封建桎梏。

如果说李钰的《沈生传》塑造了美的形象的话，那么，从《柳光忆传》《李泓传》《成进士传》等作品中则可以发现一系列形象的美。

---

① 朝鲜朝著名的爱情小说。

第四章
李钰的文学创作及其美学特征

如前所述,李钰的传多以盲人、兵器工匠、乞丐、骗子、木炭商人、胥吏等小人物为主要描写对象,塑造了一系列经典的人物形象。《李泓传》中的李泓是一个典型的骗子,《柳光忆传》中的柳光忆是以替人写科举考试的文章为生的"枪手",《成进士传》描写了敲诈者的形象。虽然他们的形象是被丑化的,是当时不合理社会制度的异化产物。然而,从文学审美的角度来看,美的形象,可以看做美形象;形象的美,可以说成形象美。美形象一定具有形象美,具有形象美的形象并不一定是美形象。这些人物形象又是美的,这种美集中表现在具有典型意义、讽刺批判了不合理社会制度的弊端。通过李钰的《柳光忆传》可以看出柳光忆这一形象的美。

朝鲜朝施行的科举制度原本是通过公正的考试选拔官吏,以有助于统治阶级内部的"新陈代谢",但逐渐变成维持自己身份的一种方法。因此,统治阶级为了巩固自己的统治地位严格限制应试者的身份。在经历了壬辰倭乱和丙子胡乱的朝鲜朝后期,以少数特权势力阀族[①]为中心,开始滋生腐败。他们为了自己的利益,或为所欲为,或出于竞争之需要,滥用科举制度。他们推选和自己亲近的人做考官,选拔"人才",甚至私自拆开应考者的名字。丁若镛指出:

國朝原倣古法 每至式年 令郡縣薦賢 中世以降 黨議漸痼 非其黨者 郡縣所薦 不服選用 故此法 逐爲文具.[②]

尽管各郡县应推选贤才,但考官以不是自己"党派"的人为由,拒不录用,举荐人才完全变成了依靠党派的利害关系来施行。这种科举的舞弊现象不仅仅发生在汉城,还蔓延在地方的乡试。这种科举制度的弊病和危害直接产生于科考的过程中,科考现场乌烟瘴气,充斥着互相倾轧甚至流血事件。不学无术、目不识丁的富家子弟靠花钱买字迹和文章,再送礼行贿而中榜的事情也时有

---

① 名门望族。
② 丁若鏞:《牧民心书2》,首尔:创作与批评社,1979,第130页。

发生。

> 科場淆亂 踩躏相殺 往往中試者 出於此類 富民之子 一字不學 賣文賣筆 納賂占額者 居其太半。①

在科考现场,有专门替人写字的人,被称作"巨臂",也有专门替人写文章的人,被称作"书手",正像丁若镛所指出的那样,假如具备一定的竞争力,这些"巨臂"和"书手"们是完全可以在科举考试中及第的。

李钰的《柳光忆传》就是关于这些靠给人写文章而谋生的"巨臂"的故事。主人公柳光忆是岭南陕川人,通过乡试后欲赴汉城参加科举考试。《柳光忆传》详细地描写了花钱买"巨臂"的过程。

> 柳光憶. 柳光憶 嶺之陝川郡人也. 粗解詩 以善科體名於南, 其家窶地又汚. 下鄉之俗 多以賣舉子業爲生者, 而光憶亦利之. 嘗中嶺南解 將試于京有司 有以婦人車要於路 至則朱門數重 華堂數十所 面白而疎髯者數人 方展紙試腕力 以聽其進退 舘光憶於內 日五供珍羞 主人公 三四朝敬之 若子之能善養者 旣經會闈 主人子果以光憶文 登進士. 迺裝送之 一馬一僕 歸其家 有以二萬錢來會者, 其所貸邑糶 監司已償之矣.②

柳光忆是岭南陕川郡人。以会作诗、擅长科考体而闻名于南方一带,但他家境贫寒,出身卑微。在偏远的农村,有很多人以卖应试科举的文章维持生计,柳光忆也借此营利。他早就通过了乡试,准备将来去汉城参加科举考试。有一天遇到富人坐着车相迎,去了一看,原来是有着多重朱门数十间房屋的富贵之家,几位面孔白净,留着稀疏胡须的人正铺开纸,挥舞着胳膊,等着他。这家人把柳光忆安排在内舍,每天招待五顿美餐,主人来拜见三、四次,就像儿子悉心侍奉父母那样。不久,参加科举考试的主人的儿子果真凭借

---

① 《牧民心书2》,举贤,第137页。
② 《柳光忆传》,《李钰全集》第三卷第211页。

第四章
李钰的文学创作及其美学特征

柳光忆的文章中了进士。为此,这家人为柳光忆打点行装,送其一匹马和一名仆人。柳光忆回到家一看,有一个人已拿来2万银两,监司已替他还了原来借的粮食。

士大夫不择手段讨好擅写文章的柳光忆,可以推想当时的科举制度有多么腐败。因此,在这种社会背景下,家境贫寒的柳光忆无论多么有才华也只能放弃科考。当时像柳光忆这样的书生不在少数,虽然柳光忆擅写科考文,有参加科考的能力,但即使是高中了,也没有使自己被录用的实力,最多被封个小官吏或被卷入党争,因此,也只有放弃了。这两个原因最终使柳光忆走上了以卖文章谋生的路,也最终致使他自尽。

其实柳光忆的文章只不过是卖弄雕虫小技,为了应试而写的,而非真正的文人所写的文章。

光億之詞 無甚高 但沾沾以鋜利爲材 以是亦得意於試.①

而且他在科举考试中给别人写文章是根据收到的钱的多少来写优劣有别的文章,结果京试官和监司以是否是柳光忆的文章来打赌,监司担心没能认出柳光忆的文章的考官怀疑自己鉴赏文章的能力,想把柳光忆抓过来,在被郡守抓获押送之前,柳光忆非常害怕,如是说道:

我科賊也去亦死 不如不去②

柳光忆与亲戚们一起畅饮至半夜,后悄悄投江自尽,由此可以看出,柳光忆也为自己靠卖科考文章为生而隐隐感到担心。李钰在创作了柳光忆的传后如是评价道:

梅花外史曰 天下無不賣物,有賣身爲人奴 至毛之微 夢之無形皆有買賣 而亦未有賣其心者 豈物皆可賣 而心不可賣也 若柳光億者 其亦賣其心者耶 噫!誰謂天下至賤之賣 而讀書者

---

① 《柳光忆传》,《李钰全集》第三卷第211页。
② 同上。

爲之乎？法曰 與受同罪①

李钰感叹道：世上没有不能卖之物，有卖身为奴者，最轻微的毛和无形之梦也可以买卖，但还没出卖自己的心的。大概是因为世上万物皆可出卖，唯有心不可卖吗？柳光忆之流是连心都出卖的人吗？太可悲了。谁知道呢？世上最卑贱的买卖竟然是由读书人来做的，法典说买的人和卖的人同罪。

在这里，李钰辛辣地批判了柳光忆靠卖文章为生的行为是天下买卖中最卑贱的一种，是出卖自己心灵的行为。李钰认为柳光忆对自己卖文章的行为进行了反省并最终走上自尽之路，是君子之为，而且通过"法典说与受同罪"这句话，指出科举制度的弊病不仅仅在于柳光忆本身，而在于把他逼到这种生活境地的社会制度。李钰塑造了柳光忆这一人物形象，从批判的视角揭露了当时的士大夫们以金钱换取文章，从而求得金榜高中是不道德的行为，批判了统治阶层不道德的行为及堕落的社会现实。

因而，不管是美的形象，还是丑的形象，只要塑造得成功，揭示了社会的本质问题，都具有形象美。形象美不以形式的美丑为衡量标准。

现代主义作家认为，人的本质有美的一面，也有丑的一面，因而，他们希望通过艺术来展示与人性之恶的抗争，表示对丑恶现实的反抗。但是他们反传统的个性又使他们不愿再像古典艺术家那样一味地高唱人性美的赞歌，而是着意于描写丑、暴露丑。李钰的传也同样具有这种美学特征。

李钰的传作品中反映朝鲜后期经济现实的作品有《李泓传》《成进士传》等。

國之西門，有大市，市之售贗貨者，藪焉。贗之類，證白銅爲銀，質羊角爲玳瑁，文獼皮以爲貂，父子兄弟，互相作交易狀，爭高

---

① 《柳光忆传》，《李钰全集》第三卷第212页。

第四章
李钰的文学创作及其美学特征

下,睹呪呶呶,鄉之氓,睨之以爲且真也。①

《李泓传》中的描写反映了由于经济的发展,产生了多样的产业形态,其中仿造业比较盛行,甚至形成了颇具规模的赝品市场。同时,由于经济的发展,风行拜金主义,欺诈、偷盗、恐吓、强抢等犯罪行为也随之产生。主人公李泓就是其中的典型人物。李泓是汉城人,风度翩翩,口才好,初次与之交往的人全然不知他是骗子。从表面上看,李泓不看重钱财,且锦衣美食,其实家境贫寒。李泓出入于士族官宦之家,谎称修水利,骗得巨额银两,每天美酒美色,将骗得的钱财挥霍一空;他还与狐朋狗友打赌,装扮成巨富商贾将安州的名妓骗到手;他还从僧人那里骗得施主施与的钱物,从收取军布的衙役那里骗得军布,用于个人挥霍。李钰在作品的最后感叹道:

外史氏曰:"大騙騙天下,其次騙君相,又其次騙民。若泓之騙末耳,何足道哉?然騙天下者,君天下,其次榮其身,又其次潤屋。而若泓者,卒以騙坐,非騙人也,自騙也,亦悲夫!"②

大骗子骗天下,其次骗君主和宰相,再次骗百姓。李泓仅只是小骗子而已,不足挂齿。如此,李钰通过塑造李泓这一骗子的形象讽喻了当时人与人之间包括君臣之间、甚至是父子兄弟之间的尔虞我诈及日益堕落的民风。

此外,《蒋奉事传》中描写了蒋姓盲人去士大夫家要饭吃,而后对士大夫家的繁文缛节和庶民的饥馑状态进行了描写并感叹道:

天地之生財有節,生民之用財無涯,雖天雨米,地湧醴,民安不得饑也. 此吾所以憂者也.③

天地生财有度,发老百姓的钱财却无度,揭露了士大夫们对百姓的搜刮无度,表达作者对百姓饱受饥饿之苦的悲惨生活的担忧。

---

① 《李泓传》,《李钰全集》第三卷第 217 页。
② 同上书。
③ 同上书,第 207 页。

在《成进士传》中：

> 世之有斯民，久矣。奸狡日熾，機詐日沸。有負殍，而夜抵人之門，呼主人急，仍激怒之，及至相格鬪。始大言："主人殺我侶！將詣縣告。"主人何由知，費重賂，事僅得平。①

一个无赖背着一个死孩子到富人家门前敲诈钱财，如果达到目的也就作罢，若达不到目的，就说是这家富人打死了背着的孩子。通过这一无赖的形象，揭露了当时社会经济制度的矛盾，反映了民生的艰难。

现代主义作家的"以丑为美"不是把生活中的丑作为美来肯定，而是企图在丑的自我暴露、自我否定中肯定美；他们无情地解剖、否定现实与自我的平庸，通过与丑的对决来表达对美的追求。李钰的传也是通过对上述人物形象的塑造，真实地反映了当时社会的人情世态，批判了身份制度的不平等、科举制度的弊端、经济制度的不合理。几乎在每篇传的结尾部分，都有作者李钰的感叹，寄托了李钰进行社会改革的理想。李钰的传篇幅不长，却包含着深刻的讽刺意蕴，也以一系列典型的美的形象所表现出的形象的美，表明了李钰的文学成就，奠定了李钰在朝鲜后期文学史上的地位。

4.2 "俚谚"的创作及其美学特征

4.2.1 "俚谚"的创作

李钰的"俚谚"所载诗共有66首，分雅调（17篇），艳调（18篇），宕调（15篇），悱调（16篇），按顺序列举如下：

---

① 《李钰全集》第三卷第203页。

号码	作品内容
1	与丈夫举行婚礼,祈愿婚姻幸福
2	饮合欢酒,祝愿长寿、多子
3	叮嘱出嫁的女儿
4	思念娘家
5	婚姻盟誓与新娘的羞涩
6	识字与公婆的称赞
7	清晨请安与哭诉睡眠不足
8	养蚕的喜悦
9	做针线与读书的喜悦
10	珍藏婆婆所送礼物
11	侍女传信儿说若想娘家就派顶轿子
12	给丈夫绣荷包
13	怕丢掉玉龙头钗不敢荡秋千
14	纤纤素手给夫君裁衣服
15	参加完婆家祭祀脱下红裙
16	对棉布衣有些不满,但也比较满足
17	拒绝丝绸衣服的女人的生活
18	将自己的美貌比作桃花和杨柳
19	嫉恨否认出入娼家的丈夫
20	穿着白布袜袅袅婷婷走路的姿势
21	化了妆的女人的模样
22	穿杭罗裙蓝方纱上衣的女人的奢侈
23	豪奢的头饰与施粉黛的女人
24	欲生儿子的女人的努力
25	吟唱用桃花染红的美甲
26	穿用白布做的上衣,享奢华生活
27	穿礼服戴头冠时的小心翼翼
28	对自己衣物的夸耀
29	应季穿衣,被人误认为自家是宰相家
30	男女的恩爱行为
31	吟诵爱的感觉
32	讨厌自己日衰的容颜
33	因婆媳之间的矛盾挨训斥而反抗的女人
34	用胭脂化妆的女人
35	对雏燕的怜悯
36	对男人纠缠的戒备
37	因喜欢而将男人的烟袋锅藏起来

续表

号码	作品内容
38	对变心男子的猜忌
39	听曲调唱歌
40	诉说自己艰难的生活
41	炫耀自己所唱的界面调
42	对日渐衰老的饭怨恨
43	诉说自己虽为娼妓却过着雅致的生活
44	出入娼家的捕校别监
45	戏称自己是半巫女,你们是花郎
46	豪奢地妆扮的模样
47	感叹自己得不到作为淑静女子的待遇
48	讥讽、戏弄地方大少爷的猥亵
49	讥讽、戏弄听完自己的歌施舍的僧人
50	官僚的放荡生活与庶民的贫穷
51	女仆胜于胥吏的妻子,婢女胜于军人的妻子
52	胥吏的妻子胜于军卒的妾
53	军人的妻子胜于译官的夫人
54	译官的夫人胜于商人的妻子
55	商人的妻子胜于浪荡汉的妻子
56	哀叹丈夫的虐待
57	做得不合适的白布袜子
58	讥讽偷走自己的玉钗变了心的丈夫
59	在饭桌前遭到丈夫的殴打
60	身为巡逻军妻子的痛苦
61	脸被丈夫打青,担心如何跟公婆说
62	庆幸没生孩子,只因担心孩子像暴戾的丈夫
63	因水、火、风三灾之说而买来画有老鹰的画
64	丈夫持续不断的虐待
65	哀叹丈夫的赌债
66	因丈夫虐待,想分手,但碍于公婆又不可能

若将以上66首《俚谚》诗按素材及作品的编号进行分类,描写女人装扮的诗有属于艳调的18,20,21,22,23,属于宕调的25,27,32,34,46,共10首;哀叹自己的身世及丈夫的虐待的诗有属于宕调的43,47,51—56,59,60,属于悱调的61,62,64,65,66,共15首;讥讽风流丈夫的诗是分别属于艳调、宕调、悱调的19,38,58,共3首;

描写出嫁场景及婆家生活的诗有属于雅调的1—17,属于艳调的24,33,属于悱调的57,共20首;吟唱女人的奢侈之心的有属于艳调的26,28,29,共3首;吟唱男女爱情行为的有属于宕调的37,属于艳调的30,31,共3首;娼妓的歌的有属于宕调的36,39,41,44,45,48,49,50,共8首;描写其他题材的有属于宕调的40,42,悱调的63,艳调的35,共4首。

对此,李钰自注为:"雅"即便是有怨恨,也不悱恻,而"悱"则意为怨恨深重。大凡世间人情一旦失之于"雅",则流于"艳",而其之韵一定"宕"。因为世上既有"宕",必有怨恨,一旦有怨恨,则必然深重。

> 诗云小雅怨而不悱 悱者怨而已甚之谓也 大凡世人之情一失於雅则甚于艳 则其势必流于宕也 既有宕者则亦有必怨者 苟怨之则必已甚焉①

从以上雅调、艳调、宕调、悱调4个调式中不难看出,其中没有将道学观念形象化的言志的内容,只有将妇女的感性生活加以文学化,作品的视角与作品中的女性话者及作家一致,采取第一人称的视点。作品中作家的意识全然没有流露,是因为李钰认为诗是自然发生的,诗人只不过是天地万物的翻译官,自然的转述者,因此在其作品中找不到作家情感的流露。其作诗形态可以从民谣中找到,即与中国的"国风""乐府""词曲"相似,可以将李钰的"俚谚"诗视为"民歌",但却不是以中国为背景,而是以朝鲜为背景,反映了当时妇女的思想情感,可以概括为"朝鲜风"。"俚谚"不同于中国的民歌,多为五言绝句形式,讲究对仗和押韵。但因使用了俚语,所以与典雅的汉诗不同。

"雅调"中的主人公不是以某一个特定的女性形象出现,而是真实地描写了生活在汉城的,比较悠闲的普通妇女们的群像,并描绘了理想中的婆家生活的情形。这些妇女的生活不同于乡村的民

---

① 《悱调》,《李钰全集》第三卷第238页。

女,也不同于大都会其他阶层的女人的生活,不是强调道德规范和理念的训诫类的诗歌。"艳调"比之于"雅调",丝毫没有典雅的味道,主要以有悖传统道德、具有反面角色意味的女人为主要描写对象。如果说雅调中的"我"是汉城有闲阶层的上流阶层的女人的话,那么,艳调则是中产层商人中,经济上比较殷实的妇女层。

"宕调"中的自我则为娼妓。在这里可以看做是源于其效用论,即李钰的意图是通过描写娼妓的生活,去发掘她们的真实情感,并以此去推察万物之情。虽不能成为典范,但多少可以成为明鉴,教民成善,教民行善。因此,通过描写娼妓的生活及亲眼目睹的世态,反映了作品中的自我与现实的对立矛盾。如果说这种矛盾在"艳调"中多少有些反映的话,那么"宕调"则表现得较为深刻。而"俳调"则比"雅""艳""宕"表现得更为深刻。"俳调"作品中的女主人公身份也都和"雅、艳、宕"中的一样,虽是都市妇女,但多是下层民的妻子,或侍奉道德沦丧的丈夫的妻子形象。因此,"俳调"更接近民谣,将笔墨倾注在有悖于儒教伦理规范的现实生活,更多地描写了温暖的人类之爱与反抗男人横暴无度的被压抑的女性心理,倡导较为深层意义上的男女平等的伦理。

4.2.2 "俚谚"的美学特征

从李钰反映女性情感汉诗的素材来看,超越单纯的素材、表现赤裸裸的情感的背后蕴含着作者的创作精神、诗的意境、美的特质,这些突出的特点尤为引人注目。18世纪视"冲澹潇散[①],温柔敦厚[②]"为最高意境的士大夫的情感有了多样的变化,体现了士大夫文化,从诗中也能看出这一特点。在18世纪后半期,乡村士族的汉诗中,有关生活与欲望内容的诗呈上升趋势。

综观那一时期所涌现的以朝鲜朝女性为素材的汉诗均注重描写

---

① 出自李滉的《精言妙选》,是反对技巧主义,追求率直、淡泊的美学意识。
② 出自李滉的《淘山十二曲跋》,意为热心、仁慈、温柔、恬淡,主张"温柔敦厚"是诗的最高境界。

男女间的情感、女性生活、自我存在的省察。尽管这样的题材不论在什么时候对作者而言都是真实生活的一部分,但李钰尤其注重这方面的题材。

体现女性情感的汉诗,因时代、作者、题材焦点的不同,所形成的诗的意境也就截然不同,这是由当时社会的社会规范限制情感所致。儒家所讲的"发于情,止于礼""乐而不淫,哀而不伤,乐纵和"的伦理规范,具体来讲就是对个人的情感表达有着严格的限定,特别是女性不能在任何一方面自由地表达自己的情感。因此,即使是同样的题材,由于作者和时代的不同,其表达形式也就不同。

如此,不能自由地表达的女性情感至朝鲜朝后期表现出了一种与之前时代的不同,受到的限定与束缚逐渐消失,女性情感得到释放。女性情感的这种释放可以看作是从中世的情感到近代化的情感转变的转折点。特别是至18世纪,上文所提及的题材各自经过发展之后,转入成熟的阶段。与诗人受到的特定的题材与特定情感的限制相比,更多的是同时抒发多样的情感与描写多样的题材,正是由于每个诗人对各种题材的态度与现实紧密相连的缘故,李钰的女性情感汉诗尤其达到了一个高峰。

4.2.2.1 典雅的情感及其内在美

李钰在否定《诗经》的典范性的同时,结合自己所处的个人环境、所属阶层、乃至民族文化,既维持各自固有的范畴,又将其结合以诗作品《雅调》《艳调》《宕调》《悱调》形象化地描写了朝鲜朝后期女性的生活。这类作品的特点是将被组织化了的诗中人物的生活形象与作者的态度一同,不加修饰、率真、形象地反映当时的社会氛围,同时,体现了作者所特有的文化精神。这些作品也正是李钰打破传统,以新的尝试所取得的成果。

李钰自《雅调》至《悱调》,在前部配上小序,说明自己的创作意图,把女性认识情感的情形分为雅、艳、宕、悱四个等级,在各个调式内以多种形式加以描写,并在这些作品中含蓄地说明各调式间有机的联系。因此,这四个调式各自趣向不同,有着各自美的特点。

李钰在谈到写《雅调》的理由时说:

雅者 常也 正也 调者 曲也 夫妇人之爱其亲敬其夫 俭於其家 勤於其事者 皆天性之常也 亦人道之正也 故此篇 全言爱敬勤俭之事①

李钰在这些作品中以生活在汉城的妇女为描写对象,刻画了传统的朝鲜女性形象。作品中所表达的情感是典雅的情感,符合传统的伦理规范,也因此将这类作品定为"雅调"。在当时的社会,女性情感的恒久与合乎道德规范得到了广泛的认知,这种境界之内的情感,李钰称为雅,这是一种极致的表达。雅调的作品如下:

调名	编号	作品内容
雅调	1	与丈夫举行婚礼,企愿婚姻幸福
	2	饮合欢酒,祝愿长寿、多子
	3	叮嘱出嫁的女儿
	4	思念娘家
	5	婚姻盟誓与新娘的羞涩
	6	识字与公婆的称赞
	7	清晨请安与哭诉睡眠不足
	8	养蚕的喜悦
	9	做针线与读书的喜悦
	10	珍藏婆婆所送礼物
	11	侍女传信儿说若想娘家就派顶轿子
	12	给丈夫绣荷包
	13	怕丢掉玉龙头钗不敢荡秋千
	14	纤纤香手给夫君裁衣服
	15	参加完婆家祭祀脱下红裙
	16	对棉布有些不满,但也比较满足
	17	拒绝丝绸衣服的女人的生活

从上述雅调作品中可以看出,李钰欲在男女的情感中找到对世间万物的理解。在举行婚礼行交拜礼的男女之间能找到真情,

---

① 《雅调》,《李钰全集》第三卷第 233 页。

第四章
李钰的文学创作及其美学特征

不单单是闺房里幽深的情趣是真情,凶狠的争吵也可以说是一种情。

李钰认为《国风》中被视为正风的《周南》和《召南》主要描写有关女性的事,据此指出尽管《诗经》表面上接受了儒教的传统礼教主义,实际上颇为重视男女之间的感情。关于自己的汉诗中为何以女性为素材,李钰作了如下阐述:

> 女子者 偏性也 其歡喜也,其憂愁也 其怨望也 其謔浪也 固皆任情流出 有若舌端藏針眉間弄斧 則人之合乎詩境者 莫女子妙矣 婦人尤物也 其態止也 其言語也 其服飾也 其居處也 亦皆到盡底頭 有若睡中聽鶯醉後賞桃 則人之具乎詩料者 莫婦人繁矣①

由上文可看出,李钰之所以对女性的世界感兴趣,是因为他认为女性的情感微妙、细腻。李钰认为女性是感性的,好感伤,所以时而欢喜、时而忧愁,或哀怨、或嬉戏、或放荡,皆任其真情流露。随着感情的起起伏伏,女人们或语言刻毒,或眉宇冷峻,非常符合诗的意境,再也没有什么能比女人的感情更微妙的了。李钰把诗的境界的细腻比作女人微妙的情感,甚至在诗中不吝于使用尤物一类的词语,将女人的姿态、语言、服饰、居所等作为素材加以描写。李钰认为女性的情感之内包含着诗意的、美妙的情感,同时也是诗的素材的丰富的源泉。

李钰的《雅调》《艳调》《宕调》《俳调》所展现的世界仅只是妇人的世界,他的这种认识在《花石子文钞》中的《桃花流水馆问答》中得到了证实,认为《诗经》的《周南》和《召南》是关于妇女的诗,在人的情感之中最值得描写的,莫过于妇人之情了。②

李钰的这种思想应归结于缘情的诗学理论。此理论源于汉代的《诗大序》,是对"诗言志"说的发展。缘情而发的文学创作动机,

---

① 《俚谚·二难》,《李钰全集》第三卷第 228 页。
② 《桃花流水馆问答》,同上书,第 113 页。

使得他能对日常生活中周边的素材怀有亲近的感情,能逼真地表现出来。从李钰身上表现出来的这种诗风,与朝鲜朝后期实学派们所主张的从庶民质朴的生活中寻找真实的生活不同,而是用女性的抒情,特别是捕捉纤细的女性心理来寻找新诗的对象,从这一点上可以看出李钰作诗的精神。

郎執木雕雁

妾捧合乾雉

雉鳴雁高飛

兩情猶未已①

福手紅絲盃

勸郎合歡酒

一盃生三子

三盃九十壽②

这两首诗是描写男女婚姻题材的。诗中希望相互情爱无尽,梦想着能过上两班闺秀们的婚姻生活,在交杯酒中期望多子和寿福的情爱与前面《俚言》的《二难》中的"举行婚礼、点燃华烛、互送聘礼、拜天地、拜高堂、行交拜礼的真情"相互照应。接下来的诗中:

四更起梳頭

五更候公姥

養蠶大如掌

下階摘柔桑③

表现出女性所关心的对象完全停留在父母、丈夫和家务上,在父母、丈夫面前,行动恭敬,做事俭朴、勤劳持家,形成了典雅的情感。这种被当代人们认可的达到极致境地的典雅之情,在现实中

---

① 《雅调》,《李钰全集》第三卷第233页。
② 同上。
③ 同上。

第四章
李钰的文学创作及其美学特征

受到严格的制约。"四更起床梳头,五更向公婆请安""蚕的大小如手掌大,出去采嫩的桑叶"。

> 草綠相思緞
> 雙針作耳囊
> 親結三層蝶
> 倩手捧阿郎①

诗作反映了女性恪守勤勉做家务的、符合礼仪规范的形象,那种兴奋、愉悦的女性的情感,形成这些诗作艺术的要素,作者欲通过这些描写表达典雅的美。

在这些诗作中描写了出嫁后睡眠不足,凌晨要早早起床给公婆请安,养蚕,给丈夫做四方形的手巾,还要准备夫家的祭祀等日常的生活场景。其中关于饶有兴致地做事的女性形象的描写是基于讴歌太平盛世的诗人的时代意识的,因此,诗里主要表达的情感并不是女性的情感,而是在了解了对象后加以描述的作者的情感,将描写对象形象化的诗人的精神境界成为将诗典雅化的关键。如此典雅的情感大部分出现在男性话者对女性情感进行捕捉并加以描写的视线中,而在女性话者中几乎未被提及,大体上来讲在很大程度上依存于描写这类题材的士大夫男性作家的情感接受态度,他们普遍采用隐喻及含蓄的表达。注重"陶冶性情"的士大夫们所遵守的普遍感情中运用了自己的感情特别是女性感情,受从中感受到的审美意识的影响而使内在美形象化。

保持气节或把"天地之常,人道之理"付诸实践的女性被认为是真正的女性,很难将其行动中的内在化看做感知美的要素。但这是遵循了中世社会的普遍伦理,可以说是内在化人格通过外在化的手段表现出来,也可以说是典雅的感情领域中带有外向化倾向的感情。尤其是典雅的情感比之于作家自身感情

---
① 《雅调》,《李钰全集》第三卷第 233 页。

的向外发散,不如说是从内在化的女性那里发现美,并在把它加以形象化时表现出来。李钰在"真情"中谈到的哀伤的情感、愉悦的情感、略带狂气的情感也都是各自在内心沉淀后停止,在没有脱离一定规范的、自我的行为或性格中所感知的情感,就是所谓的典雅情感。

> 一結青絲髮
> 相期到葱根
> 無羞猶自羞
> 三月不共言①

举办过婚礼结为夫妻已有三个月,现在虽然已经达到可以互相聊几句的程度,但是对丈夫却什么话也不敢搭问,这是因为仍然像少女时期形成了男女有别,看到男性就害羞的习惯。因此,即使没有什么值得不好意思的事也会害羞不好意思,连话也不敢搭一句。

> 包以日文袱
> 貯之皮竹箱
> 夜剪阿郎衣
> 手香衣亦香②

从这首诗中可以感到刚嫁过来的新娘的娇羞,但是害羞不好意思并不意味着讨厌,所以一边思念着丈夫,一边用漂亮的包袱包起丈夫的衣服放在竹箱中珍藏,在夜深人静的时候剪裁丈夫的衣服。如此,与丈夫的爱情即便藏不住也想加以掩饰,又很害羞,不想被看出来,从女性话者的态度中显露出一种内在情感,借裁衣这一细节含蓄地表达出女子对丈夫的挚爱之情,这样就形成了典雅的情感。

---

① 《雅调》,《李钰全集》第三卷第 233 页。
② 同上。

四更起梳頭

五更候公姥

誓將歸家後

不食眠日午①

可以说这种典雅的情感是想从普遍的情感范围内逸脱出来的内在情感的转移。如果说尊敬长辈、勤俭持家是普遍的情感境界的话,那么说自己回到娘家要一天到晚连饭都不吃也要睡觉的女性所表现出来的就是要从规范中脱离出来的意愿。这个时候写诗的人就从男性话者变为了女性话者,女性话者更加重视自己情感的真实性。如此,当作者想要表达情感的真实性时,话者角色、性别的变化是必然的。

李钰在其诗中经常采用让女性话者登场的手法,这是其作品最具特征的情感表达的一种方式。女性话者的女性情感既是女性的情感,又是男性作家的女性情感的载体。可以说,女性话者是具有多重属性的比喻体。

4.2.2.2 浓艳的情感及其华丽美

李钰在《艳调》中这样描述道:

艷者美也 此篇所言 多驕奢浮薄夸飾之事 而上雖不及於雅 下亦不至於宕 故名之以艷 凡十八首②

在这些作品中,李钰刻画了一群生活在汉城地区的女人以及传统的女人形象,而这些女人的身份又都是社会上比较有经济实力的中产阶级。这类艳调作品如下:

---

① 《雅调》,《李钰全集》第三卷第233页。
② 《艳调》,同上书,第235页。

调名	号码	作品内容
艳调	1	将自己的美貌比作桃花和杨柳
	2	嫉恨否认出入娼家的丈夫
	3	穿着白布袜袅袅婷婷走路的姿势
	4	化了妆的女人的模样
	5	穿杭罗裙蓝方纱上衣的女人的奢侈
	6	豪奢的头饰与施粉黛的女人
	7	欲生儿子的女人的努力
	8	吟唱用桃花染红的美甲
	9	穿用白布做的上衣,享奢华生活
	10	穿礼服戴头冠时的小心翼翼
	11	对自己衣物的夸耀
	12	应季穿衣,被人误认为自家是宰相家
	13	男女的恩爱行为
	14	吟诵爱的感觉
	15	讨厌自己日衰的容颜
	16	因婆媳之间的矛盾挨训斥而反抗的女人
	17	用胭脂化妆的女人
	18	对雏燕的怜悯

上面列举的作品所选取的素材包括女人们对于外貌的自信,对丈夫的嫉恨心理,对奢侈华丽的衣服,昂贵首饰的满足,以及一心一意想生儿子的女人的用心等等。在这些因为受到婆婆训斥而几天不思茶饭以此来反抗的女人们身上,我们很容易联想到即使今天也常常这么做的女性。李钰所选取的题材发生在朝鲜时代后期,包含了很浓重的女性情感,《艳调》将市井浓艳的情感及其华美淋漓尽致地表现了出来。

李钰的《艳调》所显现出的强烈情感,从与丈夫富裕而和睦的生活,华丽的衣着首饰以及浓重的脂粉气中就能感受得到。但是这样的情感仅仅局限于表面,实际上市井的感性美表现在漂亮女人对自己容貌的自信心、主张道德的优越性、自由表现个人情感的话者形象。

第四章
李钰的文学创作及其美学特征

> 莫種鬱陵桃
> 不及儂新粧.
> 莫折渭城柳
> 不及儂眉長①

上面的诗句用桃花和杨柳作比,突显自己的花容月貌。桃花是朝鲜朝后期做化妆品的原料,而诗中的桃花为喻意,用以比喻自己的美貌。"勿折渭城柳"这句诗里的"渭城柳"指的是渭城的柳树,它本出于中国首屈一指的离别诗王维的《送元二使安西》。

> 渭城朝雨浥輕塵
> 客舍青青柳色新
> 勸君更盡一杯酒
> 西出陽關無故人

这里所说的"渭城"位于当时唐都长安以西,作为离别的场所而广为人知。诗人王维在送别元二的同时,描写了渭城地区清晨细雨、柳色清新的美景,但《雅调》中所提及的杨柳,则是用来形容美人弯弯的眉毛的。在上诗中之所谓"渭城柳"更指如柳般貌美的他姓女子,显示出隐隐的生存忧患意识。正因为如此,《雅调》中粉妆过后女人自信地认为自己的美超过自然的美。为了展现自己的美貌而挖空心思打扮自己,这是女人的本能,而描写女人这种本能的作品在《雅调》中俯拾皆是。

> 下裙紅杭羅
> 上裙藍方紗
> 琮琤行有聲
> 銀桃鬭香茄②
>
> 常日天桃髻

---

① 《艳调》,《李钰全集》第三卷第235页。
② 同上。

>   粧成腕爲酥
>   今戴簇頭里
>   脂粉却早塗①
>
>   纖纖白苧布
>   定是鎭安品．
>   哉成角岐衫
>   光彩似綾錦②
>
>   三月松錦緞
>   五月廣月紗．
>   湖南賣梳女
>   錯認宰相家③

在艳调中出现的女主人公们向我们呈现的是她们焦躁却难免轻薄的样子：等不得染指甲的桃花长出来直接用叶子染上了事，但又担心若手指甲变成叶子一样的绿怎么办。另一方面，又给我们呈现了这样一种女性的形象——作为妻子，既要斥责夫君出入娼家的行为，强调道德的优越性，又要做那些身为女人必做的事，也就是生下子嗣，延续香火。为此，又请来巫婆，和邻居大娘一起向保佑生孩子的帝释神祈祷。这是那种一心维护家门的成熟女性的形象。三月份穿松锦缎，五月份穿广月纱，来自湖南一带卖梳子的女贩误以为穿应季衣的女人是宰相家的媳妇。这是生活奢华、富足的女性的形象。

这种表现手法并不是出于作者的作诗构想，而是作者意欲表达出与既存的女性情感完全不同的东西。正因为如此，基于作者苦思冥想而创造出来的人物形象往往给读者留下深刻的印象。虽然李钰的作品中不乏具有香艳华丽色彩的词藻，但作者

---

① 《艳调》，《李钰全集》第三卷第 235 页。
② 同上。
③ 同上。

第四章 李钰的文学创作及其美学特征

并没有仅靠奢华的饰品和华丽的衣裳来表达女性情感。因此，可以说《艳调》是通过直接描述女性的情感而使读者感受到美为何物的一种调式。关于爱情的体现、对自身的省察等这些在此前通过抒情的内在化加以描绘的素材，现在则是通过直抒胸臆，以强烈的外在化情感来描绘。

李钰笔下的女性情感还多以"侬"为主体直接表达：

> 莫種鬱陵桃
> 不及儂新粧①
> 莫折渭城柳
> 不及儂眉長②

以此突出自己的美貌；斥责丈夫的行为不端和自己的忌妒：

> 歡言自酒家
> 儂言自倡家
> 何汗衫上，
> 胭脂然作花③

向夫君表达自己与他不一样的想法，但是这种表达情感的方式还是演变成了付诸实际的行动，以更积极的形式表达出来。

> 暫被阿郞罵
> 三日不肯湌
> 儂佩青玒刀
> 誰不愼儂言④

由于与婆婆不和而受到丈夫责骂，已经三天没吃饭的女人表达了对丈夫的怨恨，因为这怨恨女人佩带玉刀，不让丈夫再欺负自己，以此来反抗。这种女性形象截然不同于乡村那些对丈夫言听

---

① 《艳调》，《李钰全集》第三卷第 235 页。
② 同上。
③ 同上。
④ 同上。

计从的女性形象,也不同于朝鲜朝被社会道德规范束缚住的女性形象,呈现出的是市井比较现代的女性形象。《艳调》中女主人公的形象之所以不同于《雅调》中的女性形象,可以说源于身份制约与生活闲暇相矛盾的社会环境。

《艳调》就是这样把潜藏于人物内心的感情,通过"我"这一形象,直接铺陈在行文之中,表达出外在化的感情。传统的汉诗注重的是"象外之象""言外之意",而主张"我"的女性情感汉诗的"言外之意"更注重意义的表达,从而展示了美,这完全可以说是士大夫们为表达自己的情感之需要。他们在现实中的欲望被压抑,因此痛苦不堪,受挫的他们唯有假借诗中之"我"来寻找真我,宣泄感情。因此,也可以说《艳调》所示的女性欲望之浓艳完全是士大夫们感情的演绎。

《艳调》中充溢着的是现实生活中女性对爱情的渴望,日常生活中的苦恼及生活的艰难。

> 細吮紅口兒
> 扭來但空皮
> 返吹春風入
> 圓似在房時[①]

这样隐喻男女之事的委婉描写给读者以巨大的想象空间,可以说是在创造熟悉而温馨的意境。通过如此香艳委婉的描写,给读者以全新的感觉,在这方面《艳调》无疑是成功的。

虽说作品表现情感成功的程度因作家和时代的不同而千差万别,但就女性感情的内在化、外在化来讲,所有的原始感情无不来源于现实生活中。因此,李钰的《艳调》中所表现出的浓艳的情感及其华丽美无不是通过作家取材于现实并加以形象化的描写而实现的,而且这种浓艳的情感及其华丽美至朝鲜朝后期日渐彰显出来。

---

① 《艳调》,《李钰全集》第三卷第 235 页。

第四章
李钰的文学创作及其美学特征

4.2.2.3 风尘女子的恨与感性美

封建制社会是不同阶层以垂直方式组成的社会形态。在各种阶层中,妓女阶层从属贱民阶层,她们身份低贱,同时又与优于自己的阶层有一定的关系,在满足他们肉体欲望的同时,也担当着唱歌跳舞等艺术性人才的作用。

在李钰的《宕调》中,将具有这种特点的妓女层设定为作品中的人物,从而将目光由外表转移至内部,给她们以被疏离阶层的怜悯,肯定她们的感性,描绘了她们作为主体存在经营生活的哀欢。

所谓"宕"就是脱逸规范无法阻止的意思,在李钰的《宕调》作品中就是指娼妓。人的情感达到这种境界并且既逸脱,又无法抑制,所以给该调式起名为"宕",并且和《诗经》的《郑风》《卫风》一样共 15 首。

宕者 佚而不可禁之謂也 此篇所道 皆娼妓之事 人理到此亦宕乎 不可禁制 故名之以宕 而亦詩之有鄭衛也 凡十五首①

以上文字是李钰对所以写《宕调》的说明。逸脱、规范又无法阻止,即放荡粗鲁、大胆,无法克制。李钰以《诗经》中的《郑风》《卫风》为例,说明《宕调》与这些作品有一定的关系,认为《郑风》是对情感的正当获得,对天地万物的观察不及对男女之情所展开的观察真实,这也是《卫风》39 篇中有 37 篇,《郑风》21 篇中有 16 篇都是写男女之事的原因。李钰这种观点中包含着《诗经》是自由精神世界的归着点,这种自由精神世界是包括存在于理性范畴之外的感情的。

《宕调》的十五首作品如下:

---

① 《宕调》,《李钰全集》第三卷第 236 页。

调名	号码	作品内容
宕调	1	对男人纠缠的戒备
	2	因喜欢而将男人的烟袋锅藏起来
	3	对变心男子的猜忌
	4	听曲调唱歌
	5	诉说自己艰难的生活
	6	炫耀自己所唱的界面调
	7	对日渐衰老的悔恨
	8	诉说自己虽为娼妓却过着雅致的生活
	9	出入娼家的捕校别监
	10	戏称自己是半巫女,对方是花郎
	11	豪奢地装扮的模样
	12	感叹自己得不到作为淑静女子的待遇
	13	讥讽、戏弄地方大少爷的猥亵
	14	讥讽、戏弄僧人
	15	官僚的放荡生活与庶民的贫穷

如前所述,《宕调》中的素材几乎都来自娼妓的实际生活,而且诗中出现的男子主要是与该女子交往的男子,有她的恋人、经常出入酒家的人、一般的客人、大少爷等等,甚至最后连僧人都出现了。女主人公以自己妓女的身份,通过妓女的视觉来捕捉两班、官僚和僧侣卑俗的丑态及当时扭曲的社会现实,而且《宕调》的女主人公从恋人那里得到爱又遭到背叛和欺骗,刻画了她作为娼妓,善歌、喜奢侈,每天以艳丽的姿容面对酒客,和他们戏耍的同时又珍视自己作为女人贞淑的形象。但是,即使在《宕调》中,女性成为诗的话者,与男性对话,表达自己的情感,其内心依然是作为男人的妻子而存在的。这样的妓女形象一直持续到朝鲜朝后期,李钰给这样的娼妓重新赋予了幽怨的女性情感,体现了《宕调》的感性美。

《宕调》

歡莫當儂髻

衣沾冬栢油

歡莫近儂脣

第四章 李钰的文学创作及其美学特征

　　　　紅脂軟欲流.①

　　这首诗通过女主人公所说的"别靠近我,别那样做"的否定语表达了和男子亲近的关系,但这种关系又绝对不是能够亲近得了、相濡以沫的关系。在这里形成对应关系的虽然是衣服和头发、嘴等,但暗示的却是他们两人之间排除人格、感情只是身体上的"卿"和"我"的关系。所以,女主人公有着将自己的身体商品化,视对方为交易对象这一现实态度以及维持商品和自身持续美丽的自我保护心理。这首诗贯穿着这样一种氛围,女主人公不能和对方保持心灵的交融,而且作为女人,甚至连和男人相恋的意思都没有,只想维持衣物及体态之美。这首诗

　　不禁让人联想到《艳调》中写给出入娼家的丈夫的诗作:"莫種鬱陵桃,不及儂新粧""歡言自酒家,儂言自倡家"。

　　下面再来看另一首宕调作品:

　　　　《宕調》
　　　　歡吸煙草來
　　　　手持東萊竹
　　　　未坐先奪藏
　　　　儂愛銀壽福②

　　作品中,女主人公嘴里唤着"卿",多情地望着对方,其实这一切都是假的,早就策划好的。描绘了女子只关注男子所带过来的刻有"寿福"字样、镶银的东莱竹烟袋,表达了如若拥有那个贵重东西,自己就无比幸福的心理。如此,围绕着物品,男女之间的关系发生了变化。

　　　　《宕調》
　　　　奪儂銀之環

---

① 《宕调》,《李钰全集》第三卷第 236 页。
② 同上。

　　　　解贈玉扇錘

　　　　金剛山畵扇

　　　　留欲更誰遺①

　　如果从抢走女子所佩戴的银戒指来看，两人不是一般的关系。只有非常亲近的关系才有可能抢走女人的戒指，而且，男人不止抢走了女人戴的银戒指，还抢走了女人带的扇子。这不是一把普通的扇子，而是画有金刚山的扇子。这把扇子上的画有可能是出自与这女子一起喝过酒的名画家之手，所以，该女子有些自豪地珍藏起这把扇子并给它挂上了玉坠儿。但是，这个男人把玉坠原封不动地还给了女人，拿走了扇子。这是一个揭示一幅画的价值的故事，男子抢走了银戒指和扇子，把不值钱的玉坠留给女子，这种行为暗示了这个男人对爱情的冷淡，通过扇子这样的物品揭示了这个男人是一个花花公子。因为女人已经知道这个男人的感情发生了变化，所以猜测这个男人把银戒指和画有金刚山的扇子送给其他女人，用嘲讽的语气指责对方对物质的追求。

　　如此，男人和女人之间没有形成"我"和"恋人"这一同质感，这是因为那个男人已经远离了爱情。于是，女性话者说，即使你来了也别打扰我。

　　　　《宕調》

　　　　歡來莫纏儂

　　　　儂方自憂貧

　　　　有一三千柱

　　　　纔直十五緡.②

　　"我现在比较贫穷，拥有的珠宝的价值已经不到十五吊钱。"表现了该女子是一个真正丧失自我价值，在经济上处于劣势的客观存在。

---

① 《宕调》，《李钰全集》第三卷第 236 页。
② 同上。

《宕調》
卽今秋月老
年前可佩歸①

虽然秋月现在老了,被男人抛弃,在经济上又困难,但是追溯几年前自己也曾是经历过几次爱情的女人。

《宕調》
人言儂輩媒
儂輩實自貞
逐日稠坐中
明燭到五更②

"虽然有人要给我们做媒,但是我们真的很自重,每天在座位上点着灯坐到天亮。"这不是一个随随便便以身相许的女人,是一个娴淑的女人,强调自己每天通宵达旦接待客人,表达了作为一个现实生活中的人的自信,而且这种女性形象则更明显地表现为想穿漂亮的衣服,打扮得更为漂亮些。

《宕調》
六鎮好月矣
頭頭點朱砂
貢緞鴉青色
新着加里麻③

"月矣(달비)"是女孩子们装饰在头上的假发,原来称做"다리",庆尚道、咸镜道一带称做"달비",咸镜北道六镇一带生产的"달비"质量最好,最为有名。朱砂是散发着朱红色光泽的六角结晶体的矿物,贡缎是绸缎的一种,"加里麻(가리마)"是指妇女穿礼服时在头上戴着的黑色布条。这种装束在当时的妓女中间非常流行,是一

---

① 《宕调》,《李钰全集》第三卷第 236 页。
② 同上。
③ 同上。

种想向男人展示自己美的形象的心理,女人对于自己的技艺非常自信,恢复了作为妓女的自尊心。女人还曾谈及自己擅长唱歌:

> 《宕調》
> 西亭何江上
> 東閣雪中梅
> 何人煩製曲
> 教儂口長開①

"西边亭子里有江上月,东边楼阁里有雪中梅,是谁在不厌其烦地作曲子,让我一首接一首不停地唱。"这首诗描写了女子擅长唱歌,下面这两首诗则是对其歌唱水准最好的说明:

> 《宕調》
> 拍碎端午扇
> 低唱界面調
> 一時知我者
> 齊稱妙妙妙②

"手执端午扇演唱界面调"的句子让人联想到盘骚离的演唱者。"界面调"是旋法盘骚离的一种,原本有哀怨凄怅,呜咽凄怅之意,听起来给人以柔弱哀伤的感觉,比较容易引起听众强烈的共鸣。因此,女性话者唱歌的时候,听的人就会不自觉地说着"妙、妙、妙",这是因为歌声传达给人苍凉、悲伤的感觉。

诗中女唱者出色的演唱水平在下面两首宕調中进一步得到证实。

> 《宕調》
> 聽我靈山曲
> 譏儂半巫堂

---

① 《宕调》,《李钰全集》第三卷第 236 页。
② 同上。

第四章
李钰的文学创作及其美学特征

> 座中諸令監
> 豈皆是花郎①

诗中女唱者唱的是释迦牟尼在灵山聚集时送佛菩萨的乐曲《灵山会上》。因为这首歌难度大,不是一般人能唱的,只有经过训练的人才能唱得出来。因为女唱者是妓女,会有很多学唱这类歌的机会。唱这种歌时,有很多人兴奋得像巫女似的在听,由此可见,女人的歌得到了认可。但是能听到女人的歌声的两班,并不是通过歌声,把目光投向升华了的艺术境界,而是以社会阶层的标准来评价其才能,只会嘲弄女人的人格及艺术性。

> 《宕調》
> 儂作社堂歌
> 施主盡居士
> 唱到聲轉處
> 那無我愛美②

女唱者唱歌的天赋在唱《寺党歌》时再一次得到认可。这首歌流行于朝鲜朝后期,是寺党派们唱的歌。他们在各个村子、寺庙、广场等地唱歌、跳舞,也靠卖春维持生计。这首诗活灵活现地描述了女性话者演唱时的情景,并不拘泥于原来信仰宗教的人所应具备的姿态。与其说他们是寺党派,不如说他们是为了生计,求佛道的居士。寺党派与女性话者的歌产生共鸣,不由自主地被女人的美貌与才气所迷惑,陶醉于红尘俗世之中。所以,第四句的"那无我爱美"直译为"南无阿弥陀佛",可以解释为"叫我如何能不爱美人儿",含蓄地描写了女性话者的美貌和演唱才能。如此,女性话者表达了投影于事物中的语言的多种含义,也批判了两班贵族不理性的态度。

---

① 《李钰全集》第三卷,《宕调》,第236页。
② 同上。

《宕調》
盤堆荡平菜
席醉方文酒
幾處貧士妾
鐺飯不入口①

　　这首诗描写了荡平菜②、方文酒③及兴致勃勃喝酒的场面，透过这种对比描写，可以看出作者观察社会的独特视角。在这里，"荡平菜"正像前面那首宕调里的对比"那无我爱美"所表达的那样，也具有多重含义，"荡平菜"是在野菜里放入切好的清泡凉粉制作而成的菜肴，因朝鲜朝英祖时期初次出现在议论"荡平策"的餐桌上而得名。"荡平策"是为解决当时的政治矛盾而实行的广纳人才的政策，但事与愿违，"荡平策"的实施并没能消除党派之争，反而引起了更大的混乱。这首诗与这样的政治问题结成有机的联系，把"荡平策""方文酒"搬上餐桌，第三句话题一转，说贫穷读书人的妻子，连锅巴都吃不上。如此，女性话者与不受重用的人们形成了共鸣，描写了当时社会贫乏的生活状态，揭露了贫富差距这一社会现象——部分权贵享用金樽美酒、玉盘佳肴，而很多人却在遭受着生存威胁。因此，可以说这首诗是以食物为素材来批判当时的社会现象的佳作。

　　正如以上所探讨的那样，《宕调》是通过具有多种性格特点的娼妓为主人公，描写了交织着喜怒哀乐、被生活所折磨的女性形象及她们各自的生活情形，十分真切地刻画了她们作为被疏离阶层的一员所观察到的当时社会的弊病。虽然李钰的作品所表现出来的情感不无偏离当时的社会规范之嫌，但李钰认为这种作品本身就具有一种文学价值，也恰恰基于李钰的文学论——要发现人的真实生活的价值，才有《宕调》作品问世的可能。

---

① 《宕调》，《李钰全集》第三卷第 236 页。
② 朝鲜朝时期，为了消除党派之争，各党派广纳贤才的政策。
③ 根据药方，用特殊的材料及方法酿成的酒，口感特别，具有一定的疗效。

4.2.2.4　日常生活中的哀欢与情恨美

朝鲜朝是对女性有性别歧视、社会偏见、十分压抑的时期。虽然在进入18、19世纪之后，因为女性的意识发生了变化，传统的歧视女性等社会现象在逐渐消失，但是，朝鲜朝后期对女性的社会偏见等意识依然存在。因此，当时的女性受着各种制约和束缚，几乎没有什么发言权。《悱调》正是形象地描写了女性凄凉的生活面貌的作品，她们明明有自己的苦楚却无从表达，还要忍受或道德堕落，或精神有残缺的丈夫强加给自己的痛苦。李钰对所以做《悱调》的理由做了如下说明：

《悱调》詩經 小雅 怨而不悱 悱者 怨而甚者之謂也 大凡世人之情 一失於雅 則至於艷 艷則其勢 必流於宕 世旣有宕者 則亦必有怨者 苟怨之則必已甚焉 此悱之所以有作 而悱者所以非其宕也 則此亦亂極思治 反求於雅之意也 凡十六首①

即，《诗经》中的〈小雅〉是"哀怨"不是"悱"。所谓"悱"，是指怨恨很深的意思。大概世间人情在"雅"上脱离正常的话会达到"艳"，"艳"必然回转为"宕"。世上只要有"宕"这个字，那么必然有埋怨之人，真的有埋怨之心的话，程度必然很深。这正是创作《悱调》的原因。所谓"悱"是讨厌"宕"，正如平息战乱后想要治平天下一样，再回头去寻求"雅"的含义。如李钰所言，《悱调》是情恨至深的作品，可以算是经过《雅调》——《艳调》——《宕调》——《悱调》这一必然展开的过程而到达目的地的作品。

李钰具体表达"情"的方式分为雅、艳、宕、悱4个调式，它们不是以各自独立的体系存在的，而被认为是一个循环的体系。但是，在他所提示的这4种范畴中，若注重分析悱调的话，这4种范畴的价值就呈现出序列化的特点。即世上的人情在"雅"中若失去某种东西就会到达"艳"，若到达"艳"的境地即会流向"宕"，有了宕，就

---

① 《悱调》，《李钰全集》第三卷第238页。

会产生怨恨,若真真切切地怨恨的话,程度一定会加深而形成"悱"。这就是李钰的观点——"雅"是最理想的,具有应该追求的价值,"悱"是应该扬弃的。

《悱调》所包含的作品如下:

调名	号码	作品内容
悱调	1	女仆胜于胥吏的妻子,婢女胜于军人的妻子
	2	胥吏的妻子胜于军卒的妾
	3	军人的妻子胜于译官的夫人
	4	译官的夫人胜于商人的妻子
	5	商人的妻子胜于浪荡汉的妻子
	6	哀叹丈夫的虐待
	7	做得不合适的白布袜子
	8	讥讽偷走自己的玉钗变了心的丈夫
	9	在饭桌前遭到丈夫的殴打
	10	身为巡逻军妻子的痛苦
	11	脸被丈夫打青,担心如何跟公婆说
	12	庆幸没生孩子,只因担心孩子像暴戾的丈夫
	13	因水、火、风三灾之说而买来画有老鹰的画
	14	丈夫持续不断的虐待
	15	因丈夫的赌债而哀叹
	16	因丈夫虐待想分手,但碍于公婆又不可能

在《悱调》中出现的男性人物有胥吏、军人、译官、商人、浪子等,女性是因为他们而遭受痛苦的形象。

《悱调》

寧爲寒家婢

莫作吏胥婦

纔歸巡邏頭

旋去罷漏後[①]

这首诗表达了胥吏的妻子的怨恨之情。"宁可作穷人家的婢

---

① 《悱调》,《李钰全集》第三卷第 238 页。

女,也别作胥吏的妻子。因为身为胥吏的丈夫每天忙于公务,早出晚归(夜间开始宵禁巡更时才能回家,五更十分又出了家门。)"胥吏是在地方官府中掌管簿书案牍的小吏,主要从事行政事务或杂务,是官吏的助手,属于品外人士。胥吏们受制于公务,只能忙碌于与家庭生活完全断绝的杂务中,所以,作品中的女人因享受不到夫妻之间的情趣和幸福,只好远眺着丈夫,发出"宁为贫穷人家的婢女,也别作胥吏的妻子"的感叹,倾诉不能和丈夫在一起的苦闷。

> 寧爲吏胥婦
> 莫作軍士妻
> 一年三百日
> 百日是空閨.①
>
> 寧爲軍士妻
> 莫作譯官婦
> 篋裏綾羅衣
> 那抵別離久.②
>
> 寧爲譯官婦
> 莫作商賈妻
> 半載湖南歸
> 今朝又關西.③

这 3 首诗分别表达了军人的妻子、译官的妻子、商人的妻子的空虚感和悲伤的情怀。

虽然胥吏、军人、译官都是吃国家俸禄的人,但由于地位的卑微,公务的繁杂,使得夫妻之间很少有团聚的时间。上述作品中所出现的婢女、胥吏、军人、译官、商人等,由于从事的职业各不相同,夫妻相见需要等待的时间也各不相同,而且不单单是时间问题,时

---

① 《悱调》,《李钰全集》第三卷第 238 页。
② 同上。
③ 同上。

间问题又变成了空间问题。译官与胥吏、军人的情况不同,因为负责翻译与译学有关的工作,主要跟随使臣到中国或日本的时候很多,也就不得不与家人分离。当然,军人与家庭、妻子离别的时间也很长,胥吏与译官、军人就不同了。总的来说,分离时间长短不同,相思的程度也各异。所以,作品中的人物都认为,再华贵的绫罗也比不上与丈夫的聚首。但是,比之于与丈夫长时间分离,天各一方,不能相见,更令人伤心的却是丈夫的外遇。

> 寧爲商賈妻
> 莫作荡子婦
> 夜每何處去
> 今朝又使酒.①

如果说前面的作品是妻子因为丈夫长时间不在家,自己大部分时间独守空房而产生的抱怨的话,那么这首诗便刻画了即使和丈夫在一起生活,丈夫却生活放荡,妻子一直很压抑,生活在阴郁之中。这里刻画的丈夫,是对家庭没有责任感的人物形象,只知在外面寻欢作乐,一到晚上,丈夫说去某个地方,实际上妻子感觉得出,丈夫每天晚上都会去酒家。但是丈夫没有意识到自己做得不对,即便是玩到清晨才回家,依然强行让妻子摆酒菜吃喝。如此,这首诗刻画了一个因丈夫晨昏颠倒、不人道的行为而痛苦万分的女人形象。

> 謂君似羅海
> 女子是托身
> 從不可憐我
> 如何虐我頻.②

原本期待丈夫会以宽广的胸怀包容自己而托付终身,丈夫却

---

① 《悱调》,《李钰全集》第三卷第 238 页。
② 同上。

第四章
李钰的文学创作及其美学特征

虐待自己。尽管丈夫的所作所为与自己所理想的完全相反,作品中的女性话者至多是对丈夫冷酷的行为抱怨一下,除此之外也奈何不得,唯有顺从,忍气吞声地过日子。从这一点来看,作品中的女人因丈夫暴虐的态度,由最初的信任转为绝望,唯有自嘲式地叹息。

> 亂持羹與飯
> 照我面前擲
> 自是郎變味
> 儂手豈異昔.①

这首诗中,丈夫的行为非常残暴,在饭桌上挑剔说饭菜不好吃,将汤和饭扔到妻子面前,蹂躏、侮辱妻子。丈夫之所以这样做,或许是因为妻子饭菜做得不好,但究其根本原因却是因为讨厌、蔑视妻子,妻子每天刚摆好饭菜,丈夫就开始埋怨。这不是妻子的错,而是因为丈夫变了的缘故。不是妻子做的饭菜的味道变了,而是丈夫的口味变了,丈夫因变心而产生的不满全都恶意地转嫁给妻子,这是丈夫卑劣品性的真实写照。如果说只是对妻子发牢骚说饭菜做得不好还可以原谅的话,那么,作为男人殴打妻子的行为是绝对不能令人容忍的。

> 使盡闌干脚
> 無端蹴鞠儂.
> 紅頰生青後
> 何辭答尊公②

丈夫走向蜷缩坐着的妻子,轻车熟路地踢过去,妻子的脸立刻发紫了。丈夫不顾夫妻间的情意,无情地对自己发火,不仅遭受肉体的痛苦,还要承受心理上的煎熬,这样的生活就如同地狱一般。

---

① 《俳调》,《李钰全集》第三卷第 238 页。
② 同上。

脸上被丈夫殴打得青一块紫一块，这种残酷的现实暗示了家庭的破裂。即便如此，顾不上怨恨殴打自己的丈夫，还得发愁怎么对一向疼爱自己的公公解释脸上的伤，担心得要死，却又无可奈何。

> 早恨無子久
> 無子返喜事.
> 子若渠父肖
> 殘年又此淚.①

一直以来为没有子嗣而伤心，现在想想没有孩子反而是件幸事，若孩子将来像丈夫一样，那么余生只能以泪洗面了。

正像前面所说的那样，经常打骂妻子是不对的，不关心家庭，有外遇或赌博也都是应该禁止的行为。但与某些男人打骂妻子相比，更令人伤心的是让妻子心生猜疑，背叛妻子。

> 間我梳頭時
> 偷我玉簪兒.
> 留固無用我
> 不識贈者誰.②

拿妻子的饰物给别的女人，《宕调》中也有描写，这首诗通过对男主人公趁女主人公梳头的工夫偷走她的玉发簪的描写，充分描述了移情别恋的男主人公的卑劣品性。

被偷走的玉发簪对女人来说没有任何意义，因为玉发簪并没有给她带来幸福。对于从自己这里偷走东西而去讨其他女人欢心的丈夫，女人不想知道男人为什么会这样做，反而是对男子极力讨好的那个女人非常好奇，通过那些充满好奇的语调不断反映出作品中的女主人公与丈夫感情的破裂。女人从一开始到最后都想把婚姻生活装饰得很美，但是现实却没能这样，故事的情恨美就在这

---

① 《俳调》，《李钰全集》第三卷第 238 页。
② 同上。

种想象与现实的冲突中展开。

> 嫁時舊紅裙
> 留欲作壽衣
> 爲郎投牋債
> 今朝淚賣歸①

这首诗生动地刻画了一个流着泪,卖掉曾是自己嫁妆的红裙子的可怜的妇人形象。女人曾想把自己出嫁时的红裙子保存得很好,想等老时用作寿衣,哪曾想,却被丈夫逼着卖掉用作赌资。然而正是因为这样一个不讲什么夫妻感情而且近乎冷漠的丈夫,女人不得不放弃自己最初的心愿。女人的故事将那些尽管忍受着丈夫的恣意妄为,却因为深陷男尊女卑的封建牢笼,挣脱不得,又不能改变自己的命运,只能默默忍受的封建时代女人的悲哀显露无遗。

如此,《悱调》作品形象地描绘了或为钱所累,或沉迷于酒色,赌博,甚至对妻子拳脚相加的丈夫形象。而此时,朝鲜朝后期平民阶层的妇女们,却连话都不敢说,只能将沉重的被疏离感和无边的孤寂、不安、焦虑埋藏在心中,忍气吞声地活着。

李钰通过笔下塑造的一个个生活在丈夫的淫威和暴力之下,却又无力改变现实的女人形象,表达了李钰所发现的新的生活体验对象——**女性情感**。与之前以妓女的爱情故事为主,采用情景结合的方式展开叙事的手法不同,诗人以新体验的事件或故事作为诗的要素,客观而生动地刻画了在理学的身份秩序及丈夫严厉的管制下,女性自我认知、觉醒的形象,超出了以往从士大夫认知角度出发的描写,李钰所塑造的认知客观现实的女性形象本身是颇具个性的。这也不由得使人联想到唐诗宋词里的"怨妇诗词",据考证,唐诗宋词里的"怨妇诗词"大多是男性作家写的,柔弱的古代文人,常常把朝廷、皇帝、权贵、上司幻想成男人,自己由于不被

---

① 《悱惆》,《李钰全集》第三卷第238页。

他们看重和重用,就自喻成了一个可怜的怨妇。他们凭借怨妇诗,来发泄对皇帝、朝廷、时局,权势的不满和怨恨。这类自喻诗,在古代怨妇诗中占了很大一部分,白居易的《琵琶行》和《长相思》或许可以理解成是政治自喻诗。《琵琶行》中通过一个擅长演奏琵琶的长安名妓沦落江湖的不幸身世,来隐喻自己政治上的失意和苦闷,《长相思》又通过一个怨妇的幽怨来表达对朝廷,上层权势对他的冷落和抛弃。

李钰颇有才华,却因自己的文体不合时宜被剥夺参加科举考试的资格,因此,不排除他像白居易那样借助对女性情感的描写抒发自己失意的情怀。不管怎样,《俳调》作品以女性的生活及爱情作为描写对象,不仅仅只关注表象,更多地是以事件或故事为主,借此让读者感到富有生气的氛围,挑战性的紧张感,跃动着的力量。李钰笔下的人物也发展成为在现实当中具有某种力量的女性,她们的生活和爱情成为李钰作品的描写对象,与李钰真切的文学论一同表现出来,散发出一定的情恨之美。

4.3 "赋"的创作及其美学特征

4.3.1 "赋"的创作

"不歌而诵谓之赋",赋这个词最早是诵读诗歌之意。战国时期,赋成为一个诗学概念。以屈原作品为主体的楚辞,代表了中国文学发展的一个阶段。战国末年,屈原的后继者们把楚辞加以发展,创造出了一种新的文体——楚赋。楚辞句式整齐,节奏鲜明,楚赋却有明显的散文化倾向。班固把屈原的作品也称为赋,后世笼统地将楚辞和楚赋称为辞赋。二者既有密切关系又有区别。司马迁将辞和赋区别开来且明确指出赋是由宋玉等人开始创作的。魏晋六朝的抒情小赋可以说是赋的一个新的阶段。

李钰非常喜欢汉魏南北朝的辞赋,从青年时代起阅读了大量辞赋作品,1811年抄写了潘游龙编写的《诗馀醉》词选集,并模仿《墨醉香》写了《墨吐香》。李钰的赋中还有模仿陶渊明的《次陶靖节闲情赋韵》和潘安仁的《闲居赋》而著的《效潘安仁闲居赋韵》,还有模仿欧阳修的《秋声赋》而著的《虫声赋》。

李钰现存的作品中,赋最多,在《藫庭丛书》中以《絅锦赋草》和《絅锦小赋》编辑成集子,无论是质、还是量,都是值得称道。金鑢称赞李钰尤擅辞赋,为辞赋大家:

其相尤工于塡詞,余不以爲奇也。①

金鑢还曾坦言自己辞赋的文采远不及李钰,自己常常畏惧和李钰对赋,而且李钰的赋无可挑剔,有如下记载为证:

余自兒時,績文章,出游諸公間,殊無屈首下人之意,然於功令畏金性之,於詞賦畏李其相②

李钰的赋迥异于偏重观念性的模仿之作,尤其是收录了13篇短赋的《絅锦小赋》分别以青蛙、跳蚤、乌龟、蜘蛛等生活中常见的东西为素材,展开丰富的想象力、采用了奇特的比喻。像《昆虫记》的作者一样,李钰非常重视对事物的观察,这一点在其赋中也很好地表现了出来。

以前的古赋中不乏以草木鸟兽或其他琐碎的东西为描写对象的小品文,但是以前的作家总想通过对上述对象的描写对读者进行劝诫,不可避免地过分采用华丽辞藻、过分模仿的手法。以《东文选》所收录的金富轼的《哑鸡赋》为主,除了李奎报的《放蝉赋》、徐居正的《乌圆子赋》《蝙蝠赋》等,其他作品多为反映观念性的题材,尤其是通过模仿中国的赋展现自己的文学才华,或一味歌颂帝王的伟业及道学的观念。即便是从这些题材的选择当中摆脱出来,以梅花、芭蕉、竹、雪、台、轩、斋室等为素材,如果不

---

① 《题墨吐香草本卷后》,《李钰全集》(实是学舍)第三卷第261页。
② 《题絅锦赋草卷后》,同上书,第264页。

是对它们加以描写、礼赞、抒发感想和情怀,而只是吟诵它们的主人的学问或人品,那么,也很难成为有个性的作品。然而,李钰却利用文人们用来出仕的赋来表达自己的自我意识。①

其中,李钰的《七夕赋》是用华美的言辞著成的,《奎章阁赋》可以看做科考赋的一种。李钰在其赋中描写了很多昆虫,记录了对昆虫的观察,他喜欢观察昆虫并从中体会无穷的乐趣,这一点从其吟诵跳蚤的《蚤》中可以很明显地看出来。

李钰的赋中有《后蛙鸣赋》和《蚤》两篇赋采用了由前、后赋的结构。《后蛙鸣赋》是描写青蛙的鸣叫声的,从这篇赋的题目及赋的第一部分有"子之蛙赋"②这样的语句来看,应该还有《前蛙鸣赋》,但现已失传,而《后蚤赋》却可看做是《蚤》的续篇。《蚤》惟妙惟肖地描写了跳蚤。该作品可以说是自画像的戏作,某只跳蚤正要睡觉,因为入侵的同类而难以入眠,终于抓到了一只跳蚤,想用手指甲掐死的时候忽然意识到了什么。其续篇《后蚤赋》借用梦游的形式,前篇赋中所提到的想要捏死的跳蚤幻化作道士,与赋中所出现的话者絅锦子(即李钰)以问答形式进行对话。在这里,作者说跳蚤的唾液透进肉里吸血是不能容忍的,这是以谐谑的手法讥讽读书人该读书时不读书,偷懒睡觉。跳蚤提醒读书人不要睡觉或偷懒,要专注于学问的进步。

絅錦子日入而息 向晦燕居 紙牖月明 布衾風踈 旣無樊蠅之營營 秖有莊蝶之蘧蘧 怡神而肆體 出沒乎華胥 忽有一物 來自纖蒲之隙 騷屑乎葦與裯被 靜而聽之 聲如黍子之亂墜 俄而夤緣乎毛髪之際 貫勇乎肢體之間 止乎左肩而蹲言 若銀鍼失縫 颯然入肌 薔花誤拂 紅刺鑚皮 榮鷟衛駭 使人不可支也③

这篇赋记述了某读书人夕阳西下正在安静地休息时,突然看

---

① 《李钰全集》(实是学舍)第二卷第10页。
② 《蚤》,同上书,第三卷第45页。
③ 同上。

到在坐垫的缝隙里,有只跳蚤在蠕动,此情此景,令读书人感怀,写下了这篇赋。李钰在这篇赋中运用了列举法、反复法、问答法等修辞手法。问答法使得客观的陈述成为可能,可以通过第三人,迂回地表达作者的意图,同时,摆脱了叙述者单方面描述的单调,可以用多种声音转达作者想表达的内容。作者不直接介入作品,采取让作品中的人物间接回答的方法,达到一种戏剧性的效果,给读者以生动、鲜活的感觉。

在讽刺、批判社会现实的创作过程中,问答这种方式在表达作者的创作意图或目的上,是一种必需的文学手段。李钰自己不能直接对社会现实进行批判,对社会的不满以及个人的郁愤都可以通过问答法淋漓尽致地表达出来,从上文中可以想象得到李钰观察跳蚤的行动时的情景。跳蚤是附在人身上、靠吸血生存的昆虫,用肉眼很难看得到,只有当跳蚤吸血,人皮肤发痒时才能感觉到跳蚤的存在。因此,为了抓住身上的跳蚤,必须脱了衣服往里瞅才能找得到,而且要听得到跳蚤的声音,需要何等的全神贯注。尤其是上文中有这样的描写:"跳蚤在人身上吸血仿佛是被玫瑰花的刺儿刺了一般",由此可见李钰的描写是何等的细腻,而且李钰对事物的观察不仅仅停留在视觉,还动用听觉进行观察和感知。

4.3.2 "赋"的美学特征

刘勰在《文心雕龙·诠赋》:"赋者,铺也,铺采摛文,体物写志也。"元代的祝尧也曾说:"尝观古之诗人,其赋古也,则于古有怀;其赋今也,则于今有感;其赋事也,则于事有触;其赋物也,则于物有况。"祝尧对赋所作的精彩的注脚表明,优秀的赋是能够反映现实生活,表达作者的心声的。

大凡文学评论家都认为辞赋文学是审美文化和实用文化的统一,辞赋文学作品塑造美的形象,具有美的形式,能给人提供美的感受;赋家的心神之运,无限广阔之自由,上可以包罗宇宙,下可以总揽人物,宇宙间万事万物都可以被感受、被认识,辞赋作品是一种比较高雅的实用文体,又具有较高的审美价值。

李钰所生活的时代的客观环境、李钰个人的人生经历及文风特点,是影响李钰辞赋作品美学特征的重要因素。不要一味地承袭古人的风格,主张真实的文学、真情的文学、民族的文学是李钰文学观的精髓,因此,李钰的赋文言之有物,不过分铺陈和夸张,篇幅不长,字数大约在五百至一千之间。李钰的赋或情感丰富浪漫飘逸、或气韵连贯古朴典雅、或情景交融诗意盎然、或比喻形象变幻多姿。

《哀蝴蝶》是李钰唯一的一首辞赋,由这篇辞可以推想其已失传的辞赋作品集《墨吐香》的内容。因此,《哀蝴蝶》也成为研究李钰文学的重要资料。

胡蝶兮褊裰,褊裰兮可憐. 被服兮陸離,又何為兮儦儦. 丹錦兮為襘,玄錦兮為襣,素錦兮為裙,雜五綵兮為帶,黻於衫兮翡翠裙. 孔雀羽兮雙綴,白鳳兮蹁躚駕,我車兮整瑤環. 胡蝶兮胡蝶,與女游兮青山,青山兮三月,芳菲兮為歌,梅花兮已落,桂花兮將發,蘭花兮馥馥,桃花兮怳惚,丁香兮百結,牡丹花兮爤爤,朝發兮青山,夕宿兮花間. 花間兮不可,葉低兮可攀. 饑食兮花香,渴飲兮玉漿,優游兮自得,與三春兮翱翔. 胡蝶兮胡蝶,爾胡為兮踒踒,春水兮渙渙,春風兮獵獵,裳沾兮翼折,胡蝶墮兮. 集翠羽兮為船,斲鯨須兮為檝. 愛之兮欲救,蕩中流兮不可接. 胡蝶兮隨風,終然天兮未落,為誰兮紛紅,蠅飛兮霍霍,游蜂兮蠥蠥,蜻蚓兮薄薄,阜螽兮躍躍. 眾皆樂兮得所,女獨為兮漂泊. 誰怨兮誰尤,既自輕兮復好游,江有波兮日已昏,目渺渺兮使余愁. 胡蝶兮歸來,與落花兮同流.①

作者看到蝴蝶落水而亡心生怜惜之情,触景生情,由蝴蝶联想到动的孔雀、白凤,静的梅花、桂花、兰花、桃花、丁香等。结尾处写到陨蝶与落花一同漂浮于夕阳映照下的江波之上,宛然一幅哀悼蝴蝶之哀情图画。这篇辞非常有意境,描写花、动物等景物时也能

---

① 《哀蝴蝶》,《李钰全集》第三卷第61页。

第四章
李钰的文学创作及其美学特征

融情于景。

  梧桐落，天地秋，金風作，火星流．今夕何夕？七月之七．織女西征，樂其靈匹．於是烏鵲飛，斷銀河．靈雨濛，洗香車．道除白雲，幕褰綵霞．百靈宿戒，儀物既多．織女揚霞帔，安星髻．治桃花之粧，曳明月之珮．如喜如愁，以就鳳蓋．戒車胡遲，我心先邁．及其明河當前，牽牛已至．一見郎君，萬事皆淚．憑青鳥而托辭，愬悲恨之無窮．前游迫其隔歲，郎在西而妾東．東宵永而月白，春書研而花紅．雙鴛浴兮喜偶，寡鶴唳兮悲雄．覽微物夫猶然，可獨人兮無情．朝鶯釵之鎖紅，夜鳳蠟之啼青．機錦絢繢愁，覺玉之稀鳴．香枕啜其沁紅，每侍婢女之朝花腮瘠而異昔，恨可查於其形．埋愁緣而不死，復獲侍於辰良．柔腸易於喜感，驅百麓於啊郎．然斯游之有期，玉漏未其添更．知不可乎久樂，只自增夫悲傷．①

  牽牛聞之，愀然作色，婉然送辭．"佛氏有圓滿之戒，詩人有別離之詞．花猶開落，月亦盈虧．從古紅顏，何限其悲．是故舜車一南，九疑空翠．竹悲湘江，皇英揮淚．羿失金丹，瑤臺覺修．鷟啼桂泣，素娥傷秋．況復楚江蓮妻，章臺柳姬．石名望夫．花稱相思．斯皆佳緣難終，情恨易傷．天之賦限，奚徒阿娘．罪案二萬錢，謫限三千年．漢之廣矣，其白連天．余執其咎，娘實可憐．然天命已定，復惆悵夫何益．且姑酌彼流霞，聊以娛乎今夕．"爰詔衆媵，命觴鏞筵．杯九行而不醉，樂三終而無懼．須臾織月東沒，絳河西懸．一聲天鶏，四座悽然．僕夫屢告，已整其軒．一揮登車，期以明年．千回忍淚，忽覺如泉．臨風一洒，雨滿人間．

  这首《七夕赋》完整地叙述了源于民间传说的牛郎织女的爱情故事。作品首先描写到"秋风吹拂，梧桐树叶落纷纷，天地间秋色正浓"，然后设问道"今夕何夕？"如此，与银河、鹊桥、牛郎织女相会等有关的内容逐渐展开，给人的感觉是自然、和谐。织女催人泪下

---

① 《七夕赋》，同上书，第36页。

的"郎在西而妾东"的哭诉抒发了夫妻间的离别、相思之苦,形成整个作品的高潮。结尾处牛郎织女柔肠寸断,泪如泉涌,期许着来年的相会,离别、相思的眼泪随风化作秋雨洒落人间。这首《七夕赋》不足 700 字,从中足见李钰创作辞赋的章法,叙事结构非常完整,整个作品散发出整体的和谐美。

> 嗟乎物之代天叫呼者,豈其汝而徒哉?爲鶯於暑,使吾人和且醇也;爲蟬於暑,使吾人暇而忘苦也.下以至晨蚓夕蛙,皆未嘗爲人所嗟.汝獨胡爲乎以秋,使吾人不勝其優且愁也?其非盛衰者時運之遷也,亦非天之所奈而然歟?胡不回爾唧唧之舌,且爲余詳其說.①

这首《虫声赋》是李钰模仿欧阳修的《秋声赋》而著的。简约有法的叙事、迂徐有致的议论、曲折变化的章法、圆融轻快而无窘迫滞涩之感的语句,构成了欧阳修散文含蓄委婉的总体风格。《秋声赋》运用各种比喻,把无形的秋声描摹得生动形象,使人如闻其声,如临其境,并保持了骈文注重声律辞采的特点,尤其是散文句法的加入,使得文章节奏变化协调、舒敛自如。欧阳修的《秋声赋》变唐代以来的"律体"为"散体",对于赋的发展具有开拓意义。李钰的这首《虫声赋》同样是语言自然流畅,有如行云流水一样,而且辞赋骈文朗朗上口,具有一种声韵美。

> 嗟乎以余觀汝,用亦多方.研而爲粉,色可繪裳.釀而爲醪,香可薦鬵.得其油,可以和大羹.收其根,可以已惡瘡.一葩一葉,無適不良.穉女無知,於汝何傷.或者天意憫春色之方凋,留汝而作一時之光乎?

这首《白凤仙赋》由雅而美的语言组织起来,整个作品颇有文采美。

李钰的辞赋作品不但有上述的辞采美、意境美、结构美,还兼

---

① 《虫声赋》,《李钰全集》(实是学舍)第三卷第 38 页。

具神韵,达到了形、意、神兼顾,既富含象征意蕴,又更多地包含着对社会现实的批判意识。

　　水者一國也,龍者其國之君也. 魚之大而若鯨若鯤若海鰍者,其君之內外諸臣也. 其次而爲鱷鯉鮪鱣之類,又其胥史吏隷之論也. 外此而大不能盈此者,卽水國之萬民也. 其上下相次大小相統者,又何異乎人也,是故龍之爲其國也,旱而涸則必雨以繼之. 慮人之漁而盡,則鼓層浪以弊之,其於魚也,非不惠也. 然而慈魚者一龍也,虐魚者衆大魚也,鯨鯢順潮而吸,以小魚爲諿䜔;鮫鰐奔波而吞噆,以小魚爲蒭畜. 鯊鱖鱔鯉之屬,乘間抵隙而發之,以小魚爲銀鐐瓊琚. 強者弱吞,高者下漁. 苟其不厭,魚必無餘.

　　噫!無小魚,龍誰與爲君,彼大魚者,亦安得自大也. 然則爲龍之道,與其施區區之恩,曷若先祛其爲害者乎? 於乎!人只知魚之有大魚,不知人之亦有大魚,則又安知魚之悲人,不亦如人之悲魚者歟哉?①

　　李钰在这首《鱼赋》中,把水比做一个王国,龙指君王,鱼类中不足一尺的小鱼指百姓,鲸、鲲、海鳅等大鱼指内外群臣。在水这个王国中,大鱼、小鱼上下尊卑有序,龙才得以统治这个王国。若大鱼吃小鱼,弱肉强食,鱼不复存在,国将不国,龙也就做不了王了。如此,《鱼赋》阐明了治国之道,告诫君王、大臣要惠泽、善待百姓。

　　从以上几篇辞赋中可以体会李钰的感情,不排除李钰借自己的作品,抒发失意文人被冷落的情怀,另一方面,至朝鲜朝后期,国家的统治基础开始动摇,统治阶级加剧了对百姓的剥削,政治、经济、社会、文化等方面都陷入了危机之中。士大夫们对生活在水深火热之中的百姓,不是采取救济的措施,而是变本加厉地收取苛捐杂税,以聚敛财富,从而达到坐拥权利,享荣华富贵的目的。李钰有很多篇赋把昆虫、动物、花草作为话者来描写当时的社会现实,

---

① 《鱼赋》,《李钰全集》(实是学舍)第三卷第41页。

如描写青蛙悲鸣的《后蛙鸣赋》,诅咒疟疾的《诅虐辞》,描写鱼的《鱼赋》,吟咏白色凤仙花的《白凤仙赋》,描写蜘蛛的《蜘蛛赋》,描写跳蚤的《蚤赋》及其续篇《后蚤赋》等,描写了统治阶级的剥削与百姓艰难的生活,表现出较强的现实批判性。首先看一下他的《虫声赋》:

> 天惟何故,使爾鳴至於此傷也?無乃風雨不用其命,閔皇綱之莫張歟;季世不循其理,痛淆俗之不良歟;憐世功之不登,而將慰乎游離之珉歟?①

李钰的《秋声赋》描写了昆虫的叫声,尽管是微小的生物的鸣叫声,但那不仅仅是昆虫的鸣叫声,更是上天借助昆虫的声音在鸣咽。昆虫的声音既是上天情绪的反映,也是适逢末世,社会风俗浮浪,灾荒年流浪、乞讨的百姓的申诉。

> 絅錦子之隣,有四子之母.聞其又娩,叩之亦丈夫也.七日而起,面猶未蘇.似無所悅,倚柱而吁.②

这首《五子妪赋》描写了当时强收苛捐杂税的社会现实,李钰站在百姓的立场上对当时的社会现实及不合理的赋役制度进行了细致的描写。

生了儿子,理应高兴,而这位五个儿子的妈妈非但不高兴,却倚靠在门柱上,长吁短叹,充满了愁绪。不知这位妈妈为何而担忧,令女佣去祝贺喜添男丁,但这位妈妈马上发怒道:"我发愁还来不及呢,你还添什么乱祝贺呀?"。这都是因为当时的兵役制度,百姓苦不堪言,这首赋对当时兵役的种类有着详细的记述,生动地再现了当时的兵役现状。

当时的兵役制度叫保法制,规定普通百姓家的男子从 16 岁到 60 岁有服兵役的义务,其后,又制定了代役"身役"的"保人制",即

---

① 《虫声赋》,《李钰全集》第三卷第 38 页。
② 《五子妪赋》,同上书,第 47 页。

第四章
李钰的文学创作及其美学特征

可以交两匹役布作为人头税。因此,从农民的立场来看,兵役是与生产活动无关的、对国家要另外承担的负担,是影响百姓生活的原因之一。因此,有的良民为了躲避军役,或出家为僧,或灾荒年成为强抢的强盗。甚至为了躲避军役,将已故去的人或未出生的孩子、年迈的老爷爷的名字登上军籍,有的人无辜地被拉去为逃走的亲戚或邻居去服兵役,真是民不聊生。因为如此重的苛捐杂税,很多百姓逃离家园,许多村落变得空空如也,而接到中央政府立即收取租税的命令的地方官吏对没有逃走的百姓收取险徵、族徵、黄口、白骨徵布等苛敛诛求。

嗟呼民旣有役,役各其征,需米保人,束伍牙兵,水軍最重,募入差强,里正報名,襁抱入府,疤記立成,及其吏與秋來,催錢火急,聲如乳虎,當門怒立,大兒二百錢,小兒百五十,若不今朝納,官門捉將入。①

这里刻画了儿子刚出生即被编入兵役,从此开始纳税,假如交不出税,就要被拉到官府问罪,为了准备军布,不得不节衣缩食,到交税日因交不出而流泪哭泣的妈妈的形象。这一妈妈的形象让人想起杜甫的《三吏》《三别》和丁若镛的《哀绝阳》。

    暮投石壕村
    有吏夜捉人
    老翁踰牆走
    老婦出門看
    吏呼一何怒
    婦啼一何苦
    聽婦前致詞
    三男鄴城戍
    一男附書至

---

① 《五子妃赋》,《李钰全集》第三卷第47页。

> 二男新戰死
> 存者且偷生
> 死者長已矣
> 室中更無人
> 惟有乳下孫
> 孫有母未去
> 出入無完裙
> 老嫗力雖衰
> 請從吏夜歸
> 急應河陽役
> 猶得備晨炊
> 夜久語聲絕
> 如聞泣幽咽
> 天明登前途
> 獨與老翁別

这是杜甫的《石壕吏》,这首诗描写了唐代的赋役问题,作者在石壕村投诉时,看到了因赋役被抓走到战场上的老奶奶的形象,反映了当时的赋役问题。夜间官吏来抓壮丁,老翁跳墙逃走了,老奶奶开门出来替老爷爷求情,结果老奶奶被抓走,清晨作者与老爷爷告别,通过这一场面的描写,生动地刻画了战争和赋役给百姓带来的痛苦。

茶山丁若镛关于自己为何写《哀绝阳》有如下记述:

这是我于嘉庆癸亥年(1803)秋天所著的诗。那时我所去的某个村子里有户人家生了儿子,3日后,那婴儿上了军籍,里正以纳军布为由,拖走了他家的牛。那个村民说:"我正是因为这个遭此屈辱"。于是拿刀斩断了自己的阴茎。妻子拿着丈夫鲜血淋淋的阴茎,找到官府哭诉,门卫呵斥她将其赶走。我听到这个故事后,写了这首诗:

> 蘆田少婦哭聲長

第四章
李钰的文学创作及其美学特征

哭向縣門號穹蒼
夫征不復尚可有
自古未聞男絶陽
舅喪已縞兒未澡
薄言往愬虎守閽
里正咆哮牛去皁
磨刀入房血滿席
自恨生兒遭窘厄
蠶室淫刑豈有辜
閩囝去勢良亦慽
生生之理天所予
乾道成男坤道女
騸馬豶豕猶云悲
況乃生民思繼序
豪家終歲奏管絃
粒米寸帛無所捐
均吾赤子何厚薄
客窓重誦鳲鳩篇

通过这首诗可以窥见当时的兵役问题有多么深刻。丁若镛对当时的赋役现状如此记录道:

最近疲弊的村落里穷困的人家刚添了人丁,就接到了红帖。阴阳之理让人不得不交合,交合就要生孩子,生了孩子就一定要入军籍,使得天下父母、家家叹息、郁闷,国家的天法天道何至于此?更为严重的是,看到孕妇就给孩子起名字把名字纳入军籍,还把女孩性别换做男孩,更令人匪夷所思的是把小狗的名字纳入军案,这不是人名,是狗的名字,偶尔也有杵的名字被纳入军帖。

于是,丁若镛说,如果不改变法律,百姓要死光的。黄口签丁、白骨徵布、族徵、险徵等赋役问题曾在丁若镛的一篇诗作中被深刻地表现出来,反映了当时民不聊生的社会现实。

余憫民生之多苦，嘆軍政之甚紊，記其問答而文之，以備夫他日采謠者之聞焉①

如此，李钰也著了《五子妪赋》，通过描写生下第五个儿子，不堪赋役重负，被拉至官衙的妈妈的形象，深刻揭露、批判了当时的社会赋役制度问题。这正是李钰对百姓的生活实态倾注爱心的结果，也是李钰为了探求真实的文学而孜孜以求的产物。

---

① 《五子妪赋》，《李钰全集》第三卷第 47 页。

第五章　李钰文学的史学价值

通过前面几个章节的论述,可以看出李钰的文学有别于正统的士大夫文学。在壬辰倭乱(1592年)与丙子胡乱(1636年)后政治社会的混乱中,具有进步意识的正统的士大夫文人也切实感受到了理想与现实之间的矛盾,他们直面社会现实,基于对社会现实的正确认识,试图在文学作品中融入新的变化。但是,他们自幼在理学的环境中学习、成长,虽然他们在对经典的解释上表现出了进步的一面,但若让他们从根本上对理学的传统进行革新,让人不得不产生怀疑,这是因为他们自身所具有的局限性。而李钰却不同,具体表现在他的文学当中,这源于他独特的文学观及文学思想。李钰对于自己能否靠文章求得功名,有过很多苦闷的思考,对自己的文学也有着十足的自信,较之同时期其他文人取得的成果也很多。可以说,李钰的文学在朝鲜朝后期的文学史上不同于正统的观念,是一种新的文学趋向,在文学史上具有重要的价值和意义。

5.1　对传统文学观的继承与革新

在朝鲜朝后期的文学史上,李钰可以说是占据着重要地位的文人。如前所述,李钰在当时之所以不为人知是因为他卑微的出身,无人提携他,加之他在参加科举考试时采用了稗史小品体。尽管他很有才华,依然因为文体问题而未能及第。他出仕的道路被阻断了。但是,李钰没有因正祖的"文体反正政策"而改变自己的文体,相反,他视自己的文体为生命,执著于自己独特的文学创作。

从金鑢编撰的《潭庭丛书》来看,李钰的文学既不是通过科举立身扬名所必需的载道之器,也不是寄情于山林陶冶心性所必需的诗章,而是排斥这两种文学去寻求文学真正价值和意义的文学。李钰的文学虽不像实学派文学那样始终坚持匡正社会时弊的文学思想,但和实学派文人的文艺论有较多相通之处。

实学排斥朝鲜朝中期的主气论,主张通过对物性的考察去真正认识事物或现象,实学派文学是在这种新的摸索中形成的。实学派文人认为文学本身令人怀疑,文学应追从实学的要求。李钰没有表现出像实学派文人那样要积极地去改变当时社会的诸般矛盾,但李钰认识到作为怀才不遇的文人可以对社会进行批判。李钰利用稗史小品体进行创作,以女性、义士、守仆、烈女、娼妓或一般女性为主要对象写了大量的传,是李钰对文学进行苦心探究的结果,也是对他那个时代的"文学应如何发展"这一问题的回答。

李钰的文学是他在准备科举考试时自然形成的,他勤耕不辍于创作,不仅作品的数量多,而且题材的种类多样,有骈体文、赋、书、序、跋、记论、说、解、辨、策、文馀等,尤为令人注目的是他创作了朝鲜汉文学中从未有过的戏曲《东厢记》。

李钰的挚友金鑢在《潭庭丛书》中所收集的不单单是李钰的文章,而分明是出于一种要编撰李钰的文学作品集的目的。其中适时地插入了李钰的文学论、金鑢编辑李钰文学集的缘由及祖露李钰的见解的题后记等,这些都有助于更好地了解李钰的作品及生平。《潭庭丛书》中还附有李钰为自己的诗集所写的《墨吐香序》《墨吐香前序》《墨吐香后序》等自序,记述了自己沉醉于诗的状态及诗所具有的极强的感染力,这不同于其他作家通常为介绍文章的内容而做自序。此外,还有《欧文约小序》和《戏题剑南诗钞后》,其中文学论散见于其中。李钰的《俚谚》包括66篇用市井语言乃至谚语写成的绝句诗,相当于《俚谚》的序的《三难》非常有条理地叙述了李钰的创作理论及主张,李钰将创作与理论紧密结合,创作目的和方法非常明晰。

李钰意欲创作当代的文学,认为是天地万物激发人们写文章。他发表这种观点不是偶然的,他没有采用世上认可的方法写文章。

第五章
李钰文学的史学价值

他的文体在当时无异于一种"反乱",若想"反乱"成功,必须具有取得胜利的方法,而他却在别人始料不及的地方寻找这种方法,继续着他的文学之路。

写文章不是我自己非要为之,而是主宰者使然。这句话不是说除了我另有其他文体,而是指让自己不得不写的、不可抗拒的力量,可以说是使朝鲜人不得不用本民族语言进行创作的一种必然性。李钰毕生致力于在非主流、反传统的较为特殊的领域寻找写作的意义,没有把重点放在传统的文学观所重视的韵、修饰、比喻、含蓄等。这些在注重形式的文学观中是不容忽视的,而抛却浮华的形式、主张有实际内容的文学观对此并不感兴趣。形式主义的文学观是先秦时代规范性的文章销声匿迹后产生的,曾受到古文学家或道学派的排挤,李钰不重复古文学家与道学家的主张,强调国风、乐府、词曲是用中国的文字创作成的作品形式,而俚言是按本民族的言语习俗创作成的。所以,国风是国风,乐府是乐府,词曲是词曲,而形成不了国风和乐府。最终,这三种文学形式各自有着持续性,由此寻找出理论根据,证明自己用俚言创作,有独到的特点及存在的价值。

李钰认为用俚言进行创作的主张虽然是针对文学的表达形式而言的,但比之于形式,文章所包含的内容更为重要;对人的观察莫过于对情的观察,对情的观察莫过于对男女之情的观察。李钰否定文学作品模仿古文,天地万物是指万种物品不可能合为一个,即便是同一片天也无一日相同,即便是同一块地也无一日完全相同。从李钰的言词可以看出他认为所有的空间不是同一空间,所有的时代也不是同一个时代。世上没有绝对的东西,所有的东西都是相对的,所有个体都有各自存在的意义。于是,理学绝对的一理的世界观在此解体了,他把用文字描写存在于"当今""此刻"的天地万物当做自己的文学使命。李钰认为有符合古今的变化、国家风俗的差异、时代变迁的"今时"文学的存在,"我是活在现世的人,我写我自己的诗,作我自己的文章,与先秦、魏晋、三唐有什么关系?"写文章的人成不了自己所想表达的事物本身,根据自己的个性特点,展示自己真实的一面。但是,若意识不到自己的形象只是想一味模仿的话,模仿的对象即把古文歪曲成畸形而变成没有生命的了。因此,不是把古文体换掉,而是要改变自己的形象。并不是模仿了优秀的作品就一定会成为优秀的作品,反而会弄巧成拙,成为大家的笑料。天地万物在继续进行着创造,正像自然界是持续着战乱一样,人们不得不重复人所创造的礼、乐、书、画等。但是,如果想停滞在古代的东西上,就是与天地万物相违背,背逆自然界的要求,否定变化和发展,是愚蠢的行径。

李钰并没有停留在只是指出天地万物各自的属性这点上,他对历朝历代及其风土的个性和独自性也较为关注。他曾经谈到"中国历代王朝的文人们都具有各自不同的形式及不同于他人的诗",这是批判当时过分崇尚中国文化,只要是中国的,无论是什么都视作普遍的规范加以接收的风气。李钰有条理地全面论述了各个时代、各个地区的风俗只能是各自具备不同的属性这一观点。最终,李钰的这种思想上升到指出当时中世的欲探求普遍规范的思想是矛盾的,时代不同,地域相隔,世态变化,风俗各异,在汉阳生活的同时难道不会寻找某种形式以俚言创作吗?李钰批判了借口俚言鄙陋而忌讳用俚言进行创作的士大夫的观点,主张用俚言进行创作,表达朝鲜人的思想、情感。

李钰曾很多次谈到通俗的日常用语及其相关的生活内容的表达很重要,他还举例说明了使用俚言的必要性。

有人理解不了叫去买"法油"就是买"灯油",因此没能买回来;一个汉城人对一个农村人说要用"清泡"招待他却用了"묵",这个农村人很长一段时间都在为此生气。李钰还指出,在写诗的时候说"杜鹃"而不说"접동",究其原因,还是慕华意识在作怪,不是原原本本地按照我们日常使用的那样使用朝鲜的物名。人们常常讲的故事、孩子们的歌谣、乡村的俚语、非常琐碎的话等等,这些看似没有任何价值的话,李钰都想用来表现现实的生活,他认为这些都是在

第五章
李钰文学的史学价值

传达市井人的生活和苦闷时所不可或缺的。李钰相信真正的文学是反映自身生活的时代及自身生活的社会中的问题的文学,判定真实与虚伪的标准不得不一反传统的文学观所提倡的,应该重新设定。

李钰理想的"今文文学"是,在需要的情况下,应该可以使用谚语、民谣、方言等。换言之,世上本不存在专门的文学语言,人们使用的所有语言都可以成为文章的材料。李钰批驳到,他们(正统文人)认为所谓的俗名就是在土俗中使用的名字,人们只能用嘴说而不能用笔写。但是,若与那个事物相匹配的话,自己一定要坚持自己的观点,决不盲从别人。他的这种思想可以说是指出了借口不适合用笔写而在不知为何意的情况下盲目使用的弊端。李钰还谈到,因为自很久以前就没有用真正的文字来教授话语,许多话语没有相应地用文字命名,自己对此并不畏惧,声称要编写出土俗语。李钰还指出,尤长洲①的乐府中用了很多朝鲜语的俗语,可见中国也采用了朝鲜人所使用的谚语。

应该使用俗语写文章,他的这种想法是基于应该写时文的文学论的。与其使用汉字,导致词不达意,不如不拘泥于雅正和卑俗,达到"写意""模写真境"即可,这就是他的想法。但是与提出这个主张的燕岩一样,李钰也不用本国文字写文章,也不认为国语文学很重要。然而,在各种土俗语中,或许有尚未用文字命名的东西,自己要编写出相应的土俗语,李钰的这种想法表现出对国语的感情。李钰批判了金富轼在编写《三国史记》时,把人名和地名都改了,这不单是亡失了乡名改用中国名,还是他慕华思想的结果。

他的这种意识也反映在传作品《浮穆汉传》中,说神仙和佛的名字时,若说越国有神仙,蜀国有佛,能让人相信,但是若说神仙和佛在朝鲜时,因不知朝鲜的哪座山是"越国"和"蜀国"当中所说的

---

① 尤长洲:中国清代的文人。名尤侗,字展成,号悔庵、艮斋、长洲人,著有百余篇关于外国的事情的竹枝词,讲述该国的风俗并加脚注,其中有4篇是关于韩国的,包括国号、服饰,许兰雪轩、黄昌等。

"越"和"蜀",这就令人轻看自己了。这可以说是对无条件慕华者切中要害的忠告吧。如此,李钰回答了文学应如何发展——重视情感和个性,注重民族语言的价值,坚持民族文学的取向。

5.2 市井文学创作的提升

李钰的文学以继承古文的创作精神,奉献于对新文学的创造为目标,李钰的文学拒绝模仿古文并不意味着连同古文的优秀性一起否定掉。

古文又叫做文言,古文运动由中唐时期的韩愈、柳宗元发起。六朝以来直至中唐盛行一时的骈俪文一味重视技巧,而流于矫饰,导致内容空洞。重新恢复至《孟子》《史记》等的简洁、遒劲、明快,是文章的理想境界。这种运动称为古文运动,遵循该主张所写的文章就是古文。

如前所述,李钰身为成均馆儒生,参加科举考试所运用的稗史小品体被指"不敬和怪异",正祖命其改变文体,由此受到了数次遭正祖谴责及两次被谴充军等严酷的惩罚。关于李钰使用稗史小品体的原因,正祖认为是因为当时的人们大量阅读了小说、小品,接受了考证学,接触了与西学相关的书籍。李钰不仅没有放弃稗史小品体,反而始终坚持用稗史小品体创作。稗史小品成为朝鲜朝后期随笔文化的一个分支,篇幅短小,文体清新,取材于身边琐屑的小事,细细罗列出来,渲染了不受制于道德的情感,是反理学的世界观。李钰通过他的文集积极拥趸具有这些特点的稗史小品体,并用作品反映出来。通过稗史小品体,李钰开始关注人物事态,将其曲尽描写出来正是李钰所追求的写作的要旨。李钰所关注的人物大部分是炮手、医生、乞丐、小偷、商人、兵卒、妓女等地位卑下的阶层,所捕捉的事物是青蛙、昆虫、鱼、凤仙花、蚂蚁、跳蚤、蝴蝶、驴等动物或微小的植物。把这些零星的东西作为素材来写文章有什么意义呢?对李钰而言,写文章是他能经受住中世的压抑而得以生存下来的支柱,也借此,李钰成为有别于主张"道文合一"的士大夫文人的近代作家的先驱。此外,他还幻想着正统士大夫想通过文章来构筑和维持的规范的世界能被解体或被颠覆。仅从素材方面来看,他已经有志于写脱离中世规范的文章,选什么作为素材来写作,决定了文章的主题,形式,文体,词汇的不同,李钰所关注的是能在多大程度上逼真、真实地刻画出他所选择的那些材料。李钰在作品中表达自己受冷遇的思想、进而表达出与描写对象的连带感,对受歧视的女性及地位低下的平民的生活给予人性化的理解,写出富有感性和个性的文章。准确地说,李钰是在这个问题上与正祖的文化政策发生冲突,也因没有听取正祖的要求而招致惨淡的一生。

如前所述,正祖认为稗史小品体的泛滥,是李钰等文人阅读了大量的小说、小品,接受了考证学,并参阅了与西学有关的著作之故。分析李钰的文章似乎不难理解这一点。

蜀葵花說. 葵菜也. 葉宜芼 花白而細節 節生葉間. 葉生葉間. 蜀葵花也. 葉小異於葵, 微似匏 花大於葵, 有紅 有白 有談紅 亦有單葉 有千葉 黃蜀葵 亦花也。葉尖而狹有缺 異於葵蜀葵 花亦異色 微黃 形如菊而大 其大過牧丹 莖高 率高人尺餘。而花於頂. 一莖一花 頸秀而笠 能隨時而傾 朝則傾東 夕則傾西 日中則正 蓋花之慕日而偏隨者也. 故古人謂葵爲傾陽 政黃蜀葵之謂也.①

这篇文章名为《蜀葵花说》,写的是关于自己对蜀葵花的想法,从对"葵"即冬葵的故事开始写起。冬葵是野生植物,通常所说的"葵"是指蜀葵和黄蜀葵,是两年生植物,与其连着的茎可一同食用。李钰原本想描写与蜀葵有关的东西,却如此冗长地关于"葵"做了细致的描写,甚至于到了啰嗦的程度。

正祖批示道:

---

① 《蜀葵花说》,《李钰全集》(实是学舍)第三卷第108页。

> 日昨儒生李鈺之應製句語 純用小說 士習極爲駭然 方令同成均 日課四六 滿五十首 頓革舊體然後 許令赴科①

即,正祖认为成均馆儒生李钰使用了小品文体,其他儒生若效仿之,则危害极大,于是命李钰每天做 50 首四六文,待其完全改变了文体后方可参加科举考试。有时小品文太过琐碎,这可定性为其较为消极的一面。但是对于此,李钰说道:

> 國朝賜及第人人花二朵 莖葉青 花紅黃相間 異於牧丹蓮梅菊諸花狀 染紙而剪 於花無所類 其取制者 蓋蜀葵花也 噫花乎花乎 奚取於蜀葵花耶 豈取其向日而傾耶 又何不黃其彩而規其製耶 欲取其傾陽 而蜀葵之取焉 則是猶取竹之節 而取石竹也 取桃之華 而取胡桃也 取其名而訛矣 取其義而註矣 奚取之有哉②

"国家给科举及第者赐予了两种人造花,茎和叶是绿色的,花是红黄相间的,不同于牡丹花、莲花、梅花、菊花,是把纸染色裁剪后做出来的,没有与花相似之处,蜀葵花大抵就是这种形态的花"。这篇文章先讲了葵的种类,然后详细介绍了各种花的特点,这是为最后做铺垫——指出给及第者发的人造花选取蜀葵花的形状是不合适的。这里所说的"面向太阳偏转"比喻对君主的忠诚,黄蜀葵随时间而偏转是因为花思慕太阳而向一边偏转,而蜀葵花因为不会跟着太阳偏转就没有了这层含义。他指出这就如同原本要选取象征节气的竹而选取了多作为药材的石竹,原本要选取桃,结果却选择了胡桃一样,没有对名字和意义做出正确选择而造成失误。他甚至指出了为什么选择蜀葵花是错误的这样的内容。

> 且蜀葵之爲花也 花旣不能傾陽 葉旣不能宜筆 已不逮乎葵與黃蜀葵而嘉實不如桃梨李橘 烈香不如蓮梅蘭薇 麗華不如牧丹芍藥 凌寒不如菊 忘憂不如萱 動人不如若榴 耐久不如月季 直花之無

---

① 《正祖实录》16 年 10 月条。
② 《蜀葵花说》,《李钰全集》(实是学舍)第三卷第 108 页。

第五章
李钰文学的史学价值

可尚者也 且其爲色甚紛 無純粹之美 開落甚忙 無貞固之守 根陳而始花 無膚敏之譽 子落而自蒔 無難進之義 君子無可取者一焉 噫 畵藻於率 尚其潔也 鏤? 於冠 取其華也 今也 賜新進者 貢首之餙 而必而是蜀葵花 則吾固知其無可取也 或曰 古語曰 葵能衛足 或可資自保之智歟 曰 是又葵之智 非蜀葵之謂也 余姑植之庭 爲恃繁華圖永久者 戒焉.①

  蜀葵花的花不能绕太阳偏转,叶子不能煮汤喝,自然不及黄蜀葵。说到果实,比不过桃梨李橘;谈到香气,攀不上莲梅兰玫;要说美艳,不及牡丹芍药;想比耐寒,不如菊花;谈及忘忧,自有萱草无法逾越;论及动人,石榴在前;要说忍耐,月季更甚。简单地说,作为花没有可买的价值。不仅如此,其颜色杂乱,没有纯净的美;开花、凋零都很匆忙,没有贞固的性情;根必须经过一年的生长才能开花,不能称赞其优秀;种子一落下就生根,没有难进之义(即不知出仕之难)。应该说没有一点君子可以借鉴之处。啊!在带上画藻是因为崇尚它的洁净,在冠上刻花是取它的华丽之意。今天赐予新及第者头上佩带的饰物上,一定会用蜀葵花,我相信以后不会再选择它。有古话说"葵可以保护其根",但葵自己或许并没有从保护自己的智慧那儿得到帮助,这是因为这里讲的是葵的智慧而不是蜀葵的。我警示那些首先栽在院里,相信它会变化,并图谋永久的人。

  上文中,将蜀葵花同各种花做了比较,对于把它当作别在及第者头上的花的不当之处阐述如下:蜀葵花不常向阳,亦不能煮汤喝,果实也不好,论香气比不上莲花、梅花、兰草或是蔷薇,既不美丽,又不耐寒。同其他花相比,蜀葵花的不足之处在于:本该能食用,又美丽,又香气四溢,而它却不能,而且不耐寒。李钰继续指出,即便蜀葵花能够结果也有美丽的花朵,但是依然不应被选用。什么也比不上萱草能让人们忘忧;什么也比不上石榴能让人感动;

---

① 《蜀葵花说》,《李钰全集》(实是学舍)第三卷。

什么也比不上月季能长久坚韧。简单地说，作为花，蜀葵花没有什么值得敬重的品质。萱草，即萱，又名忘忧草，叶子和花可作食材，开橙黄色的花，亦可用作药材。王安石"万绿叶中红一点，动人春色不为多"，说的是石榴。千万绿叶中一点红，春色让人感动，而蜀葵花却不能像石榴那样使人感动。被称作长春花的月桂，有红、白、淡红三色的花朵。四季里，月月花开不败。而蜀葵花虽然同月桂一样有三色的花朵，但开花时却只昙花一现。作为花，它真是没有什么值得敬重的地方，但是这些是蜀葵花作为花来说的不足之处。而李钰则不仅仅停留在对花的评论上，更进一步指出，蜀葵花不适合作为君主下赐给金榜题名者别在头上作装饰的理由是：儒者若德行急躁，或者觉得好不容易才出仕，应慎重地退下，而恰好此时君子别无他选。正因为这样，他想要对那些实力平庸，却凭着家族背景或者通过金钱等手段，高中科举，并且坚信会以此改变一生，妄图永谋福利的人，给予警示，才说戴蜀葵花。结果我们知道，他之所以把蜀葵花拿出来作评论，正是出于一种君子的姿态，意在针砭当时科举制度的矛盾之处。对那些极个别的事物，赋予它们存在的意义，通过这种方式来阐述自身的见解，可以说是李钰散文的特征。李钰在自己的语言当中，在日常生活中，复原着轻易被忘却的世界的多样性。

李钰虽然对小说这种当时的新兴文学一类的事物感兴趣，却没有创作小说，而利用传这一体裁，写了25篇传作品。从数量上来说比朴趾源要多，李钰凭借具有较高小说倾向的传作品，使得他在文学方面的成果获得了很高的评价。关于李钰对小说感兴趣的事实，从他对《苏大成传》要比稗史更胜一筹的评判中可以得知。

人有以諺牌來爲余消長夜者 視之 乃印本 而曰蘇大成傳 此其京師烟肆中 拍扇而朗讀者歟 大無倫理 只令人嗢噱不已 然余以爲勝於稗史 夫作稗史者 巧覘正史之疑案處 便把作話柄 李師師之游行 則忠義水滸傳有宋江夜謁娼樓之語 楡木川之亍崩則女仙外史有賽兒授劍鬼母之說 千載之下 紫蠅耳目者 罪固大矣 曷若以諔說

第五章
李钰文学的史学价值

謊 自歸姑妄言之科 而只博人一粲者乎 然而雕以柞板 搨之楮素 則二木亦寃矣①

有人说通宵达旦看了这本谚文小说，十分受益。李钰一看，正是印本《苏大成传》。这本书不正是在汉城卖烟的小铺子里，一边扇扇子，一边朗读的书么？没有什么大道理，只是总让人忍俊不禁。但李钰认为它比稗史更好。但凡稗史，都是作者巧妙地窥视正史中的疑案之处后，根据这些疑案编造出来故事梗概。李师师接待徽宗出游的史实，在《忠义水浒传》里成了宋江夜里出入娼楼的故事，明成祖在榆木川的卒崩，在《女仙外史》里成了鬼母天尊用赛儿给的宝剑将成祖刺死的故事。千载之下，欺凌众人耳目，发出淫乱之声的人真是莫大的罪过。用谎言说谎言，故意让自己成为妄言之流，与仅仅想让别人多笑一下而已怎么能说是一样的呢？但是，在栎树做的板子上刻字，在楮树做的纸上写字，对两棵树来说也不失为是件冤痛的事。

李钰就《苏大成传》进行了论考，其作者、年代均未详，讲述的是明朝时期任兵部尚书的苏良老来得子，其子大成是被谪降的东海龙子投胎而生。早年父母双亡，历经苦难的苏大成遇到了预测自己会成为不凡人物的李尚书，并想与其女彩凤结为夫妻。李尚书一死就遭遇刺客的苏大成将刺客杀死后开始了流浪生活并精于武术和兵法，已与大成订婚的彩凤不顾家里反对苦等大成。女真族进犯中原，大成在平定女真的过程中立下了大功，被封为鲁国王，与彩凤重逢后结为夫妇，并以善政治理鲁国，这些内容构成了典型的军事题材小说。《苏大成传》与《洪吉童传》有着深远的关系，展示了天界与地上的二元性，是一部劝诫世人不要以人的处境来评价人的作品。

李钰似乎已知道这部书的存在，因此，有这样的描写——拿着书在烟铺里，边扇扇子边朗读。这里朗读的书是指当时在街边收

---

① 《谚稗》，《李钰全集》第三卷第147页。

钱为别人朗读的传奇叟所读的书。赵秀三①的《秋齐纪异》中记述了传奇叟生活在东大门外,善朗诵谚文小说,传奇叟们读的书主要有《淑香传》《苏大成传》《沈清传》《薛仁贵传》等一类小说。由此可知《苏大成传》在当时是广为人所知的小说。李钰认为与其说这是一部稗史,不如说是与中国相关联的小说。

众所周知,稗史是指不按照前近代固定书写历史史实的史书形式,记录历史史实的书的总称,又称野史,通常是称个人所著的历史书籍。野史并不使用严谨地下了定义的学术用语,而是多用相对的意义,其对象的上限与下限并不明显,通常以民间私自记录的历史为定义,使用与正史中解释的含义相反的概念。稗官编撰的历史书,使用与正史相对立的用语,又称做野乘,稗史,外史,私史。原本正史是指以纪传体形式记录前一个王朝历史的史书,但《高丽史节要》,以及朝鲜朝后期的纲目体史书——安鼎福的《东史纲目》等并不是正史,但又因其具备正史的体系和内容,又很难被看做野史。此外,稗官还记录了历史、秘史、宫中轶事等,在这种情况下,野史与正史的界限就变得十分模糊。比如类似李肯翊的《练藜室记述》这类书以相当于野史的个人文集与著述作为资料,但依然很难将其归于野史一类。

由于朝鲜朝是以易姓革命建立的王朝,所以朝鲜朝前期主要由史官编撰历史书,严格限制个人编著史书。因此,直到15世纪才出现了被称为徐居正野史的《笔苑杂记》和成伣的《慵斋丛话》。在之后16世纪反复发生的士祸②中,留下了很多被士林派人士认为是野史最基本的形态——随录类,以此为基础的通史形式"野史"开始登场。这正是许筠整理的从太祖到宣祖的约200年历史的《海东野言》。在17世纪中期,丛书的形式开始兴起,郑道应的《昭代粹言》《大同野乘》《广史》均是其代表性的作品。除此之外,《大东稗林》与洪重寅的《鹅洲杂录》也属于此类作品。18世纪以前,叙述

---

① (韩)赵秀三:《秋斋先生文集》,韩国文集编纂委员会编,首尔:景仁文化社。
② 朝鲜朝的朝臣和书生被反对派迫害而引祸上身。

历史时一般不为特定的政派辩论,至 18 世纪末 19 世纪以来,编撰了许多表现出对特定政派有较强偏见性的历史书籍。正史通常被用作使国家的统治意识形态合理化,从而强化王权的统治,而野史是根据个人的历史叙述记录了正史中没有记录的事件,完善了正史,并很好地反映了时代特点,纠正了正史的错误。从这个意义上来说,野史作为史料,其价值不可忽视。

李钰认为《苏大成传》更强于稗史,证据正是《忠义水浒传》和《女仙外史》。《忠义水浒传》中讲述了梁山泊的宋江、燕青、李逵等一同潜入京城,通过受徽宗所宠的名妓李师师拜见徽宗的事情。《女仙外史》讲述了明成祖驾崩于榆木川那天赛儿将剑交给鬼母天尊的故事。

李钰谈及的《水浒传》由元末明初时期的施耐庵所著、罗贯中整理加工、广为所知的四大名著之一。《水浒传》讲述了以宋江为首领的 108 名好汉在梁山(即今天山东省寿张县南东山麓湖边的梁山泊)安营扎寨、历数朝廷的腐败、反抗官吏的暴行、受到百姓称赞的故事。《水浒传》中所创造的人物形象和人物性格多姿多彩,其卓越的人物描写技巧与表现艺术在中国的小说中可以说是首屈一指的。由施耐庵所著,罗贯中编纂的《忠义水浒传》有 100 卷,经过部分删减与编修,郭勋编辑为 100 回,这正是各种《水浒传》版本的祖本。其中,明末清初的金圣叹将天启崇祯年间杨定见的 120 回本《忠义水浒传(全)》再次编修为《第五才子书 水浒传》,在当时十分流行。《女仙外史》由被推定为生于明末 1640 年、卒于康熙末年或雍正帝即位初期 1722 年的吕熊所著,与长篇小说《平妖传》《封神演义》同为神魔小说的代表作。《女仙外史》取材于明朝永乐十八年三月,由一名叫唐赛儿的女子引起的叛乱,使用建文帝的年号长达 20 年后,叛乱被平息,即靖难之乱。故事讲述了月宫的女仙姮娥投生到唐赛儿体中,使其还生并集合一群殉难臣子的弟子同天狼星转世的永乐帝作战。原本《女仙外史》是共一百回的章回体小说,章回的第一句话语代替了章回末尾的评论。这部作品将女性设定为叛乱的首领并与皇帝展开对决,因此,在中国颇受欢迎,其影响的余波还扩大到了朝鲜。随之,以篇辐长引以为傲的这部小说终于达到 45 卷并出现了朝鲜文完整译本,其章回名可以随意变更。

李钰认为《苏大成传》优于稗史的理由之一是这部小说中没有过于深刻的伦理却令人忍俊不禁,稗史是将正史中的疑案编为故事,从这一点也能看出李钰所以持这种观点的原因。上面提到的《忠义水浒传》和《女仙外史》被指责是虚构的故事。所谓虚构,概括地说就是指正史中没有记载的事情,却如同真实的事情一样,令之虚构化,歪解史实,只为取悦读者与听者。而李钰说《苏大成传》之所以优于稗史,正因其并非是虚构的故事。由此我们可以得知李钰已经认识到在文学功能中小说所充当的娱乐功能,可以说是李钰对小说意义的肯定。因此,李钰具有这样的认识,即使被称作是稗史小品体,它也具有完善历史的作用,故而要写得缜密、仔细。李钰所写的文章中有多篇具有补充历史的作用,像《奎章阁赋》《三都赋》《南程十篇》《凤城文馀》等均写得十分缜密、细致。

除此之外,李钰关于中国小说发表的见解散见在各处,他所论及的作品有:《剪灯新话》《情史类略》《板桥杂记》《水浒传》《金瓶梅》和《肉蒲团》等。

中国明初瞿佑所著的传奇类短篇小说集《剪灯新话》搜罗了古今中外的怪异奇谈,除宣扬惩恶扬善外,还对不幸之人充满了同情。其中 21 篇故事各具特色,虽延续了唐朝前期小说的怪异奇谈形式,但作者以优美的笔法为我们展开了一个奇异与爱情相交错的世界。这部小说很早就传到了朝鲜,并对金时习创作《金鳌新话》产生了很大影响。李钰在《凤城文馀》中曾对《剪灯新话》有过论述。李钰的《凤城文馀》收录了二十多篇作品,包括瞿佑所改写的元明时期小说及李钰本人所著的《藤穆醉游聚景园记》和《秋香亭记》,陈憎的《牡丹灯记》,柳宽的《金凤钗记》,吾衍的《绿衣人传》,明马龙的《谓唐奇遇记》,作者各不相同,其出处不详。

剪燈新話者 瞿宗吉之所刪述元明間小說者 而若聚景園秋香

亭等記 亦佑之所作也. 牡丹燈記陳惛作 金鳳釵記柳寬作 綠衣人傳吾衍作 謂塘奇遇記 明馬龍作.①

李钰还指出林芑所著的《剪灯新话句解》及《谓塘奇遇记》的《秋景诗》中出现的错误,并予以更正。由此可以看出李钰对小说的关注。

此外,李钰在《墨吐香前叙》中论及冯梦龙的《情史类略》,引用了冯梦龙《三言》中的内容,"啊,哪个卖油郎能心甘情愿地为我脱下罗衫呢?"这句话来自冯梦龙《三言》之一的《醒世恒言》卷3《卖油郎独占花魁》中,讲述一个卖油郎秦重与杭州名妓莘瑶琴的故事。《今古奇观》是收录了《三言》和凌濛初的《二拍》中的精品集,其卷7中也收录了此内容。李钰将自己12岁时从村私塾先生那里听到的故事著成《沈生传》,其中有这样一句话"感觉自己所听的故事像新故事,但读了《情史》后觉得相似之处颇多,便想将此追记下来作为《情史》的补遗。"②

这里所说的《情史》是指冯梦龙的《情史类略》,亦称《情天宝鉴》,书中集合了历代有关男女之情的传奇故事,将861篇分为情贞、情缘等24类。

李钰所接触的明清文集乃至小说、小品的书名,较之其他文人均更胜一筹。上文所提到的书目中颇受瞩目的有《金瓶梅》和《肉蒲团》。《金瓶梅》与《三国演义》《水浒传》《西游记》并称为我国四大奇书,书中通过西门庆与潘金莲的私情揭露了明代社会上层官僚、无赖汉丑恶嘴脸。现存版本中最久远的是《金瓶梅词话》,由欣欣子作序,作者是兰陵笑笑生。兰陵笑笑生本名很可能是李开先(1501—1568)。当时明代社会有关这部书的文学性质议论纷纷,沈德符认为这部书控诉了当时的社会现象,蒲松龄认为这部书乃是淫书,后来的历代皇帝都一致将这部书视为淫书,先后三次在全

---

① 《凤城文余·剪灯新话注》,《李钰全集》第三卷第147页。
② 《沈生》,《李钰全集》第三卷第212页。

国颁布诏书禁止该书的出版及流传。①

《肉蒲团》由明末清初文人李渔（笠翁）所著，又名《觉后禅》《耶蒲缘》《循环报》《巧姻缘》等。该书讲述一个颇有才华的小生未央生与6名女子之间的情色关系，后幡然醒悟皈依佛门的故事。李钰对这两部书有如下评价：

是故 吾则曰 诗之正风淫风非诗也 乃春秋也 世之所稱淫史 若金瓶梅肉蒲團之流 亦皆非淫史也 原其作者之心 則雖謂之正風淫風 亦無所不可矣．②

即，李钰认为，被世人称为淫史的《金瓶梅》《肉蒲团》等此类作品不应都叫做淫史，要探究作者的内心，可将其分为正风和淫风。李钰所提及的《金瓶梅》和《肉蒲团》不仅在我国被视为淫书，在朝鲜朝也同样被定为禁书。

至朝鲜朝后期，处于支配地位的意识形态——理学的"经书世界"开始动摇，"小说世界"开始登场。尤其是在朝鲜朝后期，由于庶民意识的扩大，不仅女性读者层和朝鲜国语小说有所扩增，对小说的认识也有所改变，与之相应产生了读者层扩大的结果。在这样的时代背景下，欲维持经书世界的权利层，下令禁止从中国引入小说，甚至禁止本国内小说的创作。例如《水浒传》《西厢记》《金瓶梅》《肉蒲团》《三国演义》及含有政治叛逆事件的许筠的《洪吉童传》、燕岩朴趾源对社会的批判小说《两班传》都受到了权力层的批判并被定为禁书。

如前所述，李钰认为《诗经》的正风与淫风不是诗而是春秋，被定为淫书的《金瓶梅》《肉蒲团》也不该被称为淫书。《春秋》是孔子所著，是我国最早的编年体史书，作为儒教五经之一，主要记录了孔子的故国——鲁国12诸侯统治时期的主要事件。这部书字字都含有深奥的含义，从中可以看出孔子评价历史事实时严谨的态度。

---

① 姜泰瑾：《金瓶梅研究》，延世大学中文系申请博士学位论文，1992。
② 《二难》，《李钰全集》第三卷第228页。

而《诗经》中的《正风》《淫风》绝大多数内容讲的都是男女之间的爱情和农村生活及对当时社会生活的描写,李钰称《诗经》的《正风》《淫风》为春秋,或许是出于其作为上古时代的历史资料的真实性所具有的重要意义吧。正如李钰的文学论所一贯主张的那样,《肉蒲团》中对身为富贵人家独生子的未央生与各种女性的交往及其超出常人想象力的性技巧的描写,无不应和了"对天地万物的观察"的文学论,通过这些描写,揭示了作者对追求"无谋快乐"的人类毁灭过程的观察,因此说《肉蒲团》不是淫书。

除了以上提及的之外,值得我们留心品味的还有《板桥杂记》。这是清朝初期文人余怀(1616—1696)于1693年所著的书,共分为《雅游》《丽品》《轶事》三卷。这是一部描写华丽的南京青楼及有名的青楼女子风情的小品书。它记录了随着清的入侵而一起败落的才子佳人们的悲欢与哀伤,被当时许多书籍转载并为人们广泛阅读。这本书不仅被收录在清朝文人张潮编纂的《昭代丛书(甲集)》和《虞初新志》以及吴震方编写的《说铃》里,还传至朝鲜,为18—19世纪的朝鲜朝文人所传阅。受此影响而写的书便是《録波杂记》,单从书名上我们便不难看出它受到了《板桥杂记》的极大影响。李尚迪(号藕船)在《録波杂记》的序文里指出它与《板桥杂记》有关联,申纬也指出了这一点,他还认为细腻地描写太平年代青楼风俗的《録波杂记》比一味沉浸在悲叹里回想昔日繁华的《板桥杂记》更出色。録波代指平壤(西京)的青楼,而板桥则代指金陵(南京)的青楼,两地都曾经是一个朝代的都城,在朝代变迁丧失权利之后只留下财物和女色,这两部书都是描写这一时期的妓女,在这一点上非常相似。李圭景在《五洲衍文长笺散稿》里指出,余怀的《板桥杂记》里所写的有关妓女生活的故事是考证妓女生活值得参考的文献,还说金陵自古便是繁华之地,有许多娇艳美丽的女子。在洪武初期,在这里专门建有十六个楼阁作为官妓们的住处,外国来的客人们看到如云雾般清新淡雅装扮着的妓女们,不禁感叹那是一道颇有韵味的风景。①

关于这本书,李钰如是说:

噫 嘗讀余淡心板橋雜記 千載之下 使人骨醉心熱 怳惚與雪衣琴心 流運於迷樓之上 而恨不得同其世矣 彼浪子之蝶翾蜂鬧奔走於此者 不幸而生 當時南曲 則不爲烟火中餓鬼者罕矣 可以笑 亦可悲也②

这是李钰读完《板桥杂记》之后的感想。这里提到的余淡心就是清朝文人余怀,雪衣、琴心是妓女的名字,雪衣是李大娘的字,琴心是顿文的字,可见她们是当时比较有名的妓女。李钰写道,千年之后的人读此书也会深深陶醉、热血沸腾,仿佛恍惚间和雪衣琴心们一起置身于迷楼间一般,恨叹自己不能回到千年前与她们在一起,遗憾自己不能与她们生在同一个时代。以上文字营造了一种意味深长的氛围,以此我们也可以窥视出李钰对女性的趣向和情感。

从李钰关于《述异记》等的评述也可以看出他所感兴趣的领域非常广泛。《述异记》是梁朝任昉搜集我国神话编成的书,但是李钰表明自己所看的《述异记》是东轩所著的《述异记》,③而东轩正是我国清代的文人高斌,这本书被收录在清代吴震方搜集清初诸家见闻录、旅行记、日记、笔记、杂录等编纂而成的丛书《说铃》中。在这里,李钰记述了被人们称作"强铁"(民间传说中的恶龙)主要出现在佛像的座台上的传说中的动物"犰"出现的事实。大致内容为:康熙廿五年,"强铁"与三头蟒蛇、两条龙打了起来,结果"强铁"死了,还有一条龙和两条蟒蛇也死了,在平壤被人们看见了。他写道,听说那"强铁"的外形像马的躯干上贴着龙鳞,鳞片缝隙间还能喷火,即使死的时候也能喷出

---

① 李圭景:《五洲衍文长笺散稿·经史篇》。
② 《游梨院听乐器》,《李钰全集》(实是学舍)第三卷第80页。
③ 《犰辨》,同上书,第117页。

约一人高的火花。①

从这些事实我们可以看出李钰对中国的神话很感兴趣。

通过以上叙述可以得知李钰对中国的神话、小说及稗官野史类文学很感兴趣,并积极引用到他的文学作品中。他所关心的领域不仅仅停留在小说和稗官野史上,还进一步扩展到了戏曲等领域。《七切》便是一个最好的说明。这部作品采用了序、跋中经常使用的对话体,让"客"与"石花子"两个人物登场。客提问了7件事情,石花子对这7个问题发表看法表明自己的立场,以这种方式展开讨论。

> 惟崔氏之春秋卽雙文之佳傳 其事則燕婉 其文則瞵絢 董王之所倡和 歎可之所舞抃 叶南腔而分齣 像丑淨於戲院 讀之者 莫不如蔗之咀咬 如酒之瞑眩 如入迷樓之中 欲歸而不自擅 如對傾國之佳人 公然有物之相胃 手不能釋 目不能轉 若將菟裘而老焉 窮年而不自倦焉——洵閑中之妙解 儘人間之佳賞 因觸而悟 可滋而養 志水滸而未肩 劇牧丹而莫兩.②

上面引用的内容是讲"客"说再没有像书那么好的东西了。在这里客表明大部分的书读一遍就完了,但崔氏的《春秋》却是什么都无法与之相比的。崔氏的《春秋》是关于双文的美丽传說,内容柔和而多情,文章华丽绚烂,仿佛是董解元与王实甫的一唱一和、金圣叹的击掌起舞,又仿佛是在剧场里分担角色表演一样。读此作品的人们如嚼甘蔗一般,又如喝醉了酒双眼迷离一般;仿佛不由自主进了迷楼不能自拔,又仿佛与倾国之色的女子相对而坐,就像被什么迷住了一样手不释卷,目不转睛;好比在隐退的别墅里渐渐老去走到生命尽头却毫不恐惧。真不愧是闲时解闷的好东西,真是人世间出色的鉴赏作品。与它相遇能使人顿悟,亦可以得到精神上的滋养。《水浒》赶不上它,《牡丹亭》也不能与其媲美。

---

① 《觚辨》,《李钰全集》(实是学舍)第三卷第117页。
② 同上。

这里所讲的崔氏《春秋》指的就是崔莺莺作为女主人公登场的《西厢记》。"双文的美丽传说"一句中的"双文"是金圣叹点评《西厢记》并加以改写时为崔莺莺新取的名字,由此可见李钰也读过金圣叹点评的《西厢记》。

李钰不仅读过金圣叹的作品,而且极力赞扬了作品中极高的审美价值和感化力。客所说的"像嚼甘蔗一般""像面对倾国倾城的美人一般",便是把作品给人带来的精神上的愉悦比作嗅觉和视觉的快感,并形象地表达出来。"像喝醉了酒一样双眼迷离""像进了迷楼无法自拔",是指书给读者带来的巨大快乐,表达了艺术强大的感化力。如此,他不仅对《西厢记》等戏曲作品给予了高度的评价,而且也积极引用在自己的作品中。他写的《金申夫妇赐婚记》是朝鲜第一部汉文戏曲,又称作《东厢记》,在形式上完美地具备词牌和科白,其《题辞》里还引用了金圣叹对《西厢记·拷红》篇的回评《不亦快哉》的33则。①

对《西厢记》的认识和借鉴使他脱离了"文以载道"的文学观,并使他形成从文学作品里获取快乐并进一步感受文学艺术性审美的文学观成为可能。

除了如上所述的从体裁、题材及细腻的描写方法等几方面开创了新的创作技法外,李钰还针对当时文人士大夫忘却了文体性,滥用汉译的国语,最终丧失了语言的普遍性的现象,李钰煞费苦心,尝试借用汉字表达朝鲜语。李钰的这种试图受到了当时文人的批判。有人责问他在《三难》中标记衣服名称、饮食名称、器皿名称时,不用中国固有的名称,而用乡名,即朝鲜语来标记,不是有些混乱、怪异、土气吗?

用中国原有的名字标记是正宗的,用朝鲜语标记土气,持这种观点的人所责难的不仅仅是用朝鲜语标记的几个名称,其实是指整66首俚谚。

---

① 《金申夫妇赐婚记题辞》,《李钰全集》(实是学舍)第三卷第241页。

第五章 李钰文学的史学价值

国人之於服食器皿斤干之物也以其所呼之名而名之则三岁小儿犹然有余而及其操笔临纸欲作数字件记 则已左右视而问旁人不知某物之当某名矣 岂有是哉！噫！①

国人对于衣服、饮食、器皿等，直呼其名的话，三岁的小孩也能听懂，偏偏拿着笔在纸上涂划，顾左右问该如何写。

针对这种现象，李钰在《三难》中以"油(기름)"的故事为例，进行了说明。某个太守让衙役买祭祀所需品，衙役按记在账簿上的全都买回来了，但因不知道法油(법유)为何物，最终没能买回来，卖油商也分明带有灯油(등유)，因不知道那衙役所说的法油就是那灯油，没能卖出去。太守让衙役买回来油，但他没有用衙役或商贩的语言，而是用了自己那个阶层身份的人用的语言，彼此没弄清楚，结果那天的受害者是没能祭祀成的太守自己。李钰认为造成这样的后果，原因不在衙役或卖油商，而在太守那儿。换言之，当时的朝鲜社会很多读者读不了汉诗的原因在于不用国语，而用别国语言创作汉诗的诗人。所以他不用为文人们专用的汉字进行创作，即使被人说手法拙劣，被文人士大夫讽刺他的诗为"谚文诗"，他也宣言不用别国的语言进行创作。

其实他实际运用的语言不是谚文，是俚谚。如果说汉字或谚文是文字的话，那么俚谚是口语。他用汉字去表达"现在朝鲜人用的俚语"。这就是他们所说的"谚文之诗"的第一步。

当然以茶山为首的实学派诗人作诗时，是用汉字记录朝鲜语，如：高鸟风(높새바람)，麦岑(보리고개)等均是他们的尝试。如果说实学派诗人所用语言是朝鲜的汉译的话，李钰则是没有翻译，直接用汉字表达，如异凝(이응)、阿哥氏(아가씨)、似罗海(사나이)、加里麻(가리마)，賦詩(븟)、照意(종이)等，使用了很多这样的表达。

他创立了用俚谚这种新的汉诗形式，如实地反映了当代朝鲜人的生活。借用汉字的音记录朝鲜语，是他进行这种尝试的第

---

① 《三难》，《李钰全集》(实是学舍)第三卷第232页。

一步。

此外,他还在《一难》中说,自己作为18—19世纪的朝鲜的诗人,应使用俚谚的理由是:三十年的岁月中会有世事变化,百里之外风俗各异。但是清代乾隆年间,生活在朝鲜的汉阳城,如何能将短短的脖子伸长,将细长的眼睛瞪大,去吟咏国风、乐府、词曲呢?

当然,他不可能完全摆脱当时的社会体制,虽然他用了中国的年号"清代乾隆",但是拒绝创作"不同时代,风格迥异"的中国古诗。要创作"当代朝鲜的诗",自然要用"谚文",所以他在《三难》中说,"我(在汉诗中用了很多朝鲜语)技巧不高明,口舌也笨拙,但我还是作了谚文诗。"当然他没有用谚文作诗,而是用了汉字,但是他是抱着用谚文做诗的想法去创作的。

5.3 对民谣及民族文学的贡献

朝鲜最初的汉诗与民谣的距离很远,汉诗是借用汉字创作的,民谣是用国语创作的。当然只有会汉字才能赋诗,也只有受过较高教育的人才能作汉诗,而民谣是任何人听几遍就能吟唱的,如果将自己的心情或处境填到词中,又会成为一首民谣,并不一定要求有多么高深的学问。

世宗在《训民正音》的序文中说,朝鲜的国语与中国不同,文字也不相通。没受过教育的百姓,即便有话要说,也不能充分表达出来。这就是创制《训民正音》的动机。汉诗是借用中国文字来创作的,表达得再自然也不能像国语那样自然、率真地表达情感。退溪在《淘山十二曲》中说,今天的诗与过去不同,能吟咏却不能歌唱。如今若想唱,一定要用俚语作,这是因朝鲜国语的音节所致。因此,像退溪这样的理学大家想吟唱的时候,也用国语创作歌辞或时调。汉诗与民谣的创作层及读者群不同,所反映的主题或素材也不同。

至朝鲜朝后期,汉诗的创作层发生了变化。以医生和翻译官为核心的中产阶层及奎章阁、备边司①的官吏们因日常工作需要而学习汉文,在此过程中,开始创作只有士大夫们才吟唱的汉诗。始于壬辰倭乱前的这股潮流至李钰生活的时代形成了强大的风潮。虽然没有关于李钰与这些人交往的记载,但可以推测汉诗作家层或主题、素材的扩大为在科举考试中不利、受挫折的文人们提供了新的契机及突破口。

如果说李钰生活的时代,委巷文学成了新的文学现象的话,那么,提出创作朝鲜诗及朝鲜风的实学派诗人们则形成了另一股潮流。朴趾源在李德懋的诗集《婴处稿》的序中说,朝鲜虽位于偏远的地方,也是千乘之国。新罗和高丽虽不富足,百姓却有美俗良习。若以方言当做文字,用民谣当做韵,自然就会做成文章,抒发情感。"字其方言,韵其民谣",再借汉字抒发情感,就能缩短(汉诗)与民谣的距离。朴趾源将《婴处稿》评价为"朝鲜的歌谣"。

《诗经》所载的风谣是那个时代的民谣,按孔子的话,看到《诗经》所载的诗,能知道春秋时代的自然和风土人情。同样,看到李德懋的《婴处稿》,能知道18世纪朝鲜社会的自然和风土人情。这部诗集正是朝鲜的歌谣。顾名思义,朝鲜的歌谣就是朝鲜风的诗和歌。

李钰与朴趾源是同时代的人,虽然没有两人交流作品的记载,但是如果朴趾源看到李钰的《俚谚》或许会说这是朝鲜的民谣(风谣)。《俚谚》的创作年代虽不详,却反映了18世纪末汉城妇女的性情及生活面貌。如果说其他民谣是反映了某一阶层的思想情感及生活面貌的话,那么《俚谚》则反映了包括士大夫、市井百姓及花柳巷各阶层的女人们及男人们的情感及生活面貌,是比一般民谣更为宽泛的民谣风的诗。

李钰的《俚谚》以四种身份的女人为话者,讲述自己的婚姻生活或爱情。虽然诗人没有明确表明身份,从作品中可以看出《雅

---

① 朝鲜朝中后期最高的政务机关。

调》多是士大夫家的女人,《艳调》多是中人层家的女人,《宕调》多是妓女,《悱调》多是市井百姓家的女人的歌谣。从《雅调》和《宕调》的调式名及对《俚谚引》的说明中能看出来,《艳调》描述的是奢侈的生活,但上不及雅,下也没到宕的境地。但是,不能因此断言这四种调式一定是以四种身份的女人为主人公。

这些女人们是生活在汉阳城内的女人,她们的生活与18世纪农村社会女人的生活全然不同,也即想倾诉的故事、痛苦的理由均不相同。所以,决定了《俚谚》的四个调式与农、渔村女人的民谣是不同的。

像长篇的民谣都有一个叙事情节一样,《雅调》或《艳调》也都有一个连贯的故事情节,比如《雅调》的女主人公讲述了从婚礼开始到婆家生活的艰辛。一般民谣在倾诉婆家生活时,通常讲与婆婆的矛盾、困窘的生活,或者是讲丈夫的虐待,但是《俚谚》所描述的婆家生活则不同。像"野鸡叫,鸭子跳,两人恩爱乐逍遥"的诗句,歌唱了新婚的甜蜜,这是一般的民谣中看不到的优雅的爱情诗。"不想害羞却不自觉地害羞,三个月期间没敢向新郎搭话",含蓄地表达了新婚的喜悦。因宫体字写得好,受到婆婆夸奖为"谚文女提学"也是在民谣中看不到的优雅的样子。

《雅调》中女人所描述的婆家生活中最辛苦的是睡眠时间太少,但是必须早起的理由不是为了干吃力的劳动,而是为了梳头打扮,向公婆请安,这与抱怨、有不满情绪的民谣中的女人的世界是完全不同的。《雅调》所描写的女人是福窝中的瞌睡虫。

这些女人也养蚕,但不缺绫罗绸缎的她们是出于兴趣来养蚕的。娘家侍女从窗户缝里说要派轿子,但怕玉簪掉了,没敢荡秋千。如果说这些女人有遗憾的话,那么就是祭祀日来临时,必须脱去漂亮的红裙子。

女主人公也干活,但谈不上是体力活,所以不觉得累,因花香而全身慵懒。农、渔村的女人们为了忘记繁重的劳动带来的痛苦而唱劳动歌谣,而《雅调》中男女间的爱情成了歌谣的素材。但是,

《雅调》的女人因花香而困倦,换言之,是太幸福了,想休息,但不是唱民谣,而是读《淑香传》,这就是民谣倾向的汉诗与民谣的距离。

如果说《雅调》的女人对丈夫是小心翼翼的话,那么《艳调》的女人却是露骨地歌唱爱情。按李钰的解释,《艳调》处于《雅调》与《宕调》的中间。她想去有名的妓女聚集地碧妆洞去玩,怕一个人去会受人戏弄,便带着正做针线活的侍女一起去,这也是妓女与艳调女人的距离。《艳调》女人的服饰与化妆比《雅调》女人华丽得多。

> 三月松金緞
> 五月廣月紗
> 湖南賣梳女
> 錯認宰相家①

所以从一开始《雅调》就与农、渔家的女人所吟唱的民谣有很大的距离。《宕调》是妓女唱的歌谣,因妓女所唱的民谣几乎没能传下来,无从比较。妓女们所作的汉诗和时调最初是为了让士大夫们读而写的,所以与民谣是完全不同的世界。《西亭江上月》《东阁雪中梅》等杂歌就是妓女们所作,妓女们所唱的歌曲有记录,但民谣却没记载,也不知道她们是否吟唱含有自己心声的歌谣。

《悱调》与民谣的距离则更近了。因为她们的身份比较接近,所以调式名也起了《悱调》。但是这些女人们痛苦的原因不是因为生活,而是因为丈夫对自己的态度。这些女人也大多生活富裕,快乐地生活着。但是丈夫和婆婆总是挑剔,所以她们痛苦,但是在吟唱歌谣时,却没有流露出抱怨情绪。

> 丁寧霊判事
> 說是坐三災
> 送錢圖書署

---

① 《艳调》,《李钰全集》第三卷第 235 页。

另購大鷹來[①]

民谣是民众在生活、劳动的现场唱的歌,但是,李钰所描写的女人不是普通民众,而是生活在汉阳城的悠闲女人。李钰在归乡于南阳时,依然雇了几名下人做农活,显然,李钰本身不是普通老百姓。《俚谚》大概是他在成均馆读书时所著,而不是他将汉阳城女人们所唱的民谣收集成册,因为现在尚没有收集而成的汉阳城民谣集,所以无法断言。但是《俚谚》不是将民谣翻译过来的,因为《俚谚》所采用的素材本身不是民谣的素材,士大夫家的女人有闺房歌辞,妓女们也有自己的歌。

民谣风汉诗不是百姓唱的民谣。虽然民谣是百姓用自己的声音去反映自己的生活,但是《俚谚》是借用女人的声音去反映李钰所看到的汉阳城女人们的生活。虽然都采用第一人称的视角,但她们的生活却根本不同。即使如此,李钰作了民谣倾向的汉诗。不仅是农、渔村的女人,汉阳城的女人也应有自己的歌谣,于是用汉字去描写18、19世纪汉阳城女人的生活。

李钰使用士大夫阶层的文字——汉字,生活在汉阳城的女人的语言——俚言,创作了66首《俚谚》。假如他没有做《俚谚》,如此丰富的汉阳城的女性的生活和感情对于我们来说,仍然如迷雾一般。他的《俚谚》就像申润福的风俗画一般,美妙地刻画了汉阳城女性的生活。何止是女人的形象呢?他在《二难》中说,"白天去街上,看到的不是男人就是女人"。在女人们讲述的故事中,我们能看到另一半——男人的形象。正像他所说的,女人比男人更适合诗境的描绘,她们华丽、多姿的形象更适合做民谣倾向的汉诗的素材,因此,把女人放在了前面。我们通过李钰所著的非民谣的、具有民谣倾向的汉诗听到了生活在汉阳城的女人们的优雅的歌谣。

李钰的《俚谚》中并没有表现出诗人的模样,出现在《俚谚》中歌唱的人不是李钰的形象而是某个女人,不是李钰的声音,而是那

---

① 《艳调》,《李钰全集》第三卷第235页。

个女人在倾诉。民谣歌者的声音与《俚谚》主人公的声音都是以第一人称的视角来歌唱的,仅就这一点来说,李钰的俚谚与民谣几乎没有距离,换言之,李钰的文学缩短了汉诗与民谣的距离。

5.4 对传统的文学素材及人物形象的拓展

传统的士大夫文学观是以主观世界为主,而不是以现实世界为主,重视基于主观认识的道德意识,而忽视对具体事物的观察。因而提倡仅仅是有助于陶冶性情的文学而非发乎情,止乎礼义的写实描写,这也是士大夫文学的禁忌。但李钰打破了这个清规戒律,将文学视野投向了人的尊严性。在李钰所生活的时代,夫妇之情不被士大夫文学认可,被认为是卑俗的题材,即便是在这种社会背景下,李钰认为夫妇之情是人性固然之事,可以成为诗的典型素材。

李钰还将目光投向被当时的文学忽视的女性生活,从中可以看出李钰对人的平等意识及对人的尊严的认识。当时女子只能在家听从公婆的指令做家务,遵从儒教戒律,不能随意外出。当时不可能男女平等,夫妇平等,女性的思想情感被忽视。李钰描写了她们的生活和苦恼,反映了他对女性的尊重及平等意识。

李钰从不把古文学家或者道学派的文章作为自己的目标,他所谓的正派文学是把汉诗的新倾向设定为以自己的诗作为中心的概念,其诗作中所表露出的女性倾向便是最好的说明。

进入朝鲜朝后期,随着具有民谣倾向汉诗的兴起,很多作品都表现了女性的感情及雅趣。自此,有关女性题材文学作品的文学史意义的研究持续不断地进行着[①]。

从朝鲜朝后期一些作家的作品中看出,女性情感是与当时士大夫文化,士大夫感情的变化有着紧密联系的,并且关系到真实与

---

① (韩)李东欢:《韩国汉文学研究》第3—4辑,首尔:韩国汉文学研究会,1979。

浪漫,封建性与近代性,唐风和宋风的问题。如何表达从传统感情中脱离出来的、已非单纯的男女之情的领域,这一问题应被作为研究的出发点,进而探索作家带着怎样的动机怎样的感情进行创作。

朝鲜朝后期的汉诗中所表现的女性的情感并不是具有某种特定方向的,而是具有多样性的美的特质和意义。

这一时期以女性话者为中心,集中描写女性情感的阶层主要是乡村的士族。主要人物有18世纪前半期的崔大成、申维翰、任珽及18世纪后半期的金鑢、李安中、李友信、李鲁元、李钰等。他们虽然生活在乡村,但在表现女性情感时却游刃有余地表现出了都市的感觉。这是因为他们虽然身在乡村,但出于出仕的目的经常接触汉城,尤其是科举制度的弊端和党派社会的僵化使他们距实现做士大夫的梦越来越远,比起士大夫社会所宣扬的程朱理学和修己治人的道德规范,他们更愿意关注日常生活中的欲望和省察一些个人问题。在这种难以直接刻画自己所关心的事情的情况下,出现了叫做女性情感的新的感情表达方式。李钰在这一方面表现尤为突出,与其他文人不同,李钰不是站在男性话者的角度上描写男性情感,而是作为男性话者站在女性立场上进行创作,这样的作品无论是在质上还是量上都占了相当大的比重。这不仅与他的个人气质有关,也与当时的时代背景紧密相连。朝鲜朝后期,封建制度与民众的矛盾,封建家长制与女性的矛盾日益尖锐,作者看到如此矛盾突出的社会现实而无法对此视而不见,于是以此作为对象进行创作。李钰的作品中常常体现了这样的意识。他不认为天地万物中人处于独占的地位,更不承认男人的主导地位。平等地看待人和物、贵与贱、男性和女性的视角引导着李钰走向进步的世界观,从这个意义上来说,他所喜爱的女性题材及其作品里所包含着的对人的理解不同于其他作家,而且促进了当时朝鲜风、朝鲜诗的发展及汉诗与民谣的交融。不仅如此,李钰发掘了女性情感及其雅趣,他的这种创作倾向对乡村士族的影响也不容忽视。李钰终生未能及第,没有当上一官半职,与其他的士大夫相比,他的处境与社会经济地位使李钰更加倾向于创作具有女性情感的汉诗。他重视女性情感的文学是基于重视女性的文学观的,他的这种文学观在《俚谚引》里得到了确认。

《俚谚》是李钰所著作品的名字,同时又是新的汉诗的样式。传统的民谣当中,爱情诗仅次于劳动歌谣和反映婆家生活的诗,理所应当地成为民谣的主题和素材。中国最早的诗歌总集《诗经》就有无数的爱情诗,但是,比之于朝鲜时代士大夫的汉诗或歌辞,其比重则太小了。

士大夫所著的具有代表性的爱情诗为《思美人曲》。思美人曲源自于中国的《诗经》或《楚辞》,朝鲜时代以郑澈为首的许多士大夫也写有《思美人曲》或名字相似的作品。当然,郑澈的《思美人曲》讲的是思念君主。但是,韩龙云的《君之沉默(님의 침묵)》中的"님"到底指谁,却有很多解释。不过,其中用了很多描写美丽的女性的词汇,让人联想到男女之间的爱情,如果仅只是描写君主,则没必要用那么多词汇了。

士大夫文人用汉诗写爱情诗时,多用乐府体,受古代中国民谣诗歌集《乐府诗集》的影响,朝鲜时代的文人也多借用乐府体写爱情诗。但即使是乐府诗,也已非原来的乐府,仅只是借用乐府体这一惯用名而已。这种乐府诗并没摆脱原来中国乐府诗的影响。

16世纪唐诗盛行,以李达为首的许多诗人写了爱情诗《采莲曲》,《采莲曲》依然承袭了中国的诗风。这些诗不是诗人摘着莲花吟诵的诗句,也不是看到男女摘莲花互掷的情景而赋的诗。18世纪的申维翰的《采莲曲》依然没有摆脱中国诗的套路。

吴娃年十五,眉目如花妍。惯唱江南曲,生长江南船。

崔大成所著的《古艳杂曲》有13首,以女性的视角,反映了男女间的爱情、婚姻以及被怀疑,终遭遗弃,具有民谣风格,但是题目依然没摆脱乐府诗的影响。

诗人们硬要使用乐府体的理由是为了区别诗人和诗中的话者。士大夫们用自己的声音做爱情诗,主要是给妓女作的几首时调、给妻子作的汉诗。给妓女作的汉诗有很多,却几乎没有给妻子作的时调,这是因为时调大多是由好多人聚在一起即兴赋的。金时习的《李生窥墙传》中有很多恋爱诗,但实际上那些恋爱诗是没有以自己的名字记载在文集中的,他也只是借小说中李生的名字写爱情诗。

许筠以写日记的方式将旅途中与自己共寝的妓女的名字记下来,遭到士大夫的非难。依当时的制度,官吏在地方出行中与妓女共寝是公开的事情。官吏与妓女们对饮、赋诗(时调或汉诗),之后共寝。因为这些时调、汉诗真实地记录了这种生活,会遭到当时社会的责难,所以给妓女所作的时调或汉诗只会在风流客的逸话中流传。于是,给妓女、妻子以外的女人所著的爱情诗中难以找到。不管是否有爱恋的女人,那种恋情只能依据乐府体,含蓄地表达出来。

如果说给妓女作的爱情诗比较秾艳的话,给妻子作的爱情诗则很斯文。《洪吉童》中的洪判书做了龙梦,为了生贵子,来到了夫人居住的内室。夫人正色拒绝道:"相公应尊重体面,若硬采用浮浪子弟的低俗,妾不能从"。因为从小受到这样的教育,所以也只有如此实践,夫妻生活讲究斯文,给别人看的文章更是如此。

妓女所作的时调有些露骨,相比之下,用汉诗表达情感,多少有些受限制。妓女以外的女性用汉诗所著的爱情诗当数许兰雪轩和金三宜堂。许兰雪轩怀念去汉江书斋苦读的丈夫金成立所著的《寄夫讲舍读书(기부강사독서)》没能被记载到文集里。李晬光在《芝峰类说》中评介说这首诗近乎流荡。毕竟在这种时代背景下,爱情诗难以摆脱传统的乐府体。

李钰的"俚谚"不是正统文学所标榜的所谓的"社会诗",而是真实地描写了市井生活中的男女之情,是反映真实生活中的恋情的诗,读者能通过真实的"情",推想当时社会的混乱及世态的混浊。

李钰解释到,在作《俚谚》时,不是以男人为主人公,而是以女性为主人公,是因为女性更具有作诗的元素,适合诗的境界。女性是感性的,欢喜、忧愁、怨恨都随瞬间的感情表现出来;女人比男人更具有做诗元素,女人的美色、行动举止、语言、服饰、居所多姿多彩,描写天地万物最好的素材就是女人的生活。

李钰不认可天地万物中人的绝对的地位,也不认可男性的统治地位,对于人与物,贵与贱、男性与女性,都应该看做同等的个体来尊重,这种平等的眼光把李钰引向对世界的更为进一步的理解。

从这个意义上来说,李钰乐于把女性作为描写的对象,在对女性生活的反映中包含着全新的理解,这一点颇为值得称道。在朝鲜朝后期的文人中,很难找到有谁能像李钰那样细腻地刻画女性的情感。从闺阁女性到倡门女子,李钰描绘了18世纪末都市女性多彩的生活,以女性话者的思想及感情写就的66篇绝句诗《俚谚》,丰富了传统文学的人物形象。

包以日文袱
貯之皮竹箱
夜剪阿郎衣
手香衣亦香　　（雅调）

歡言自酒家
儂言自娼家
如何汗衫上
臙脂染作花　　（艳调）

歡莫當儂髻
衣沾冬柏油
歡莫近儂脣
紅指軟欲流　　（宕调）

寧爲商賈妻
莫作蕩子婦
夜每何處去

朝歸又使酒　　（俳调）

男性成为女性话者，抒发女性感情的诗，是当时的士大夫所不可能写出来的。在文学史上，站在女性的立场上写诗的传统由来已久，譬如男性成为宫女，描绘被疏远、冷落的宫女的心情的宫词即属于此。宫词是一种惯用的体裁，其所反映的均是被加工过的领域。但是，李钰的文学与此截然不同，李钰所生活的时代是18世纪后半期，李钰的文学作品从小家碧玉到娼妓，都有所涉及，细腻地描写了当时朝鲜社会女性真切的感情。

李钰的《俚谚》中的66首汉诗全都以女性话者登场，描写了当时女性生活的状态面貌，其中有5篇是关于烈女的，有两篇是关于妓女的。不仅《俚谚》，李钰写的传也大多以朝鲜朝后期女性的生活为题材，其传记作品也是描写细腻，曲尽其情，极好地展示了他不凡的文学才能。

《凤城文馀》原名《凤城笔》，因文章很美，很可爱，古人曾将词称为"诗馀"，意即似诗又不是诗，称之为"诗馀"，大概《凤城文馀》由此得名。即"凤城文馀"这个名字有不同于风格典雅、颇具章法的古文，观察锐利、感觉新颖之意。《凤城文馀》只选取人物和时间的核心部分，文章短小，语言简洁、没有固定格式，可称作是笔记类的小品。内容上，多记录女性风俗、方言、巫俗信仰、说话及至世态风俗与地方物产，素材涵盖面广，甚至把百姓的诉状也纳为写作的题材。其中反映人情世态的文章最多，就像是透过窗缝窥视变化着的乡村社会一样，而且不加评论，如实地记录了当时社会的人情世态。《凤城文馀杂题》载有《夜七》《圆通经》《蝉告》《蝇拂刻》《众语》等文章，观察缜密，描写细腻，除几篇文章外，大都比较长，而且不同于当时文人们惯于描写的题材，从镜子、蝇拍、黄瓜等日常常见的事物至纸牌游戏、古董、货币、美人等当时人们追逐的东西，仔细观察，以常见的事物作为媒介，表达内心的矛盾，讽喻当时的政治现实。

此外，李钰还创作了以《市奸记》《市偷》《乘轿贼》《石窟盗铸》

《九夫冢》《社党》《柳光忆传》等为代表的其他题材的作品,刻画了众多的人物形象,通过对各种素材细腻的描写,丰富了传统文学的素材及人物形象。

5.5 对传统文学体裁"传"的革新

"传"是一种着重于真实反映人类实际生活的体裁。但是自朝鲜朝初期蔡寿的《薛公瓒传》后,"传"的这种性质渐渐被淡化,至朝鲜朝后期"传"的真实性已逐渐消失。赵东一认为,传是模仿、借用小说;朴熙秉认为,"传"具有小说化倾向。还有学者主张"传"受"说话"的影响,同时又影响着小说。

欲找寻朝鲜朝后期"汉文短篇小说"的根源,离不开"稗史小品体"的"传"。三者形成说话——传——小说这样的直线形发展过程,但这三种文体彼此具有独立的特殊性,又相互影响。

"传"在朝鲜汉文学史上第一次出现是崔致远的"贤首传",其后有11世纪郝连挺的《均如传》,以列传形式出现的是12世纪中叶的《三国史记》及13世纪初高僧们的列传《海东高僧传》。高丽末期是政治变革的历史时期,反映了这一历史变动期的"传"在文学史上具有重要的意义,林椿或李奎报时期的传比前代的传更加自由,依照个人的关心和志趣创作了大量的"传",这一时期出现的假传就是最好的证明。

15世纪的传出现了训旧派与士林派共存的局面。训旧派的传立足于老庄的思想,而士林派的传多反映节义问题。此外,"烈女传"也产生了。

16世纪,"传"的创作以士林派为主导,而蔡寿的《薛公瓒传》是对"传"所能承受的想象力限度的挑战,其后训旧派的传就没在文献中记载。

17—18世纪,文人们把"传"发展成表现自我的现实意识的文学样式。"传"已不再是单纯的历史记录,立传的对象多为怀才不遇的逸士。这一时期"传"的代表作家当数朴趾源和许筠。

"传"在文学史上引人注目是因为18世纪后半期实学派作家和喜欢稗史小品体的金鑢派。"传"中的人物已不再是士大夫,像许筠的"传"所描述的也不再是具有非凡能力的逸士,而是平民层的故事。

随着18世纪城市商业的发展及生活的多样化,世态民情也逐渐成为文学作品的主题。在这种时代背景下,被称作"汉文短篇"的"野谈集"应运而生。这种"传"作品只是利用"传"的形式,是"传"的变形。开头和结尾部分被弱化、省略,也不再以某一个人的生平为中心,采用短篇的形式并且大多构成"插话"形式。不仅内容,句子也多用日常词汇,题目也不再是以主人公的名字命名,"人物传"的意义弱化,"传"的形式也已解体。这样的"汉文短篇"已不能再称为"传"。

金鑢、李钰等人的稗史小品的"传",可以看做是介于二者之间的,既不同于前代许筠所擅写的"逸士传",又不同于朴趾源所擅写的传,介于前者与"野谈"的中间地位,其特征为立传人物是不能被称作士大夫的市井百姓。

李钰属于朝鲜朝后期的没落士大夫阶层,由于正祖的文体反正政策,失去了通过科举立身扬名的机会,终生不得志。于是,李钰利用当时广泛流行的传这种体裁,创作了大量作品,反映对世界的认识。在继承传统传文学的基础上,又赋予传以新的特点。

李钰的"传"具有说话的性质,这种论断自金均泰和任侑炅的论文开始。金均泰将着眼点放在体裁的面和人物的性格上,任侑炅着重研究人物的性格及叙事构造,从而得出具有"说话"的性质。

传统的"史传"在形式上由三段构成:立传人物的家族及出生情况;明显的业绩及处世情况;评价。这种评价在"列传"的记述内容中是史官的评论部分,从文艺作品的角度来看,相当于主题的说明部分。其中包括褒贬、立传动机、戒世的教训。后世人通过借鉴这些东西,获得明哲保身的智慧。

第五章
李钰文学的史学价值

但是《高丽史》《列传》以后的"传",并不都恪守这一原则。"列传"中大部分没有导入部分,在终结部分或正文部分又进行长篇赘述的叙述,给人以画蛇添足之感。

李钰的 23 篇传中,没有导入部分和终结部分的有《歌者宋蟋蟀传》《蒋奉事传》2 篇,没有导入部分的有《捕虎妻传》《郑运昌传》《申哑传》《烈女李氏传》《峡孝妇传》等共 8 篇。比较分析李钰"传"的形式和主题,会发现一定的规律性。既没有导入部分,又没有终结部分的传是议论性很强的"传"。其展开部分为带有很强的自我意识去议论的章节,没有必要再在导入部分和终结部分去完成。反映歌客及妓女生活的《歌者宋蟋蟀传》将人具有的道德的、训诫意义的行为小品化,虽然他们出身卑微,但在他们的生活中,却有着深挚的爱情;描写盲人乞丐的生活的《蒋奉事传》告诫了贪于奢华生活的士大夫们,披露了他们的生活态度。

仅有终结部分的"传"是李钰自我意识很强的"传"。尤其是当展开部分采用说话的体裁时,终结部分通常表露的是儒教的支配意识。终结部分的这一特点可以在"传"所固有的特点当中找得到。尽管"传"的素材借鉴了民间的说话,但"传"的评论部分表现出了"传"原本所具有的特点,尤其是当"传"所记述的是几乎湮灭、构不成立传的材料时,一定要有终结部分,因为"传"的形式从根本上要求通过议论而达成一定的说教性。在为微不足道的人立传时,更应该通过终结部分形成对立传人物的行为的论议。同样,李钰的"传"的终结部分只能加大表现"传"的固有的特点。即,李钰的"传"从形式上保留了"传"固有的特点,同时把终结部分扩大,从而有别于前代的"传",可以看作是因为借鉴了说话的形式而形成的。

李钰的"传"虽然吸取了"传"的形式,但具有"说话"的性质。"说话"按叙述展开的结构、口传情况及传承者的态度可以分为神话、传说、民谭。神话是传承者站在自我与世界同等的立场上,神圣化地相信自我胜利的内容是事实;传说是传承者认为反映立足于世界优势地位的我失败的内容可能是事实；民谭是传承者认为反映立足于自我的优势的失败的内容是虚构的。李钰生涯的前、后时期反映了其世界观的变化。前半生对宇宙的认识态度和对佛教的观念主要是立足于儒教的经验论的合理主义的思考态度，相反，后半生因文体受正祖谴责，被发配至地方充军以及后来科举考试的失败，世界观由原来合理的、现实的，变成了对体验神秘世界表现出关心和兴趣，是反儒家的、非合理的。所以，李钰的"传"前半期表现出儒家的经验论，属于民谭，后半期的作品多描写怀才不遇文人的生活，具有传说的特点。由于民谭在表现儒家的合理性方面具有提供好的素材的体裁特征，与传说相同，李钰的"传"分为"民谭型传"和"传说型传"，前者主要反映个人与个人的矛盾，个人与社会的矛盾，反映了李钰的儒教的思考方式，后者反映了反社会的意识。但比之于"民谭型传"，更能在"传说型传"中找到"说话"的影响。正如"传说型传"反复言及主人公的失败，并让失败者一定胜利的套路一样，表达了李钰期望自己怀才不遇的生活能够出现逆转。或许其"传说型传"的意义也在于此吧。

如此，进入李钰时代，所写的"传"多以民间的说话为主要形式，而不同于前代的描写怀才不遇，流于平凡生活的真实人物的"逸士传"。

综上所述，李钰主张重视真情的文学，重视情感与个性，重视对固有语言的认识及民族文学的志向，重视小品的创作，重视女性文学，这些观点是对欲脱离朱子学载道之器的文学论的思考，也是对正统文学权威的挑战。或许通过李钰的文学可以预见朝鲜朝后期民族文学论的传播与发展。

第六章　李钰文学的文学史价值

以上探讨了李钰文学得以产生的社会文化背景、李钰的文学观、李钰文学的创作及其文学作品所蕴涵的美学特征及李钰文学的文学史的意义。

李钰生于英祖 36 年(1760)，九岁时开始学习与科举考试相关的文章，后来李钰为参加科举考试而写的文章受到正祖"文体反正"的牵连。在经历这一风波之前和之后，在李钰的文章中可以看出前后不同的作家意识。他在经历种种历练之前，表现出来的是立足于儒家经验论的合理主义的世界观，而当出仕成为士大夫之路被切断后，他又对基于反朱子学的、神秘体验的世界产生了兴趣。关于对李钰的现实认识态度的研究在前一时期主要以他的传记为主，不过他对现实的认识态度在诗中也多有体现。

有关和李钰交往过的友人的记载散见于各处，金鑢、姜彝天、柳鼎养、徐有镇、闵师膺、朴尚左、金若俭、崔九瑞、李尚中等通过李钰的文章可以被确定为是与其有过交往的人物。其中与李钰最亲近的朋友是金鑢、姜彝天、崔九瑞等。

在李钰文学形成的背景中，以李钰作品中所出现的资料为中心，考察了他所关注的明末清初文人的面貌。通过李钰的作品，可以得知他对公安派、竟陵派、钱谦益、冯梦龙等明末清初的作家，以及没有被介绍到当时朝鲜的清代罗聘等美术家的作品都有所涉猎。仅小说，以《水浒传》为首，像《西厢记》《金瓶梅》《牡丹亭》等广为人知的作品，还有冯梦龙的《情史》、李渔的代表作《肉蒲团》、吕熊的《女仙外史》等，连当时最新的小说李钰都阅读过。他阅读完《袁中郎诗集》后所写的感想文中出现了以袁宏道为代表的钱谦益、王世贞、李攀龙、钟惺、谭元春、龙子犹等当时享誉明清文坛的文人们的名字。

李钰文学的优秀性可以从《南程十篇》《重兴游记》等散文,以及模仿佛经文体《圆通经》中看出。从这些文章中可以看出李钰对新文体的探索,他所运用的汉字、词汇、句子中,最突出的特点是让人耳目一新,并且其文字论和资料论表明他对中国的词赋文学有着极大的兴趣。从《次陶立春节闲情赋韵》中,可以看出女性形象乃至女性情感。此外,在《烟经》《圆通经》《蝇拂刻》及《凤城文馀》中的《爱琴供状》《必英状辞》等作品中表现出幽默性及戏剧性。但最能体现李钰文学特征的是作家对人情世态的描写,其中代表作有《柳光忆传》《李泓传》《凤城文馀》,《凤城文馀》中最具代表性的有《市偷》《乘轿贼》《石窟盗铸》《九夫冢》《社党》等。

李钰的作品,尤其是小品文,以中世的普遍观念为主要内容,作品表现出浓厚的追求典范的倾向,在与失去独创性和新鲜感的古文的对峙中,将戏谑、情趣、及俗趣融合在一起,体现了鲜明的个性。

本书大致从"真实"的文学、"真情"的文学、"今时"的文学等几个方面考察了李钰的文学。所谓"真实的文学"是与复古主义文学相对立的今文或时文,其中最重要的是李钰推翻了当时的士大夫凭文章来构筑的世界。传统的士大夫所研究的大多是关于国家与政治,宇宙和性命等宽泛的命题,认为文章是传播"道"的工具。但是,李钰并不认同这种不变的,循规蹈矩的道的存在,他主张在反映人性时,去关注那些被别人忽视、被排外的人群;研究世界时,不是关注既成观念的自然,而是关注具体的事务。从《俚谚》中可以感觉到李钰极强的自负心理和气节。自实学派文人找寻民族的独创性和适合本土的东西以来,李钰在《俚谚》中做出了更为明快、豪放的解释。李钰不仅仅停留在指出天地万物的个别属性,同时对历代王朝、本土个性及独特性也极为关心。李钰认为中国历代王朝的文人具有各不相同的格式和各不相同的诗,这是对推崇中国文化并且对于那些只要是中国的东西都作为普遍规范来吸收的态度的批判。因此,他针对由于时代和地方风土的不同,文学只能具有各自不同的属性这点进行了论述。最终,李钰指出,当时的社会欲寻找中世的普遍性规范的思想是矛盾的,因为时代变化了,地域距离也较远,世态发生了变化,风俗也有变化。所以,李钰最终归结为在汉阳生活的同时,要探索新的文学形式,用俚语进行创作。但当时的士大夫认为俚语过于鄙陋,从而忌避用俚语进行创作,李钰批判了士大夫的这种观点,主张要反映朝鲜人的性情,就应当用俚语进行创作。

李钰一方面批判了人们过于崇尚古文的风气,主张不应仅仅严格遵守古人的格式和规范,而应超越之,开创自己独特的风格。另一方面,李钰追寻古人的踪迹,达到自得的境界。他超越古人的格式,形成自己风格的东西既是古文,也是"今文"。"今时"的文学,可以说是拒绝模仿的文学,李钰在此基础之上用俚言进行创作,寻找真机,从而形成的文风表现了其独特的个性,是真率的文章。

李钰的这种认识态度,含有批判文人们沉迷于中国文化固有规范的思想。李钰阐明了用俚言进行创作的正常性,这也可以说是其独特的文学论。他在诗中表现出积极、果断的批判精神,他说世人偏好中华文化,盲目追随中国的文化意识,表明自己要使用从小就使用的非常熟悉的物名。

这种主张虽然是正确的,但在当时却是与崇尚拟古的士大夫文人们相对立的。李钰的这种主张与同时代的实学派文人相比并不逊色,预见了朝鲜朝后期民族文化的传播和发展。

"真情"的文学是以明代李贽的童心说为基础,是拒绝模仿、接近真实的文学。与公安派强调完全创新的"创新论"不同,李钰主张前后七子的拟古与公安派创新论的"折中论"。即公安派也拒绝模仿典范,要创造别人表现不出来的东西,李钰剔除前后七子拟古及公安派创新论中比较过激的部分,汲取其精华,在整合、协调的过程中,自己领会,主张独创。创新论和折中论的差异,可以说是李钰既受公安派较为深远的影响，同时又批判性地接受公安派的文学论。其文学观中所表现出的真实的文学即是"童心"的文学。童心是指如同儿童的心灵一样，没有假饰，最真实的心境。李钰文学的根本精神始于对社会现实的认识，他仔细观察记录，有时达到执着的境地。同传统的、规范的世界相比，人的真实生活也即李钰所生活的世界是创作的源泉。所以他从身边汲取素材，摒弃一味模仿，用俚语写作，表达自己的真实情感。因此，李钰所追求的真实的文学，是当时文人中最先进的文学观。这种文学观在其作品中均有所反映，从这一点也可看出李钰现实的文学具有一定的文学史的意义。

　　正祖的基本统治理念是抑制当时少数特权贵族的党阀争端，建立依赖于扩张王权的集权统治机构。为了实现这种构想，达到牵制少数特权贵族的目的，必须取得士大夫阶层的支持，以此为基础宣扬正统教义理学和正统文学，以这种文化作为集权政治的思想基础。正祖因此实施文体反正政策。但是，在文体反正的施行过程中，依照身份地位不同所受的处罚也有所区别，李钰是最大的受害者。李钰认为在学习古文的过程中陷入虚伪，不如学习"今文"有用，所以他平生致力于追求不虚伪的真文学，认为稗史小品体文学是最合适的文体。

　　由于中世社会的统治秩序出现了问题，这种物欲横流的社会现象在李钰的作品中也有所反应。虽然李钰不像当时的实学派文人一样对社会现实和改革倾注心力，但他对中世的理念和社会规范采取了批判的态度，反对古文的传统格式，采用稗史小品体这一新文体表达自我和个性。当时喜欢小品文的一部分文人因王命而改变了文体，而李钰固守着这种文体，以致在文体波动中受牵连，两度被充军，在出仕等很多方面受到限制，度过了怀才不遇的一生。李钰视如生命的文章没能得到认可，有一种被统治阶层排斥的疏外意识，并苦恼于自己的处境，他的这种认识使得自己的文字成为吐露郁闷心迹的篇章，直率地描述了当时的社会现实及民众

第六章
李钰文学的文学史价值

的生活,阐明了野人与君子说,揭露了身份制度、科举制度的弊端,让人们看到了什么是真正的文学。

本书还通过李钰的《俚谚》所收载的作品及其他体裁的作品考察其美学特征。李钰的传是"真"与"美"的统一,通过塑造美的形象,刻画形象的美,深刻揭露批判了当时社会不合理的身份制度,科举制度及经济制度。

李钰的《俚谚》和金鑢的《古诗为张远卿妻沈氏作》堪称反映18世纪末都市女性生活的杰作。前者包括66篇绝句诗,反映了都市女性丰富多彩的生活,后者是以卑微的白丁家女儿的人生历程为素材的长篇叙事诗集。李钰反映女性情感的汉诗开篇以结为夫妻的婚礼作为开始,描写喝合欢酒的场面,新郎骑着白马,来到新娘家,迎娶新娘坐轿子的场面,还对嫁到婆家的新娘思念自己的娘家流下的眼泪以及对新娘在婆家的生活情况进行了细致的描写。此外,还描写了市井妇人的心事、娼妓之事、夫妇生活中独守空房的怨恨以及对丈夫放荡行为的怨恨,反映了她们日常的生活、欲望,是富有生活气息的作品。李钰用深厚而浓烈的情感营造了日常和欲望的诗的意境,他的女性情感汉诗,表达了他希望从受挫的败北意识中解脱出来的愿望。这种愿望看起来很自由,是学习理学的人们在所谓的道的体现严肃的实现理想之路上获得自由的愿望,是不同于他内心欲望的乡村邻人的欲望,从周围的人们互相结为夫妻开始,市井妇人、娼妓、独守空房的女人先后登场亮相,不加掩饰地表达她们日常的生活和欲望,似乎是借此来治愈未能及第的狂气和挫折。

从李钰的女性情感汉诗中所涉及的素材来看,突出的特点是超越了所谓单纯地利用素材,在淋漓尽致地表现情感的背后融入了作者的创作精神、诗的境界、美的特质等。

综观朝鲜朝时期以女性为素材的汉诗,多以男女间的爱情、女性的生活及自我存在的省察为主要描写内容。这种题材无论哪个时代,无论对于哪位作家都不过是创作题材的一部分,但李钰尤为注重女性题材的描写。

表达女性情感的汉诗随时代、作家、题材及诗的意境不同而有所不同。儒家"发乎情,止乎礼""乐而不淫,哀而不伤"的伦理规范是当时应该恪守的情感的戒律,尤其是在女性情感的表达上,要受诸多制约。因此,即便是同一题材,不同的作家、不同的时代,其表达形式是不一样的。

与前时期不同的是,不能自由表达的女性情感至朝鲜朝后期发生了变化,传统的戒律或者说规则逐渐瓦解。作家作品中女性情感境界的扩展,正展现了从中世的情感过渡到现代情感的情况,尤其是在18世纪,前面的章节所讨论的题材就是经过各自的发展走向成熟阶段的例子。这是因为与诗人们受到的特定的题材或情感的制约相比,多样的题材和情感同时被具体地表达出来,并且关于各种题材,作者的态度也与现实生活紧密相连。从这一点来讲,李钰达到了这一时期如实反映女性情感的诗人所达到的最高境界。

李钰坚持个人所在的环境和所属阶级、民族文化的范围,同时把它们综合在一起,用《雅调》《艳调》《宕调》《悱调》这些诗作品,形象地表达了朝鲜朝后期女性的生活。从这些作品的性质上看,作者把诗中人物的生活状态,个人的态度及当时社会团体所共有的社会氛围,不加掩饰、真实生动地展现出来,同时也把诗人特有的文学思想表达出来。这些作品正是李钰在诗中所尝试的与以往不同的成果。

李钰在他的这些作品的前面都加上了小序,说明创作意图或者把女性的情感在认识上分为雅、艳、宕、悱几方面,展现了各个方面的差异,并且在各个调式内部展开描写,含蓄地说明各调式之间的有机联系。因此,这四种调式倾向不同,各调式的作品各具有不同的美学特质。

通过李钰的《俚谚》所载的汉诗可以细致地了解到当时朝鲜各个阶层女性的痛苦,尤其是从男女之间的恨与爱中表现出来的对生活的怨恨,从女性情感的角度加以描写,这样的描写是从前士大夫们的汉诗所禁止的。李钰怀着在男女的爱情中寻找生活的同质性的想法,运用特别的情感和诗的语言描写出与以往不同的男女之间的爱情。可以说李钰的诗中体现的世界是以他坚实的文学理论为基础产生的。即,李钰的文学论从根本上讲是拒绝人为的,是肯定人的本性,重视个性,文学的源泉是人的力量所不能企及的,是源于上天玄妙的调和,这种认识是基于天机论的。从李钰诗论《二难》中可以看出,他试图从传统的道学观中摆脱出来,去真正了解这个世界。

李钰认为女性情感中蕴含着诗意的、微妙的情感及诗歌素材丰富的源泉。在李钰的思想中缘情主义的文学论占据着重要位置,因而,李钰能够贴近日常生活中的素材,能够真实地反映生活。他的这种思想与朝鲜朝后期的实学家们想要从庶民质朴的生活中寻找生活的真实面貌不同,李钰捕捉女性细腻的心理,作为诗的新的描写对象。

李钰经常运用让女性话者出现的手法,这也正是他的诗最具特征的表达情感的一种方式。

采用女性话者的手法将自我突显出来的同时,也是男性作家为把自己的想法表现出来而采用的技法。因此,女性话者的女性感情既是女性的感情,同时也是男性作家对女性情感的比喻,女性话者可以说是包含着丰富多彩的属性的比喻载体。

《艳调》中所表现的是身着色彩华美的衣裳,佩饰美玉,精心打扮,与心爱的郎君过着富裕和谐的生活这样一种气氛。通过此,直白地吐露和抒发女性的情感,让读者感受到了美。在朝鲜前期的文学作品中,对爱情的表达和对自我存在的反省,多表现为内在的抒情,而李钰的作品,却是通过直接抒情,表达一种强烈而外溢的情感。

女性情感通过"侬"这样的主体直接表现出来,如此,把自己的思想突出地表达出来,随之化为行动,变成了更积极的表达形式。

在《艳调》中原本隐藏在个体内心的内敛化的情感,通过捕捉人物形象"我"直接刻画暴露于文字之上的笔法,直接流露展示了外溢的情感。在重视"言外之意"的汉诗中,如此把"自己"展示于字面上,主张"自我"的女性情感诗,与"言外之意"相比,字面本身的意义充满了美感,极具诱惑力。女话者的"言外之意"正是男性士大夫作家表达自己情感的方法。士大夫们因受压抑而痛苦,因受挫于现实世界而失望,他们要追求寻找自我,表达自我的方法。所以,《艳调》中美丽生动地把自己的期望表达出来的女性情感终究可以算是士大夫情感文化,暗示着他们的新的情感类型。

如此,李钰一改曾受到限制的女性情感的表达方法,设定了话者"我",表露自己的情感,突出表现个性,抛开社会的束缚,注重追求个人理想和欲望的价值。据此,女性情感几乎没有在浩瀚的世界或是理学家至高的精神世界里出现过,因为他们重视"道"的体现。女性的情感始于日常生活,日常的欲望结成爱情的果实,日常生活的苦恼与生活的艰难连在一起。因为在朱子学说下所展示的现实中最迫切的问题,都是通过描写男女感情的真情的作品来反映的。所以李钰的诗给读者一个大胆想象的空间,读者可以设想和从前不同的人物形象,同时,在隐隐约约散发丰富的情感之中获得新的感受,这就是其成功之处。

作品所表达的情感,随作者和时代的不同而不同,虽然如此,女性情感的内在化、外在化的变化均以现实为基础。所以,李钰的《艳调》中丰富美丽的情感都是取材于现实并加以形象化的产物。李钰诗中这样的情感在朝鲜朝后期越来越明显。

李钰的《宕调》中把妓女设定为作品中的人物,视线从外表转移到她们的内心世界。李钰对妓女这一受歧视、被社会疏离的群体寄予了深切的同情,同时肯定她们的感情,描绘了以她们为主体的角色,在经营生活的过程中所体味到的哀和欢。

李钰在这篇作品中所表现出来的情感具有从规范性中脱离出来的性质,但他把作品本身看作是一个具有文学价值的东西。这

第六章
李钰文学的文学史价值

正是基于他试图发现人类真正的生活价值的诗歌精神,唯有以此为基础才有可能产生这样的认识。《悱调》作品中描写了无法表达心境的女人们的痛苦,以及因道德沦丧或精神残缺的丈夫而备受折磨的女人形象。《悱调》是指虽然是以埋怨为主,但确是意义更为深刻的作品。如果按照作家的想法,《悱调》是经过了《雅调》——《艳调》——《宕调》——《悱调》这一过程形成的作品。李钰把情的具体实现情况分成雅、艳、宕、悱四个部分,但他们都不是以各自独立的系统存在的,而是作为一个循环的体系存在着。

在这些作品中,李钰通过生动形象的手法描写了庶民阶层的女人们的悲哀,这些女人们生活在由权威的、暴力的丈夫支配的现实中,却无法改变这种现状,只能通过独立的形式倾诉内心的痛苦。而这恰恰体现了作者所追求的发掘人类本来的生活面貌的诗歌精神。从这一点上来看这些诗作是成功的。

正如前面所探讨的,四种调式的作品中都共同地表露出女性的情感,而这种情感作为李钰所发现的新的体验对象,具有极为重要的意义。以前与妓女有关的爱情故事主要以情景结合的手法来展开,而这些作品中,诗人则用刚经历的事件本身来展开诗歌的叙事。

同时,作品中的女性话者被塑造成新的女性形象,她们对在理学的身份秩序下丈夫不正当的约束等现象中获得了新的客观认识,而且诗的对象也摆脱了单纯以士大夫文人的体验作为描写对象的固有模式,通过获得客观的现实认识的女性形象来抒发情感。

描写女性生活和爱情的特定的诗歌描写对象,比之于表象,更依靠具体的事件事情,这种表现手法使人感受到活泼生动的氛围、富有挑战性的紧张感以及充满活力的力量,进而使女性的生活、爱情这样一种特定的诗歌对象进一步形象化,发展成为一种在现实中具有具体力量的形象。追溯17世纪末的汉诗,曾受到这样的批判:因执意追求技巧性的凝练美以致失去了个性。这些汉诗是以士大夫诗人的生活体验为描写对象,并吸收了女性的生活和爱情,而李钰则将女性的生活和爱情这样一种描写对象同更真挚的诗歌意图一同表现了出来。

李钰留下了很多作品,这一事实是通过别人的文章得知的,李钰的作品生前没有编辑成文集,其他学者的文章当中也没有提及。朝鲜朝时期留下了很多文集,而李钰却没有,其作品被其挚友收录在具有文学同人集性质的《潭庭丛书》中。李钰文采非同一般,却没有自己的文集,去世后也没有出版印刷过,这是因为他出身寒微、朝野上下无人提携他,再加之他过于喜爱与正祖的文体政策相悖的稗史小品体,以致没能通过科举考试出仕扬名。尽管当时有很多文人喜欢写小品体,但全部听从正祖的训诫和劝诱而改变了文体,而李钰却始终坚持自己独特的文风。18—19世纪是面临着巨大的历史转换的时期,通过李钰的作品可以了解当时社会的人情、风土,尤其是李钰出于"真情"的描写,是对理学观念及"纯文学"的权威性的挑战,也是朝鲜近代文学的发端。李钰的文学回答了文学应如何发展,提升了市井文学的创作,缩短了汉诗与民谣的距离,丰富了传统文学的素材及人物形象,突破了传统"传"的文学形式,为中世文学过渡到近代文学起了桥梁作用,在朝鲜朝后期的文学史上具有重要的意义。

参考文献

一、文献及专著

1. （韩）金鑢：《文无子文钞》，《潭庭丛书》卷10，首尔：通文馆所藏。
2. （韩）金鑢：《梅花外史》，《潭庭丛书》卷1，首尔：通文馆所藏。
3. 《艺林杂佩》，首尔：韩国国立中央图书馆所藏本。
4. 《俚谚》，首尔：韩国国立首尔大学奎章阁所藏。
5. 《正祖实录》，首尔：国史编撰委员会，1973。
6. （韩）姜彝天：《重菴稿》，首尔：韩国国立首尔大学奎章阁所藏本。
7. （韩）金均泰：《李钰的文学理论及作品世界的研究》，首尔：创学社，1991。
8. （韩）金均泰：《文集所载传资料集》，首尔：启明文化社，1986。
9. （韩）金台俊：《韩国汉文学史》，首尔：朝鲜语文学会，1931。
10. （韩）金兴奎：《朝鲜后期的诗经论及诗意识》，首尔：高大民族文化研究所，1982。
11. （韩）李佑成等译著：《李钰全集》（实事学舍），古典文学研究会，首尔：素明出版社，2001。
12. （韩）朴圭洪：《时调文学研究》，首尔：萤雪出版社，1984。
13. （韩）宋载邵等：《朝鲜朝后期汉文学的再探究》，《创作及批评史》，1983。
14. （韩）安大会：《朝鲜后期诗话史研究》，首尔：国学资料院，1995。
15. （韩）安大会：《朝鲜后期小品文的实体》，首尔：太学社，2003。

16. 刘若愚：《中国的文学理论》，台北：同和出版公社，1984。
17. 刘若愚：《中国诗学》，台北：同和出版公社，1984。
18. 李家源译：《燕岩、文无子小说精选》，台北：博英社，1986。
19. 李家源译：《韩国汉文学史》，全州：民众书馆，1973。
20. 李丙畴等：《韩国汉文学史》，首尔：半岛出版社，1991。
21. (韩)李佑成、林萤泽编：《朝鲜朝汉文短篇集》，首尔：一潮阁，1978。
22. (韩)郑大林：《韩国古典诗学史》，釜山：麒麟院，1988。
23. (韩)郑大林：《韩国古典批评的理解》，首尔：太学社，1991。
24. (韩)郑尧一：《汉文学批评论》，仁川：仁荷大学出版部，1990。
25. (韩)许庆镇：《韩国的汉诗32·文无子李钰诗集》，首尔：平民社，1997。
26. (韩)赵东一：《韩国文学思想史试论》，首尔：知识产业社，1985。
27. (韩)赵东一：《韩国文学通史》，首尔：知识产业社，1994。
28. (韩)郑玉子：《朝鲜后期文学思想史》，首尔：首尔大学出版部，1997。
29. (韩)琴东贤：《朝鲜后期文学理论研究》，首尔：宝库社，2003。
30. 《朝鲜汉文学论文选集 30 32 37 39》，首尔：不咸文化社，2002。
31. 《历史学会编·实学研究入门》，首尔：一潮阁，1986。
32. 刘明今：《中国古代文学理论体系方法论》，上海：复旦大学出版社，2000。
33. 胡经之等编：《文艺学美学方法论》，北京：北京大学出版社，1994。
34. 成复旺：《中国文学理论史》，北京：北京出版社，1987。
35. 刘介民：《比较文学方法论》，天津：天津人民出版社，1993。
36. 蔡美花：《高丽文学美意识研究》，延吉：延边人民出版社，1994。
37. 徐东日：《李德懋文学研究》，牡丹江：黑龙江朝鲜民族出版社,2003。

38. 吴承学:《晚明小品研究》,南京:江苏古籍出版社,1998。
39. 尹恭弘:《小品高潮与晚明文化》,北京:华文出版社,2001。
40. 马积高,黄钧:《中国古代文学史》,长沙:湖南文艺出版社,2006。
41. 鲍鹏山:《中国文学史品读》,上海:复旦大学出版社,2007。
42. 郭英德,过常宝:《中国古代文学史》,成都:四川人民出版社,2003。
43. 毕宝魁:《中国古代文学史话》,沈阳:沈阳出版社,2006。
44. 任访秋:《中国古典文学论文集》,郑州:河南人民出版社,1981。
45. 敏泽:《中国文学理论批评史》,北京:人民文学出版社,1981。
46. 何建华:《古代抒情赋精华》,北京:人民文学出版社,1992。
47. 黄瑞云:《历代抒情小赋选》,上海:上海古籍出版社,1986。
48. 李彭陆,振永玉,纲捷林:《中国道家》,北京:宗教文化出版社,1998。
49. 叶树发,杜华平:《诗词曲赋鉴赏》,武汉:武汉大学出版社,2006。
50. 周伟民:《明清诗歌史论》,长春:吉林教育出版社,1995。
51. 钱伯城:《袁宏道集笺校》,上海:上海古籍出版社,1981。
52. 钱伯城:《柯雪斋集》,上海:上海古籍出版社,1989。

二、论文

1. (韩)姜东烨:《18世纪前后的朝鲜朝文学作品中的文明意识》,首尔:《渊民学会》第2辑,1994。
2. (韩)权纯肯:《李钰传的市井世态描写与讽刺》,首尔:《汉文教育研究》第23辑。
3. (韩)金均泰:《李钰的研究》,首尔大学硕士学位论文,1977。

4. （韩）金均泰：《李钰的文学思想研究》，首尔：《现象与认识》，1977。

5. （韩）金均泰：《李钰的汉诗论考》，首尔：《先清语文》第9辑。

6. （韩）金均泰：《李钰的文学理论与作品世界的研究》，首尔大学博士学位论文，1985。

7. 《李钰、金鑢的"传"》，《古小说史的诸问题》，首尔：集文堂，1993。

8. （韩）金成镇：《朝鲜后期小品体散文研究》，釜山大学研究生院博士学位论文，1991。

9. （韩）金英镇：《李钰研究》，首尔：《汉文教育研究》第18号，2002。

10. （韩）金英镇：《李钰文学与明清小品》，《古典文学研究》第23辑，首尔：韩国古典文学研究会，2003。

11. （韩）金英珠：《李钰文学的作家意识的变化与意义》，庆北大学硕士学位论文，1994。

12. （韩）金志映：《朝鲜后期"传"的评论方式研究》，西江大学硕士学位论文，1999。

13. （韩）金殷喜：《李钰的"俚谚"所载诗研究》，成均馆大学硕士论文，1990。

14. （韩）金镇均：《李钰的作家姿态与脱离规范的写作》，首尔：《汉文学报》，第6辑。

15. （韩）金忠福：《李钰小说研究》，庆北大学教育研究生院论文，1982。

16. （韩）马宗乐：《正祖时期古文复兴运动的思想与背景》，首尔：《韩国史论》，1988。

17. （韩）朴成勋：《李钰"传"所表现的讽刺研究》，《汉文学论集》第2辑，首尔：檀国大学汉文学会，1984。

18. （韩）朴英冈：《"俚谚"的话者与构造研究》，《民族文化研究》33号，首尔：高丽大学民族文化研究院，2000。

19. (韩)朴静景:《关于李钰"传"的研究》,全南大学硕士学位论文,1993。
20. (韩)朴惠淑:《新的感觉及平等意识——潭庭金鑢》,《韩国古典文学作家论》,首尔:昭明出版社社,1998。
21. (韩)李东欢:《朝鲜后期汉诗中民谣趣向的抬头》,《韩国汉文学研究》3、4辑,首尔:韩汉文学研究会,1979。
22. (韩)李东欢:《朝鲜后期文学思想与文体变异》,首尔:《韩国文学研究入门》,1982。
23. (韩)李东欢:《朝鲜后期天机论的概念及美学理念与文艺、思想史的关联》,首尔:《韩国汉文学研究》28辑。
24. (韩)李相德:《李钰"传"的形式改变小考》,高丽大学硕士学位论文,1987。
25. (韩)李恩爱:《李钰的"俚谚"研究》,成均馆大学硕士论文,1990。
26. (韩)李铉祐:《李钰文学中的真情问题》,首尔:《韩国汉文学研究》第19辑,1996。
27. (韩)任侑炅:《李钰的〈车崔二义士传〉的构成及文体特征》,首尔:《韩国传统文化研究》第12輯,1997。
28. (韩)任侑炅:《英正朝四家的文学论研究》,梨花女子大学博士学位论文,1991。
29. (韩)任侑炅:《李钰〈烈女传〉的叙述方法及烈观念》,首尔:《语文学》第56辑,首尔:韩国语文学会,1995。
30. (韩)张源哲:《朝鲜后期文学思想的展开与天机论》,首尔:韩国精神文化研究院,1982。
31. (韩)郑美淑:《蔡济恭与李钰的女性传研究》,釜山大学硕士学位论文,1980。
32. (韩)郑恩善:《李钰的诗文学研究》,檀国大学硕士论文,1992。
33. (韩)尹基鸿:《李钰的文学论与文体研究》,首尔:韩国汉文学会,1990。

34. (韩)金文基:《对李钰的"传"所反映的女性风俗的研究》,首尔:国语教育学会,2001。
35. (韩)成范重:《对李钰的"传"的结构特征及叙事性研究》,蔚山大学硕士论文,2001。
36. (韩)金相烈:《李钰的"传"文学研究》,成均馆大学硕士论文,1986。
37. (韩)金光淳:《对李钰文学作家意识变化和意义的研究》,庆北大学硕士论文,1994。
38. (韩)朴静景:《对李钰的"传"的研究》,全南大学硕士论文,1993。
39. (韩)金英洙:《文无子李钰的意识基础及现实认识态度》,首尔:《东方汉文学》,1996。
40. 韩梅:《李钰的金圣叹受容》,北京:《中韩人文科学研究》,2003。
41. (韩)朴贞恩:《李钰文学反映的市井性》,江原大学学士学位论文,2005。
42. (韩)柳载日:《李钰诗的研究》,《论文论丛》11,1995。
43. (韩)金英镇:《朝鲜后期小品文的多姿多彩》,首尔:昭明出版社,2001。
44. (韩)李信馥:《"传"所反映的社会问题》,《汉文学论集》第10辑,1992。
45. (韩)李弘雨:《李钰的"传"文学研究》,启明大学研究生院国语国文学科硕士学位论文,1992。
46. 郑 勋:《李钰的赋研究》,首尔:《语文研究》第22辑,2005。
47. (韩)许南郁:《对朝鲜后期的文体及文体反正的研究》,首尔:《诚信汉文学》第5辑。
48. (韩)许南郁:《对朝鲜后期表现论的研究》,首尔:《汉文教育研究》第8辑。
49. (韩)洪龙姬:《李钰"传"的特点及＜沈生传＞考》,诚心女子大学硕士学位论文,1988。
50. 李知洋:《李钰文学中的男女真情与节烈问题》,首尔:《韩国汉文学研究》第 29 辑,2006。
51. 金成镇:《正祖年间科文的文体变化与文体反正》,首尔:《韩国汉文学研究》第 16 辑,1993。